Isabella Nelte

Denkanstöße 2022

PIPER

Zu diesem Buch

Die Denkanstöße 2022 versammeln acht besondere Perspektiven auf unser gesellschaftliches, privates und politisches Leben und regen so zum Nachdenken an. Der große Publizist Stefan Aust blickt anlässlich seines 75. Geburtstags auf sein Leben zurück, Ursula Nuber erklärt, warum glückliche Beziehungen kein Zufall sind, der UNO-Sonderbeauftragte für Folter Nils Melzer gewährt aufrüttelnde Einblicke in den Fall Julian Assange, und Doris Reisinger und Christoph Röhl setzen sich mit dem »System Ratzinger« und dem Missbrauchsskandal in der katholischen Kirche auseinander. Diese und weitere Beiträge von Katja Gloger und Georg Mascolo, Mohamed Amjahid, Fabian Scheidler, Julian Nida-Rümelin und Nathalie Weidenfeld machen dieses Buch zu einem fesselnden Leseerlebnis.

Isabelle Nelte studierte Literaturwissenschaft und Kunstgeschichte, bevor sie sich mit einer antiquarischen Buchhandlung einen Lebenstraum erfüllte. Sie lebt mit ihrer Familie in einer alten Mühle im Taunus.

Denkanstöße 2022

Ein Lesebuch aus Philosophie, Kultur und Wissenschaft

Herausgegeben
von Isabella Nelte

PIPER

Mehr über unsere Autorinnen, Autoren und Bücher:

www.piper.de

Inhalte fremder Webseiten, auf die in diesem Buch (etwa durch Links) hingewiesen wird, macht sich der Verlag nicht zu eigen. Eine Haftung dafür übernimmt der Verlag nicht.

Unser Versprechen für mehr Nachhaltigkeit
• Klimaneutrales Produkt
• FSC®-zertifiziertes Papier
• Hergestellt in Europa

FSC www.fsc.org MIX Papier aus verantwortungsvollen Quellen FSC® C083411

Originalausgabe
ISBN 978-3-492-31782-5
1. Auflage September 2021
3. Auflage Januar 2022

Umschlaggestaltung: semper smile, München
Umschlagabbildung: Shutterstock/Profit_Image
Satz: Eberl & Kösel Studio GmbH, Krugzell
Gesetzt aus der Times New Roman
Druck und Bindung: CPI books GmbH, Leck
Printed in the EU

INHALT

Vorwort

»Lesen ist Denken mit fremdem Gehirn«, hat der argentinische Schriftsteller Jorge Luis Borges einmal gesagt. Wie wichtig und horizonterweiternd das Denken mit fremden Gehirnen gerade in unserer krisengebeutelten, herausfordernden Zeit ist, kann gar nicht genug betont werden. Bei der Diskussion um Maßnahmen der Pandemiebekämpfung, der aktuellen Rassismusdebatte oder der Frage nach dem richtigen Umgang mit der Klimakrise entsteht allzu oft der Eindruck, es gebe nur noch Schwarz oder Weiß. Das politische Klima polarisiert sich mehr und mehr, Teile der Bevölkerung stehen einander in scheinbar unversöhnlichen Lagern gegenüber, durch die Gesellschaft verlaufen tiefe weltanschauliche Gräben. Wie wohltuend kann es da sein, den eigenen Denkhorizont ganz bewusst zu verlassen und die eigenen Positionen mit dem Wissen und den Thesen fremder Gehirne zu bereichern.

Die hier versammelten Texte der »Denkanstöße 2022« laden Sie ein zu einer Reise weit hinaus über die Grenzen der eigenen Gedankenwelt. Julian Nida-Rümelin und Nathalie Weidenfeld erläutern, wie wir vernünftig mit Risiken und Gefahren umgehen können. Fabian Scheidler zeigt, warum unser technokratisches Weltbild, das die Natur zu einer beherrschbaren Ressource in der Hand des Menschen degradiert, ein fataler Irrtum ist. Mohamed Amjahid gibt wichtige Impulse für antirassistisches Denken und Handeln, Katja Gloger und Georg Mascolo liefern Innenansichten des politischen Geschehens in der Corona-Pandemie, und Stefan Aust nimmt uns in seiner Autobiografie mit durch eine besonders spannende Episode der bundesdeutschen Geschichte. Ursula Nuber erläutert, warum Beziehungsprobleme in Wahrheit oft Bindungsprobleme sind. Doris Reisinger und Christoph Röhl decken auf, wie der ehemalige Papst und das »System Ratzinger« sexuellen Missbrauch innerhalb der katholischen Kirche jahrzehntelang geleugnet, vertuscht und verschwiegen haben. Und der UNO-Sonderbeauftragte für Folter Nils Melzer zeigt, warum die Verfolgung von Julian Assange einen der größten Justizskandale unserer Zeit darstellt.

Die hier versammelten Autorinnen und Autoren setzen sich kritisch mit der Wirklichkeit auseinander, in der wir leben. Sie leihen uns also ihre Gehirne, damit wir unser Denken und Tun hinterfragen und gegebenenfalls neu ordnen können. Dabei wünsche ich Ihnen viel Vergnügen und erhellende Einsichten.

Isabella Nelte

ERKENNTNISSE

Aus Wissenschaft und Philosophie

Julian Nida-Rümelin, Nathalie Weidenfeld
Die Realität des Risikos. Über den vernünftigen Umgang mit Gefahren

Risiko ist kein Konstrukt

In Nigeria bringt ein Taxifahrer eine blutende Patientin in ein Krankenhaus. Beim Abladen der Patientin erfährt er, dass diese an Ebola leidet. Er brüllt, rauft sich die Haare und schreit das Krankenhauspersonal an. Er weiß genau, dass bei einer so ansteckenden Krankheit wie Ebola diese Fahrt möglicherweise sein eigenes Todesurteil bedeutet.

Als New York von riesigen, eiskalten Flutwellen überschwemmt wird, bricht eine Massenpanik aus. Die Bewohner flüchten auf Hochhäuser, in U-Bahn-Schächte. Wer hätte gedacht, dass die nahende Eiszeit jetzt schon beginnt?

Nach einem Erdbeben wird ein Atomkraftwerk im Süden Koreas schwer beschädigt. Die Mitarbeiter wissen nicht, was zu tun ist. Der Cheftechniker rät dem Direktor des Werks, offiziell Alarm auszurufen und die Anwohner zu benachrichtigen, damit diese evakuiert werden können. Der aber weigert sich. Stattdessen herrscht er die Arbeiter an weiterzuarbeiten. »Es gibt überhaupt keinen Grund durchzudrehen. Gehen Sie ganz normal Ihrer Arbeit nach.« Die Mitarbeiter sehen ihn entgeistert an. Will er die Gefahr unbewusst verdrängen? Oder geht er bewusst ein Risiko ein, in der Hoffnung, dass die Folgen doch nicht so schlimm sein werden, wie eigentlich zu erwarten ist? Aber selbst der Präsident Südkoreas zögert, eine Evakuierung anzuordnen. Was, wenn eine Massenpanik ausbricht? Wären dann die Kollateralschäden nicht größer?

Szenen wie diese stammen aus Katastrophenfilmen wie *93 Days*, *The Day After Tomorrow* und *Pandora*. Leider sind Situationen wie diese aber nicht nur auf Filme beschränkt – wir hatten es in der Vergangenheit sowohl mit beschädigten Atomkraftwerken wie auch mit ausbrechenden Ebola-Pandemien zu tun, auch wenn uns eine innerhalb weniger Stunden hereinbrechende Eiszeit wie in *The Day After*

Tomorrow bislang noch erspart geblieben ist. Katastrophen sind ein Teil unserer Menschheitsgeschichte. In all diesen Situationen geschieht meist das, was in Filmen auch geschieht. Politiker versuchen, Massenpanik zu vermeiden, Risiken zu beschränken und ihr Image nicht zu beschädigen. Sie sind in der schwierigen Position, sich von der Gesamtlage ein Bild zu machen und auf dieser Basis Entscheidungen zu treffen, was vor allem angesichts sich zuweilen widersprechender Expertenmeinungen nicht einfach ist. Es droht ein Clash zwischen der Bevölkerung und der Regierung, der vorgeworfen wird, die Krise nicht gut zu bewältigen. Und dann sind da natürlich auch noch die Menschen mit ihren individuellen psychologischen Reaktionen auf Krisensituationen. Manche behalten einen kühlen Kopf, manche werden hysterisch und überschätzen die Gefahrenlage, und andere wiederum denken selbst in Krisensituationen nur an ihren eigenen ökonomischen Vorteil.

Aber es ist nicht nur das Individuum, das, konfrontiert mit Unsicherheiten und Gefahren, ratlos oder sogar kopflos werden kann, auch ganze Gesellschaften müssen sich Risiken stellen und auf diese reagieren. Ohne Verständigung über das, was gefährdet ist, und das, was eine angemessene Reaktion sein könnte, werden Gesellschaften und Kulturen in der Krise handlungsunfähig. Die Covid-19-Pandemie hat große Teile der Welt in eine anhaltende Ratlosigkeit gestürzt und nicht nur viel Leid über betroffene Familien gebracht, Todesopfer und Gesundheitsschäden verursacht, sondern auch aufgezeigt, wie vulnerabel die global vernetzte Ökonomie ist. Institutionen und Systeme wurden auf den Prüfstand gestellt, und Prüfungen solcher Art wird es auch in Zukunft geben. Daher ist es wichtig, über individuelle Risiken nachzudenken und Kriterien eines rationalen Umgangs mit diesen zu entwickeln. Dazu verbindet dieser Beitrag wissenschaftliche Erkenntnisse und philosophische Überlegungen mit lebensweltlichen Erfahrungen und fiktionalen Beispielen insbesondere aus Filmen. Die Lektüre soll zum eigenen Nachdenken anregen, aber auch Orientierung geben. Orientierung in der Welt der Werte und Normen im Umgang mit individuellen und kollektiven Risiken. Covid-19 ist nur das aktuelle Ausgangsbeispiel. Aber es steht für das Ganze eines sensiblen, aufgeklärten, vernünftigen und moralischen Umgangs mit der Realität des Risikos. Risiko ist kein

Konstrukt. Es ist real. Und wir sind herausgefordert, uns mit dieser Realität zu arrangieren.

Das Covid-19-Exempel

Am Ufer von Chinas wichtigstem Strom ranken sich Ungetüme aus Glas und Stahl in den Himmel. 438 Meter misst der höchste dieser Türme, an einem weiteren, der über 600 Meter in die Lüfte ragen soll, wird gerade gebaut. Schon jetzt nimmt es Wuhans Skyline mit den weitaus bekannteren Metropolen der Welt auf. Elf Millionen Menschen leben in Chinas neuntgrößter Stadt und damit mehr als in Paris, London oder New York. Die zentralchinesische Stadt ist ein Verkehrsknotenpunkt. Der Flughafen zählt zu den größten des Landes, er ist Ausgangspunkt für Direktflüge nach Europa, konkret Rom, Paris und London. Noch bequemer sind die Anschlüsse innerhalb des Riesenreichs. Vom modernen Hauptbahnhof, einer Kathedrale aus Kuppeln und Glas, brauchen Hochgeschwindigkeitszüge gerade mal vier Stunden und zwanzig Minuten in die Hauptstadt Beijing, die 1150 Kilometer nördlich liegt. Nur ein paar Blöcke hinter dem Bahnhof tut sich aber eine andere, alte, fast schon archaische Welt auf. Auf mehr als 50 000 Quadratmetern breitet sich der Hunan-Fischgroßmarkt aus, wo an die tausend Händler an Ständen ihre Ware feilbieten. Angeboten werden neben allerlei Meerestieren auch Süßwasserfische und Reptilien. Im westlichen Teil des Marktes wirkt die Szenerie, die auf Bildern festgehalten wird, gleich einmal rauer. Dicht gedrängt stehen dort Käfige, in denen wilde Tiere gefangen sind. Was Kunden dort erwartet, ist fern von europäischen Vorstellungen. Neben Füchsen, Schlangen und etlichen Gürteltieren sind dort auch »Delikatessen« wie Wolfswelpen, Marderhunde und Fledermäuse zu haben. (…) In diesem Umfeld, inmitten des Gestanks und Lärms, der Enge zwischen Tier und Mensch, passiert im Herbst 2019 etwas, das, auch wenn es pathetisch klingen mag, der Geschichte einen neuen Verlauf gibt.

Aus: Addendum (Hrsg. Michael Fleischhacker)

Anfang Dezember 2019 kommt es in der chinesischen Metropole Wuhan zu zahlreichen Fällen einer bis dahin unbekannten Krankheit, die vor allem die Lungen angreift. Ende Dezember wird ein neues Coronavirus als Ursache identifiziert. Die lokalen chinesischen Behörden vertuschen diese Erkenntnis. Die WHO, von China informiert und involviert, kommt um den Jahreswechsel zu dem Ergebnis, dass die rätselhafte Lungenkrankheit wenig besorgniserregend sei, weil es wohl nicht zu einer Mensch-zu-Mensch-Übertragung komme. Noch in der ersten Januarhälfte 2020 kommt es zu den ersten Covid-19-Todesfällen. Ende Januar lässt sich nicht mehr verheimlichen, dass es Mensch-zu-Mensch-Übertragungen in großer Zahl gibt, auch ein Teil des medizinischen Personals ist betroffen. Die chinesische Regierung reagiert nun mit drastischen Maßnahmen: Zunächst wird die Millionenstadt Wuhan abgeriegelt, dann über die gesamte Provinz Hubei mit der Einwohnerzahl Italiens ein Lockdown verhängt.

Auch in Europa werden nun erste Fälle registriert, aber in den EU-Gremien dominiert die Einschätzung, man habe alles unter Kontrolle. Im Februar bleibt es weiterhin bei der Einschätzung, das Ansteckungsrisiko sei gering, die notwendigen Vorbereitungen auf das großflächige Übergreifen der Pandemie nach Europa unterbleiben. Grenzkontrollen werden nicht erwogen, Reisebeschränkungen auch gegenüber China abgelehnt. Zunächst gelingt es in Deutschland noch, das Aufflammen der Pandemie lokal einzuschränken (der Fall Webasto), aber kurz darauf verlieren die Gesundheitsämter auch hier die Kontrolle über das Geschehen.

Italien leidet da schon massiv in zwei nördlichen Regionen (Lombardei und Emilia-Romagna) unter der neuartigen Krankheit. In Bergamo und Umgebung fällt ihr, wie die Einheimischen sagen, eine ganze Generation von Großeltern zum Opfer. Das örtliche Gesundheitssystem bricht zusammen, und es gelingt nicht, die Ressourcen des Landes insgesamt so zu mobilisieren, dass tragische Triage-Situationen ausbleiben. Zu den Fehleinschätzungen des Risikos zu Beginn der Pandemie (statt zeitlich und regional punktueller Risikoeinschätzungen hätte es diachrone und strukturelle geben müssen, also Einschätzungen, besser noch unterschiedliche Szenarien, zur weiteren zeitlichen und räumlichen Entwicklung des Pandemie-Geschehens) gesellt sich die ausbleibende europäische Solidarität[1] gegenüber dem zunächst am stärksten betroffenen Land Italien, und es zeigen sich massive organisatorische Defizite im Land. Auch die weitgehende Privatisierung und Ökonomisierung des Gesundheitswesens unter Lega-Regierungen im Norden macht sich als Krisentreiber zunehmend bemerkbar.

Am 8. März 2020 werden in Deutschland Großveranstaltungen angesichts der nun auch hierzulande rapide zunehmenden Verbreitung verboten, am 16. März folgen Schulschließungen, und am 22. März das, was man seitdem als »Lockdown« bezeichnet, also massive Kontakt- und Ausgangsbeschränkungen, die allerdings in Deutschland nicht so rigide sind wie in den Nachbarländern Österreich, Italien, Frankreich und Spanien. Die Zahl der Neuinfektionen pro Zeiteinheit geht im Laufe der zweiten Märzhälfte deutlich zurück, sodass die erwartete Überforderung der Intensivbettenkapazitäten und des Gesundheitssystems im Ganzen in Deutschland nicht eintritt.

Bis heute ist nicht abschließend geklärt, welche kausalen Wirkungen die staatlichen Maßnahmen hatten und welche anderen Faktoren eine Rolle spielten.[2] Aber selbst dann, wenn die staatlichen Maßnahmen de facto nicht erforderlich gewesen wären, um R unter 1 zu halten, würde daraus nicht folgen, dass die abgestimmte Entscheidung der Bundesländer zum Lockdown Anlass zu Kritik gebe. Sie wäre schon dann richtig gewesen, wenn sie aufgrund der zum damaligen Zeitpunkt vorliegenden Informationen gerechtfertigt war. Wenn eine genaue nachträgliche Analyse zeigen sollte, dass das Verbot von größeren Veranstaltungen die ausschlaggebende Maßnahme war, wäh-

---

1 Mit anderen Intellektuellen hat sich Julian Nida-Rümelin in einem Aufruf für europäische Corona-Fonds eingesetzt, wie sie von Italien, Spanien und auch Frankreich gefordert wurden. Die Bundesregierung lehnte diesen Vorschlag ab, befürwortete aber die Mobilisierung von 750 Milliarden Euro zur Milderung der ökonomischen und sozialen Auswirkungen der Corona-Maßnahmen (https://www.zeit.de/2020/15/europa-kann-nur-weiterleben-wenn-die-europaeer-jetzt-fuereinander-einstehen?utm_referrer=https%3 A%2F%2Fwww.google.com).

2 Vergleiche jedoch den Versuch einer vergleichenden Studie zur Effektivität einzelner Corona-Maßnahmen in 131 Ländern der Universität Edinburgh (https://www.ed.ac.uk/research/latest-research-news/multiple-measures-boost-covid-fight-study-finds).

rend die Schulschließungen und der allgemeine Lockdown mit seinen massiven wirtschaftlichen, sozialen und psychologischen Nebenfolgen vermeidbar gewesen wären, wüsste man es für die Zukunft einer ähnlichen pandemischen Bedrohung besser und würde dann auf einen allgemeinen Lockdown verzichten.

Die Kritik staatlichen Handelns muss an einer anderen Stelle einsetzen. Ausweislich des Pandemieplans des RKI aus dem Jahr 2012 und angesichts vorausgegangener Epidemien wie MERS, SARS, H1N1 oder Ebola war bekannt, dass es Pandemie-Risiken gab, und die Tatsache, dass die notwendigen Vorkehrungen nicht getroffen wurden, muss man als ein umfassendes Staatsversagen bezeichnen. Wie kann es sein, dass acht Jahre nach dem Vorliegen konkreter Handlungsempfehlungen vonseiten einer Bundesbehörde für Seuchenbekämpfung (darum handelt es sich beim RKI, nicht um ein wissenschaftliches Forschungsinstitut) die notwendigen Vorsorgen nirgendwo in Deutschland umgesetzt worden sind? Und wie kann es sein, dass drei Monate nach Ausbruch der Pandemie immer noch keine medizinische Schutzkleidung und Masken, Desinfektionsmittel, geschweige denn digitale Tools zum Tracking und Tracing, wie sie in Südkorea schon Wochen vor dem Ausbruch der Pandemie in Deutschland sehr erfolgreich eingesetzt wurden, zur Verfügung standen? Man kann es auch so formulieren: Die staatlichen Zwangsmaßnahmen waren nur deswegen gerechtfertigt, weil ihnen ein umfassendes Staatsversagen – langfristig über acht Jahre und kurzfristig über zwei Monate – vorausgegangen war.

Dies gilt auch für die europäische Ebene. Die Recherche-Plattform *Addendum* meldet für den 4. Februar 2020, dass die Mitgliedsstaaten ein Angebot der EU-Kommission, gemeinsam zusätzliches Material auf dem Weltmarkt zu besorgen, negativ beschieden und keine Notwendigkeit sahen, Corona-Testkits anzukaufen. Einen Monat später kommt es, zunächst in Italien, zu dramatischen Engpässen, Tausende aus dem medizinischen Personal infizieren sich und zwingen die Kliniken zu Quarantänen. Zahlreiche vermeidbare Todesfälle sind die Folge.[3]

[3] Vgl. Michael Fleischhacker (Hg.): *Corona. Chronologie einer Entgleisung,* Edition QVV 2020, S. 35 f.

Das zweite Versagen ist das weitgehende Fehlen klarer normativer Kriterien der Krisenbewältigung. Die spärlichen Auskünfte in der ersten Zeit der Krise ergeben folgendes Bild: Das RKI beriet die Bundesregierung folgendermaßen:

1. Die Pandemie in Deutschland – ausgebrochen an mehreren Stellen, wie man unterdessen weiß, überwiegend durch Rückkehrer aus Ischgl, aber auch angesichts offener Grenzen – könne nicht mehr eingedämmt werden. Eindämmung (Containment) heißt, dass bei einem Ausbruch jeweils lokal alle Infizierten identifiziert und isoliert werden, sodass weitere Ansteckungen effektiv unterbunden werden. Dies war beim ersten Ausbruch bei Webasto durch eine chinesische Geschäftsfrau noch weitgehend gelungen.
2. Es gehe nun darum, in den folgenden Monaten den Anstieg der Neuinfektionen so weit zu begrenzen, dass das Gesundheitssystem nicht überlastet werde und damit eine menschenwürdige Behandlung der Schwerkranken unmöglich werde. »Flattening the Curve« war das Schlagwort dazu.
3. Die Letalität von Covid-19, also der Prozentsatz der Personen, die durch eine Infektion mit Covid-19 zu Tode kommen, liege bei mindestens 1 Prozent, sei also etwa zehnmal so hoch wie bei einer saisonalen Influenza-Epidemie.
4. Die Pandemie komme erst dann in Deutschland zum Erliegen, wenn sich 60 bis 70 Prozent der Bevölkerung infiziert hätten.
5. Die Entwicklung eines Impfstoffs werde mindestens 18 Monate dauern, wenn es überhaupt dazu kommen werde.

Die Bundesregierung und die Ministerpräsidenten der Länder rechtfertigten ihre Maßnahmen mit der Zielsetzung, das Gesundheitssystem im Laufe der Entwicklung der Pandemie in Deutschland nicht zu überfordern. Während Boris Johnson in Großbritannien aufgrund einer Studie des Imperial College zu einem Strategiewechsel gezwungen wurde, für den vermutlich auch seine eigene Infektion eine Rolle spielte, wurde merkwürdigerweise in Deutschland nicht diskutiert, welche Folgen die eingeschlagene Strategie haben würde. Für Großbritannien hatte das Imperial College eine Todeszahl von mindestens 250 000 Personen errechnet, was in der britischen Öffentlichkeit als so inakzeptabel bewertet wurde, dass die Regierung umgehend drastische Ausgangs- und Kontaktbeschränkungen verhängte. Dass die vom RKI empfohlene Strategie in Deutschland mindestens 400 000 Todesopfer zur Folge gehabt hätte, spielte merkwürdigerweise in der öffentlichen Debatte keine Rolle.

Einige Zeit später wurde jedoch stillschweigend ein Strategiewechsel vollzogen, und die Kanzlerin erklärte als neues Ziel der Maßnahmen nicht mehr »Flattening the Curve«, sondern Verlängerung des Verdoppelungszeitraums der Zahl der Infizierten. In der öffentlichen Debatte wurde meist nicht deutlich unterschieden zwischen der Zahl der insgesamt Infizierten (das ist hier gemeint) und der Zahl der Neuinfizierten und daher zu einem bestimmten Zeitpunkt Infektiösen. Die Zahl der insgesamt im Laufe der Epidemie Infizierten ist für das Risiko, sich zu infizieren, irrelevant. Vielmehr wächst mit der Zahl der Infizierten auch die Anzahl von Personen, die ganz oder weitgehend, zumindest für einen gewissen Zeitraum, immun gegenüber einer neuen Infektion sind. Das Risiko, sich zu infizieren, hängt von der Wahrscheinlichkeit ab, einer infektiösen Person zu begegnen, und hier ist der Prozentsatz der infektiösen Personen, die von ihrer Infektion nichts wissen oder die sich trotz ihrer Infektion nicht in Quarantäne begeben, mit ausschlaggebend. Wenn es allerdings effektive Möglichkeiten gibt, sich vor einer Infektion zu schützen, etwa durch Schutzkleidung oder Masken, wird dieser Kausalzusammenhang unterbrochen.

Die Bundeskanzlerin erklärte am 15. April, es sei nun das Ziel, den Verdoppelungszeitraum, der zuvor bei drei Tagen gelegen hatte, auf zehn Tage zu erhöhen. Nachdem dieses Ziel sehr rasch erreicht war, wurde als neues Ziel die Verdoppelung auf 14 Tage angegeben. Auch dieses Ziel war bald erreicht, der Verdoppelungszeitraum stieg auf über 20 Tage, worauf erneut eine Zieländerung erfolgte, nämlich den Reproduktionsfaktor R auf unter 1 zu drücken. Dies allerdings war schon vor Beginn des Lockdowns erreicht, jedenfalls wenn man den Angaben des RKI folgt.

Versuchen wir es an dieser Stelle mit einer rationalen Beurteilung. Beginnen wir mit der Frage: Ist es vernünftig, die staatlichen Maßnahmen an $R < 1$ zu orientieren? Die Antwort lautet klarerweise: nein. Einmal deswegen, weil auch bei R = 1 eine dauerhafte Überforderung des Gesundheitssystems die Folge sein kann. R = 1 heißt ja nur, dass die Zahl der zu einem Zeitpunkt infizierten Personen konstant bleibt. Konstanz impliziert aber nicht, dass die Gesundheitsfolgen akzeptabel sind. Ob die Gesundheitsfolgen akzeptabel sind, hängt nicht lediglich von den Kapazitäten des Gesundheitssystems ab, sondern von der Anzahl der schweren Erkrankungen, der Spätfolgen von Erkrankungen und der Todesfälle. Wenn andererseits eine Infektionskrankheit nur kleine Teile der Bevölkerung erfasst hat, sie für die allermeisten nur harmlose bis erträgliche Gesundheitsfolgen zeitigt und diejenigen, für die gravierende gesundheitliche Folgen zu erwarten sind, sich effektiv schützen können, dann ließen sich freiheitseinschränkende Maßnahmen, um R unter 1 zu halten, nicht rechtfertigen. Viel spricht dafür, dass diese Bedingungen im Falle von Covid-19 zu Beginn der Pandemie nicht erfüllt waren, dass sie aber erfüllbar gewesen wären. Die bisherigen Erfahrungen mit Covid-19 zeigen, dass die Infektion bei einem hohen Prozentsatz (zwischen 50 und 80 Prozent) harmloser verläuft als eine Influenza, dass sie allerdings für einen kleinen Prozentsatz von Personen ein hohes Risiko darstellt und hier wiederum die allermeisten dieser gefährdeten Personen durch spezifische, gravierende Vorerkrankungen identifizierbar sind. Es gibt allerdings Einzelfälle und kleine Gruppen von Erkrankten, die diesem Schema nicht entsprechen, und die Forschungen werden vermutlich im Laufe der Zeit die hier wirksamen Kausalbeziehungen eruieren.

Die Orientierung an einem Verdoppelungszeitraum ist auf keinen Fall sinnvoll, weil sich bei jedem beliebigen Verdoppelungszeitraum der Zeitpunkt bestimmen lässt, ab dem es zu einer Überforderung des Gesundheitssystems durch Covid-19 kommt. Adriano Mannino und Nikil Mukerji haben errechnet, dass bei einem Start mit 196 Personen und einer Verdoppelung in jeweils 2,5 Tagen nach zwei Monaten die gesamte Weltbevölkerung durchseucht wäre.[4] Aber auch wenn der Verdoppelungszeitraum auf 10 oder 14 Tage verlängert

---

[4] Weitere interessante Berechnungen und Einschätzungen bietet Nikil Mukerji, Adriano Mannino: *Covid-19: Was in der Krise zählt. Über Philosophie in Echtzeit*, Reclam 2020.

würde, stiege die Durchseuchung über alle Grenzen und beträfe am Ende rein rechnerisch alle Weltregionen zu 100 Prozent.

Die »Flattening the Curve«-Strategie ihrerseits ist inakzeptabel, weil auch sie eine untragbar hohe Zahl von Todesfällen zur Folge hätte – nur eben über einen langen Zeitraum gestreckt.

Ganz offenkundig ist, dass eine Strategie, die in Deutschland von staatlicher Seite nicht erwogen wurde, nicht infrage kommt, nämlich ein Laisser-faire, das heißt die Pandemie ohne Restriktionen laufen zu lassen, um eine rasche Immunisierung der Bevölkerung zu erreichen. Diese Strategie, die durchaus auch in der Fachwelt, besonders unter Epidemiologen, Befürworter hatte und hat, führt – wenn man die Erfahrungen aus der Lombardei, aus New York oder Brasilien zugrunde legt – zu inakzeptablen gesundheitlichen Folgen in der Gesamtbevölkerung, jedenfalls in den Ländern des industrialisierten Nordens mit einem großen Anteil älterer Menschen. In Afrika sind 41 Prozent der Bewohner unter 15 Jahre alt und nur 3 Prozent über 64 Jahre; in Europa sind dagegen 16 Prozent unter 15 Jahre alt und 18 Prozent über 64.

Die Untersuchung der Todesfälle mit Covid-19 in Italien hat ergeben, dass weniger als 1 Prozent unter 50 Jahre und bei den Frauen 98 Prozent, bei den Männern 96 Prozent der Verstorbenen über 70 Jahre alt waren, mit einem Durchschnittsalter von knapp über 80 Jahren. Dieses Muster gilt auch für Frankreich, Spanien, Großbritannien und Deutschland. In afrikanischen Ländern verschiebt sich die Risikoeinschätzung massiv, weil dort die Letalität von Covid-19 aufgrund der anderen Demografie sehr viel niedriger sein müsste (hier sei einmal die lebensrettende Funktion von Intensivstationen außer Betracht gelassen), vor allem aber, weil die Nebenfolgen der Krisenbekämpfung in vulnerablen sozialen Systemen selbst wiederum mit einem Anstieg an Todesfällen aufgrund von Unterernährung und mangelnder Bekämpfung anderer Infektionskrankheiten sowie Armut einhergehen. Auch in den industrialisierten Ländern sind allerdings zahlreiche Todesfälle als Folge nicht intendierter Nebenwirkungen der Krisenbekämpfung zu erwarten: So haben sich zum Beispiel die Krebsvorsorgeuntersuchungen während der Corona-Pandemie verringert. Entweder weil Ärzte diese verschoben oder weil die Patienten – aus Sorge, sich in Krankenhäusern oder

Praxen anzustecken – selbst die Termine absagten. So kamen Wissenschaftler aufgrund einer Meta-Analyse zu dem Schluss, dass bereits die vierwöchige Verschiebung einer Operation das Todesrisiko – je nach Krebsart – um 6 bis 13 Prozent erhöht.[5]

In der internationalen Diskussion hat eine Strategie eine zentrale Rolle gespielt, die nicht von Experten aus der Epidemiologie, Virologie oder Risikoforschung stammt, sondern von einem Silicon-Valley-Berater, dem Datenanalysten Tomás Pueyo, der in einem locker geschriebenen Paper am 10. März 2020 in *Medium* (einer Fachzeitschrift für Journalisten, keiner wissenschaftlichen Publikation) die »The Hammer and the Dance«-Strategie beschrieb. Der zufolge müsste man zu Beginn einer Epidemie mit dem »Hammer«, das heißt mit drastischen Maßnahmen wie Ausgangsbeschränkungen, Kontaktbeschränkungen, Quarantäne etc., das Ausbreitungsgeschehen so weit unter Kontrolle bringen, dass man dann zur »Dance«-Phase übergehen könnte – also die Maßnahmen lockern, was wieder zu einer verstärkten Ausbreitung führte, und die Maßnahmen wieder verschärfen, sobald bestimmte Schwellen überschritten wären.

Die große Zustimmung, die dieser Strategievorschlag weltweit gefunden hat, besonders bei digital-affinen Jüngeren, gibt Anlass, an der politischen Urteilskraft in Politik und Gesellschaft zu zweifeln: Den Befürwortern ist offenbar nicht klar, dass eines jedenfalls völlig ausgeschlossen ist, nämlich dass wir Menschen über einige Wochen hinweg einem massiven psychischen Stress aussetzen, ihre Arbeitsplätze gefährden oder vernichten, Unternehmensexistenzen aufs Spiel setzen, eine Rezession herbeizwingen, internationale Lieferketten unterbrechen, Hungersnöte im globalen Süden riskieren etc., um dann nach einer Phase der Lockerung und der schrittweisen Erholung der Weltwirtschaft, der Revitalisierung des sozialen Zusammenlebens, der Wiederaufnahme des Bildungswesens einen erneuten Lockdown zu verhängen. Keine Gesellschaft der Welt würde es aushalten, die Schulen schrittweise wieder zu öffnen, um sie dann einige Wochen später wieder zu schließen, die Arbeitslosen

---

5 Nachzulesen unter https://www.bmj.com/content/371/bmj.m4087. Vgl. hierzu auch die Studie in Lancet Oncology 2020; 21: 1023–34.

zurück in die Erwerbstätigkeit zu holen, um sie dann wieder in die Arbeitslosigkeit zu entlassen, Unternehmen mit Milliarden aus der Existenzkrise zu holen, um sie dann wieder in die Existenzkrise zu stürzen.

Nach Wochen der Strategiewechsel, der Kommunikationsverweigerung und der zunehmenden Polemik im Umgang mit unterschiedlichen Einschätzungen kombinierten zwei Institute ihre jeweiligen Kompetenzen, das Helmholtz-Zentrum für Infektionsforschung (HZI) und das Münchner ifo Institut für Wirtschaftsforschung. Das Ergebnis war die bis dato vernünftigste Stellungnahme in Deutschland, nämlich der Vorschlag, sich nicht an Verdoppelungszeiten oder an der Infektionsrate zu orientieren, sondern an der relativen Zahl der Neuinfektionen pro 100 000 Einwohnern. Dies ist insofern ein vernünftiger Ansatz, als er auf eine absolute Größe setzt, die, bei allen Ausstattungsschwankungen zwischen den Landkreisen, in etwa mit der Kapazität des Gesundheitssystems korreliert. Es ist eine Größe, an der sich alle orientieren können und die regional differenziertes Handeln erlaubt, zumindest wenn, wie geschehen, die Handlungskompetenz in den Ländern an die Landkreise und kreisfreien Städte delegiert wird.

Dennoch war auch diese Strategieempfehlung aus zwei Gründen irrational. Erstens, weil wir die Zahl der Neuinfizierten nicht kannten. Wir kannten nur die Zahl der *registrierten* infizierten Personen, und das ist etwas ganz anderes. Fachleute schätzten die Dunkelziffer auf 200 bis 900 Prozent, das heißt, die Zahl der tatsächlich Infizierten läge drei- bis zehnmal so hoch. Hier wurde regelmäßig verharmlosend von »Dunkelziffer« gesprochen, und die Leserinnen und Leser nehmen dann an, dass ein kleiner zusätzlicher Teil nicht erfasst wurde. Es ist aber genau umgekehrt, nur ein Bruchteil der tatsächlich Infizierten wird erfasst. Das Bild des Eisbergs ist passender: Wir sehen nur die Spitze des Eisbergs, also jene, die symptomatisch sind und weitere Bedingungen erfüllen, zum Beispiel mit einem nachweislich Infizierten in Kontakt waren. Die Gesundheitsämter in Deutschland hatten noch bis Ende Mai, also über zwei Monate nach Ausbruch der Pandemie in Deutschland, Testungen nur für diejenigen vorgesehen, die Symptome aufwiesen und zusätzlich aus einem Hochrisikogebiet kamen oder mit einer nachweislich infizierten Person Kontakt hatten. Diese Praxis wurde zur gleichen Zeit verfolgt, zu der immer wieder, auch vom RKI und den Gesundheitsämtern, davor gewarnt wurde, dass symptomfreie Menschen infektiös seien.

Besonders skandalös dabei ist, dass diese Praxis auf das Betreuungspersonal in Alten- und Pflegeheimen angewendet wurde, sodass es, wie nicht anders zu erwarten, auch dort bei Menschen, die sich selbst nicht schützen können, zu Covid-19-Infektionswellen kam, die vermutlich für den dramatischen Anstieg der Letalität von Covid-19 in Deutschland und Europa ganz überwiegend verantwortlich waren.[6] Während die niedrigen Letalitätszahlen in Deutschland zu Beginn mit dem triumphierenden Unterton, dass diese so weit niedriger lägen als zum Beispiel in Italien, verkündet wurden, verzichteten die Medien im weiteren Verlauf der Pandemie darauf, den jeweiligen Stand der Letalität anzugeben, sodass von der breiteren Öffentlichkeit unbemerkt blieb, dass diese sich auch in Deutschland innerhalb weniger Wochen verzehnfachte. Es ist also auch hierzulande geschehen, was die Covid-19-Tragödie in der Lombardei, in Paris, in New York und an vielen anderen Orten der Welt ausmachte, nämlich der Ausgriff der Pandemie auf die vulnerabelsten Gruppen der Bevölkerung. Intensives Testen des medizinischen und Pflegepersonals und jedes Neuzugangs hätte diese Tragödie verhindern können.

Die Orientierung der Krisenbewältigungsstrategie an einem Indikator, den wir nicht einmal annäherungsweise kennen, ist bei allen Meriten der mathematischen Modellierung ein Unding. Sie hat die merkwürdige Konsequenz, dass selbst dann, wenn sich niemand zusätzlich anstecken würde, allein die Zahl der Testungen über den Einsatz oder das Unterlassen staatlicher Maßnahmen entscheidet. Zu Recht wurde dabei befürchtet, dass Landkreise sich bei dieser Strategieempfehlung bei den Testungsaktivitäten zurückhalten würden. Man kann dies auch umgekehrt betrachten: Es ist wünschenswert, ein genaues Bild von der pandemischen Situation zu erhalten. Dafür ist es erforderlich, zumindest prozentual, besser noch indivi-

---

[6] »60 Prozent der Corona-Toten in Deutschland in Pflege«, *Frankfurter Rundschau* am 11.6.2020 (online unter https://www.fr.de/panorama/corona-deutschland-virologe-streeck-lockdown-womoeglich-nicht-noetig-zr-13762762.html).

duell, das Infektionsgeschehen einschätzen zu können. Wenn aber die tatsächlich Infizierten zehnmal häufiger sind als die Registrierten, dann wäre die Strategieempfehlung um den Faktor 10 verfehlt, sie müsste auf 1/10 reduziert werden, da die Letalität von Covid-19 um den Faktor 10 geringer wäre.

Diese Überlegungen zeigen aber noch einen anderen, weit tiefer gehenden Defekt solcher Modellierungen, in diesem Fall sind es sogar zwei: die Identifikation der Zahl der registrierten Infizierten mit der Zahl der tatsächlich Infizierten und die implizite Annahme einer konstanten Morbidität und Letalität von Covid-19, das heißt die Annahme eines festen Prozentsatzes von Personen, die, wenn sie infiziert sind, erkranken beziehungsweise sterben. Genauer gesagt: Relevant ist die Zahl derjenigen, die schwer erkranken beziehungsweise sogar sterben, und derjenigen, die auf ein Intensivbett angewiesen sind. Da es sich im öffentlichen Diskurs eingebürgert hat, Infizierte mit Erkrankten gleichzusetzen, nehmen wir folgende terminologische Differenzierung vor: Infizierte Symptomfreie gelten nicht als erkrankt; erst wenn Symptome auftreten, sprechen wir von einer Erkrankung und charakterisieren diese terminologisch in Relation zu den insgesamt Infizierten als Morbidität (kurz: Wie viele der Infizierten erkranken beziehungsweise zeigen Symptome?). Davon zu unterscheiden sind diejenigen, die so schwer erkranken, dass sie stationär in einer Klinik behandelt werden müssen (Morbidität*), und diejenigen, die im Verlaufe der Erkrankung auf ein Intensivbett angewiesen sind (Morbidität**).

Es kann aufgrund der vorliegenden statistischen Daten gar kein Zweifel daran bestehen, dass das Risiko einer schweren Erkrankung oder sogar des Todes bei einer Covid-19-Infektion von Person zu Person stark variiert. Nach einer italienischen Untersuchung hatten lediglich 0,8 Prozent der mit Covid-19 Verstorbenen *keine* gravierenden Vor- oder Grunderkrankungen wie akuten Krebs, chronische Lungeninsuffizienz, Diabetes mellitus, vorausgegangenen Herzinfarkt oder Hirnschlag. Da sowohl Hochbetagte als auch Menschen mit solchen Grunderkrankungen einen Großteil der Insassen von Alten- und Pflegeheimen sowie von Klinikstationen ausmachen, würde der effektive Schutz dieser Einrichtungen vor Infektion einen Großteil der Todesfälle, aber auch der schweren Erkrankungen mit

Covid-19 verhindern. Wenn zudem allein lebende Hochbetagte oder gesundheitlich Belastete so weit von den Kommunen versorgt würden, dass sie sich selbst keinem Risiko einer Infektion aussetzen müssten, würde die Letalität auf einen Bruchteil absinken, im Idealfall auf unter 1 Prozent der aktuellen Letalität. Daher ist die zweite Invarianz-Annahme dieser Modellierung schlicht abwegig und setzt die falschen Anreize. Es kann bei einer Pandemie diesen Ausmaßes nicht darum gehen, durch allgemeine Maßnahmen, die alle gleichermaßen betreffen, auf höchst indirektem Wege das Infektionsrisiko der vulnerablen Gruppen abzusenken, sondern es muss darum gehen, Morbidität*, Morbidität** und Letalität einer Pandemie auf ein erträgliches Maß zu reduzieren, und das kann ohne gravierende ökonomische, soziale und kulturelle Kollateralschäden nur durch spezifische Maßnahmen erfolgen.

Keine der hier genannten Strategien kann also überzeugen, aber ihre offenkundigen Defizite verweisen auf eine Alternative, die im folgenden Abschnitt erläutert wird. Hier halten wir als Zwischenergebnis fest: Um in einer Krisensituation mit Gefahren vernünftig umzugehen, bedarf es nicht nur einer differenzierten Klärung der Faktenlage (im Fall von Covid-19 die tatsächliche Morbidität*, Morbidität** und Letalität), sondern auch wohlbegründeter normativer Kriterien, die sich an empirisch überprüfbaren Indikatoren orientieren und auf einer nachvollziehbaren Werteorientierung beruhen. Nur dann kann es gelingen, auch die öffentliche Diskussion rational und inklusiv zu gestalten.

Die Alternative: Containment und Risikostratifikation

> Das Wichtigste ist die Gesundheit. Danach kommen soziale Sicherheit und Arbeitsplätze.
>
> *Hubertus Heil,*
> *Bundesminister für Arbeit und Soziales*

> Der Grund meiner Besorgnis liegt vor allem in den wirklich unabsehbaren sozioökonomischen Folgen der drastischen Eindämmungsmaßnahmen, die derzeit in weiten Teilen Europas

Anwendung finden und auch in Deutschland bereits in großem Maße praktiziert werden.

Prof. em. Dr. med. Sucharit Bhakdi,
Infektionsepidemiologe

The current coronavirus disease, Covid-19, has been called a once-in-a-century pandemic. But it may also be a once-in-a-century evidence fiasco.

Prof. John Ioannidis,
Gesundheitswissenschaftler

Diese drei Äußerungen sprechen für eine tiefe Aporie, in die die Covid-19-Pandemie weite Teile des öffentlichen Diskurses gestürzt hat: Der Sozialpolitiker gibt dem Gesundheitsschutz absoluten Vorrang gegenüber sozialen und ökonomischen Aspekten der Krise; der Infektionsepidemiologe dagegen sorgt sich nicht so sehr um die gesundheitlichen, sondern mehr um die ökonomischen und sozialen Begleiterscheinungen der Krisenbekämpfung; der Gesundheitswissenschaftler dagegen sieht die Grundlagen jeder wissenschaftlichen Beurteilung in Gefahr *(evidence fiasco).*

Unter einer Aporie versteht man eine tiefe, nicht behebbare Ratlosigkeit. Die Frühdialoge Platons gelten in folgendem Sinne als aporetisch: Sie setzen sich mit den Meinungen der Menschen zu zentralen Tugenden auseinander, um am Ende jede dieser Meinungen zu widerlegen, ohne eine konstruktive Lösung präsentieren zu können. Aporien laufen Gefahr, in einer umfassenden Skepsis oder im Nihilismus zu enden. Nichts wird mehr geglaubt, alles gleichermaßen bezweifelt, allgemeines Misstrauen greift um sich und zerstört lebensweltliche Gewissheiten. Vormalige Instanzen der Gewissheit, geistliche und weltliche Autoritäten, heilige Schriften, aber auch wissenschaftliche Befunde werden simultan infrage gestellt, und das Ergebnis ist eine um sich greifende Beliebigkeit des Urteils.

Der Kynismus war eine Reaktion auf sokratische Aporetik: Wenn man alles bezweifeln kann, bleiben lediglich die alltäglichen Bedürfnisse und der Spott gegenüber allen Wissens- und Autoritätsansprüchen. Die Reaktion Platons war dem entgegengesetzt, nun sollte ein wissenschaftlich und philosophisch fundiertes Urteil an die Stelle ungeklärter, bloßer Meinung treten, der Übergang von *doxa* (dem Fürwahrhalten) zu *episteme* (der Erkenntnis, dem Wissen) sollte dem Staat beziehungsweise der Stadtgesellschaft wieder Orientierung geben.

Die kynische Reaktion äußert sich auf sogenannten »Hygiene«-Demonstrationen; die platonische im ungebrochenen Vertrauen vieler auf Drosten, Merkel und das RKI. Die einen misstrauen zunehmend der Wissenschaft, der medizinischen Praxis, den Institutionen und der Politik, die anderen verzichten auf das kritische eigene Urteil, um verbliebene Gewissheiten nicht zu gefährden. Die einen neigen zum Selbstdenken »ohne Geländer«, für das alles Unerhörte erlaubt zu sein scheint, sie echauffieren sich über dieses und jenes, vermuten böse Absichten, wo es sich allenfalls um Irrtümer handelt, stellen kühne Thesen auf, die miteinander unvereinbar sind. Die anderen neigen zum *sacrificium intellectus*, gehen vorsichtshalber davon aus, dass schon alles seine Richtigkeit hat, dass die Experten schon wissen werden, was richtig und falsch ist, selbst dann, wenn unter diesen ein hohes Maß an Uneinigkeit besteht, um sich zu beruhigen. Die zentrale bürgerschaftliche Tugend politischer Urteilskraft in der Demokratie wird in beiden Fällen zu Grabe getragen. Versuchen wir, dem einige Fragen und Überlegungen entgegenzustellen. Selbstdenken, so könnte man sagen, aber mit Geländer, Deliberation statt Apodiktik, Kritik statt Apologetik.

Gab es zur Covid-19-Krisenbewältigung im nationalen und globalen Maßstab eine Alternative? Zunächst einmal kann keine Rede davon sein, dass weltweit die gleiche Strategie verfolgt worden wäre. Die ostasiatischen Staaten China, Südkorea, Taiwan, Japan verfolgten eine deutlich andere Strategie als die europäischen Länder. Um es plakativ zu fassen: Die europäischen Länder verfolgten über mehrere Monate eine Delay-Strategie, Verzögerung des Anstiegs der Infiziertenzahlen, während die ostasiatischen Staaten eine Containment-Strategie verfolgten, die darauf gerichtet war, die weitere Ausbreitung der Infektion mit teilweise drastischen Maßnahmen zu unterbinden. Zumindest in den ersten Wochen und weiter anhaltend in Debattenbeiträgen unter Experten und Laien hielt sich zudem eine dritte strategische Option, die wir als Laisser-faire charakterisieren können: die Pandemie ähnlich wie saisonale Influenza-

Pandemien behandeln, keine Testungen durchführen, lediglich die Empfehlung für Vulnerable und Ältere ausgeben, eine Infektion möglichst zu vermeiden, und ansonsten keine einschränkenden Maßnahmen ergreifen.

Der internationale Vergleich zeigt keine eindeutigen Ergebnisse, aber doch einen Trend: Ostasiatischen Ländern, darunter auch Demokratien wie Taiwan und Südkorea, ist die Krisenbewältigung besser gelungen als europäischen oder amerikanischen.[7] Ostasiatische Länder setzten von Anbeginn auf die Schutzwirkung von Masken, nutzten Tracing- und Tracking-Apps, setzten aber auch im Einzelfall auf Isolation und Quarantänen. Südkorea war in der Pandemie-Bekämpfung besonders erfolgreich, trotz der Nähe zu China, einer dichten globalen Vernetzung und eines hohen Mobilitätsniveaus. Das Land kam ohne einen generellen Lockdown und ohne allgemeine Ausgangs- und Kontaktbeschränkungen aus. Es setzte auf intensives Testen, Containment und Screening auch mithilfe einer hocheffektiven Tracking-App.[8] Für den Erfolg spielte offenbar das hohe Maß der Digitalisierung der ökonomischen und sozialen Praxis eine Rolle, das den effektiven Einsatz digitaler Tools zum Tracking und Tracing innerhalb kürzester Frist ermöglichte, sowie die Kooperationsbereitschaft und Disziplin der Bevölkerung, die sich im massiven Einsatz von freiwilligen Helfern und Helferinnen zeigte. Zudem hatte Südkorea aus der MERS-Epidemie 2015/16 gelernt und sein Gesundheitssystem auf Situationen dieser Art vorbereitet. Auch Taiwan, als ein weiterer Staat, der enge Wirtschaftsbeziehungen zur Volksrepublik China unterhält und daher frühzeitig von der Pandemie betroffen war, brachte die Ausbreitung der Pandemie im eigenen Land rasch unter Kontrolle. Weit weniger erfolgreich wurde diese Strategie des Containments zunächst in Japan umgesetzt, allerdings war dann doch ein positiver Trend zu verzeichnen – und das, obwohl kein Lockdown, keine App und kein generelles Social Distancing vorgeschrieben wurden. Stattdessen

---

7 Vgl. https://ourworldindata.org/coronavirus.

8 Siehe »Emerging COVID-19 success story: South Korea learned the lessons of MERS«, *Our World in Data,* 30. 6. 2020 (online unter https://ourworldindata.org/covid-exemplar-south-korea).

arbeiteten die 40 000 Mitarbeiter lokaler Gesundheitszentren daran, die Infizierten und ihre Kontaktpersonen zu lokalisieren.

Die insgesamt gute Entwicklung in Deutschland zeigt sich zweifellos im Vergleich zu europäischen Nachbarländern wie Großbritannien, Frankreich, Spanien und Italien. Im Vergleich zu Südkorea oder Taiwan war die deutsche Krisenbewältigungsstrategie allenfalls mäßig erfolgreich.

Wenn die Risikoeinschätzungen so dramatisch ausfallen wie in den Monaten der pandemischen Ausbreitung – anders als die ersten Einschätzungen Anfang 2020 durch WHO, RKI, Drosten und staatliche Instanzen in Deutschland und Europa –, dann sind massive Interventionen zu Beginn des Ausbreitungsgeschehens gerechtfertigt, um die Infektionen lokal zu begrenzen und im Idealfall jede einzelne Infektion zurückverfolgen zu können. Aus risikoethischer Perspektive war es bei dieser Strategie abwegig, die Risikolage zum jeweiligen Zeitpunkt als Maßstab zu nehmen, wie es zu Beginn nicht nur die WHO und das RKI, sondern über einen viel zu langen Zeitraum auch das European Centre for Disease Prevention and Control (ECDC) praktiziert haben: »Auch als in Italien bereits Menschen sterben und die Lombardei erste Virusherde komplett abriegelt, bleibt das ECDC bei seiner Risikoeinschätzung von ›gering bis moderat‹ für den Rest der EU.«[9] Vielmehr muss es darum gehen, bei noch minimalem Risiko, sich zu infizieren, mit drastischen Maßnahmen (zum Beispiel Schließung jeder Schule, Schließung ganzer Firmengebäude, in denen ein einziger Fall aufgetreten ist, kontrollierte Quarantäne, Maßnahmen für Kontaktpersonen von Infizierten etc.) einzugreifen, um den Eintritt in die exponentielle und dann kaum noch zu kontrollierende Phase zu verhindern, also die weitere Ausbreitung im Keim zu ersticken. Eine solche Strategie der punktuellen, effektiven Intervention macht dann im weiteren Verlauf allgemeine Maßnahmen, die alle gleichermaßen betreffen, weil man nicht mehr beurteilen kann, wo welche Infektionsketten in Gang kommen, überflüssig und vermeidet ökonomische, soziale und kulturelle Kollateralschäden in größerem Umfang.

Der Einwand, dass auch Länder, die dabei erfolgreich waren,

---

[9] Addendum: *Corona*, Edition QVV 2020, S. 38.

starke Rückgänge der ökonomischen Aktivitäten in Kauf nehmen mussten, beruht auf einem Denkfehler: Angesichts des hohen Verflechtungsgrades der globalen Ökonomie, jedenfalls der hoch entwickelten und der Schwellenländer (während der gesamte Kontinent Afrika nur zu 2 Prozent am Welthandel beteiligt ist), führen Kollateralschäden der Krisenbewältigung auf vielen Märkten dazu, dass alle verflochtenen Märkte in Mitleidenschaft gezogen werden. Daraus zu folgern, dass eine allgemeine Praxis des effektiven Containments ebenfalls mit diesen Kollateralschäden konfrontiert gewesen wäre, ist selbstverständlich ein Irrtum. Effektives und frühzeitiges Containment hätte den Einbruch der Weltwirtschaft verhindert und die Krise verkürzt.[10]

Aus ostasiatischer Sicht ist die Selbstgefälligkeit Europas nicht mehr nachzuvollziehen. Die immer noch, zumindest insgeheim, bewunderte europäische Kultur und Zivilisation scheint aus der Ferne angesichts dieser Herausforderung kollektiv zu versagen.[11] Erst recht gilt dies für den Blick auf die USA. Aber was ist zu tun, wenn die Maßnahmen des Containments scheitern, wie es in Deutschland wohl vor allem als Folge der Rückkehr von Superspreadern aus Tirol und Südtirol nach der Karnevalswoche und durch Hotspots wie in Heinsberg geschehen ist? Man kann nur spekulieren, aber vermutlich hatte die niedrige Letalität zu Beginn der Pandemie in Deutschland eine Ursache darin, dass der Großteil der Infizierten zu den jüngeren bis mittleren Jahrgängen gehörte (80- und 90-Jährige mit Vorerkrankungen fahren nur selten in Ischgl Ski) und die besonders vulnerablen Gruppen sich angesichts der schrecklichen Bilder aus Bergamo und Umgebung, soweit sie konnten, in Sicherheit brachten, das heißt den Kontakt zu ihren Kindern und Enkeln schon vor den staatlichen Maßnahmen einschränkten.

In diesem Zusammenhang ist ein Blick auf ein unbeabsichtigtes französisches Großexperiment aufschlussreich. Am 8. April 2020 meldete das französische Verteidigungsministerium, dass an Bord

---

[10] Vgl. https://www.worldbank.org/en/publication/global-economic-prospects.

[11] Siehe John Vail: »Warum Asien nach der Pandemie besser abschneidet als Europa«, auf boerse-Muenchen.de, 28.4.2020 (online unter: https://www.boerse-muenchen.de/suedseiten/4671/Warum-Asien-nach-der-Pandemie-besser-ab schneidet-als-Europa).

des atomar bewaffneten Flugzeugträgers *Charles de Gaulle* – eine wesentliche Säule der *Force de Frappe* – eine Infektionswelle mit Covid-19 um sich griff.[12] Offenbar hatten sich einige Marinesoldaten auf Landgängen infiziert, und dies führte zu einer raschen Ausbreitung, sodass schon kurz darauf knapp die Hälfte der gesamten Besatzung infiziert war (1081 der insgesamt 2400 Besatzungsmitglieder). 545 von ihnen hatten Symptome, 24 Soldaten mussten in die Klinik, ein Soldat musste künstlich beatmet werden, die anderen nicht. Es kam zu keinem einzigen Todesfall.

Nun bilden natürlich Marinesoldaten, Offiziere und Besatzung eines Flugzeugträgers, kein repräsentatives *Sample* der Gesamtbevölkerung. Personen über 60, die in der Gesamtbevölkerung 30 Prozent ausmachen, wird es nur selten auf Flugzeugträgern geben, Kinder und Jugendliche allerdings ebenfalls nicht, das heißt, es handelt sich um eine starke Konzentration auf die mittleren Altersgruppen mit einer Verschiebung zugunsten körperlich aktiver und belastbarer Personen. Die Letalität von Covid-19 scheint in einer solchen Population unter der einer Influenza-Infektion in der Gesamtbevölkerung zu liegen, wie auch andere Befunde nahelegen, zum Beispiel der des Rechtsmediziners Klaus Püschel, der aufgrund seiner Obduktionen von Covid-19-Patienten zu dieser Einschätzung kam. Die niedrige Letalität in Deutschland zu Beginn der Pandemie hat wohl dieselbe Erklärung. Wenn man zudem die Obduktionsberichte hinzuzieht, spricht alles für die Annahme, dass die Letalität von Covid-19 in der jüngeren und mittleren, gesunden Bevölkerung deutlich unter der Letalität einer Influenza in der Gesamtbevölkerung liegt. Tatsächlich sterben an der Grippe auch Jüngere, sogar Kinder, und das Infektionsgeschehen wird ganz wesentlich von den jüngeren Jahrgängen geprägt. Dies war auch ein Grund für die frühzeitige Schließung von Kindergärten, Krippen und Schulen, auch in anderen europäischen Ländern, was sich im Rückblick angesichts der Spezifika von Covid-19 als durchaus fraglich herausgestellt hat.[13]

---

[12] Siehe https://france3-regions.francetvinfo.fr/provence-alpes-cote-d-azur/var/toulon/toulon-il-ne-reste-plus-que-deux-marins-du-charles-gaulle-positifs-au-coronavirus-hopital-1813266.html.

[13] Island hatte daher schon im Mai 2020 beschlossen, die Schulen, Kindergärten und Krippen wieder auf Normalbetrieb zu fahren, weil die staatlichen Behörden zu

Die Daten sprechen angesichts der starken Konzentration der Gesundheitsrisiken von Covid-19 für die Vermutung, dass die Morbidität*, Morbidität** und Letalität von Covid-19 in der jüngeren und gesunden Bevölkerung unter der einer stärkeren Influenza liegt (Vergleich 1). In jedem Fall aber zeigen die vorliegenden pathologischen Untersuchungen der Covid-19-Toten in mehreren europäischen Ländern, dass die Letalität von Covid-19 in der jüngeren und gesunden Bevölkerung weit unter der einer Influenza in der Gesamtbevölkerung liegt (Vergleich 2). Wir vergleichen hier die Letalität von Covid-19 in der Population der Jüngeren und Gesunden, zum Beispiel der Personen ohne gravierende Grund- und Vorerkrankungen, die zugleich unter 50 (alternativ unter 60 oder 70) Jahre alt sind, mit der Letalität einer Influenza-Epidemie in der Gesamtbevölkerung, die erfahrungsgemäß bei 0,1 bis maximal 0,3 Prozent liegt. Risikoethisch betrachtet nehmen wir in Vergleich 1 den Umgang der Bevölkerung und des Staates mit einer Influenza-Epidemie in der jüngeren und gesunden Bevölkerung als Maßstab für den Umgang mit Covid-19 in derselben Bevölkerungsgruppe. In Vergleich 2 nehmen wir das Risikoverhalten der Gesamtbevölkerung und des Staates im Falle einer Influenza-Epidemie als Maßstab für den Umgang mit Covid-19 außerhalb der vulnerablen Gruppen.

Die Letalität von Covid-19 liegt außerhalb der vulnerablen Gruppen deutlich, möglicherweise um eine ganze Größenordnung, niedriger als die einer Influenza in der Gesamtbevölkerung. Wenn man also die Verhältnismäßigkeit an diesem Vergleich orientiert, der zudem den Vorteil hat, keinen Diskriminierungsvorwurf auf sich zu ziehen, sind wir für die Rechtfertigung einer alternativen Strategie auf der sicheren Seite. Wenn es gelingt, das Infektionsgeschehen einer Pandemie vom Typ Covid-19 mit der starken Konzentration von Morbidität*, Morbidität** und Letalität auf Vorerkrankte und Hochbetagte aus Altenheimen, Pflegeeinrichtungen und Kliniken fernzuhalten sowie den autark lebenden vulnerablen Personen effektive Schutzmöglichkeiten zu geben, dann ist ein restriktiverer Umgang als derjenige, der bei saisonalen Grippewellen üblich ist, nicht

dem Ergebnis kamen, dass von dort kein übermäßiges Infektionsrisiko ausgeht, anders als bei einer Grippe.

gerechtfertigt. Wenn man diese Verhältnismäßigkeit zum Kriterium nimmt, wäre ein restriktiver Umgang, der Grundrechte aufhebt oder einschränkt, folglich moralisch und rechtlich unzulässig. Die Auflagen können gegenüber Personen, die für sich ein geringeres Infektionsfolgenrisiko als bei einer Influenza erwarten, nur unter der Bedingung gerechtfertigt werden, dass damit andere geschützt werden, die ein weit höheres Infektionsfolgenrisiko tragen als das einer Infektion mit Influenza-Viren. Wenn aber sichergestellt ist, dass diese Gefährdung nicht erfolgt, zum Beispiel weil das Infektionsgeschehen nicht auf Pflegeheime ausgreifen kann, entfällt dieses rechtfertigende Argument, und damit werden die Freiheitseinschränkungen unzulässig.

Wenn man zudem in Rechnung stellt, dass die allgemeinen restriktiven Maßnahmen (Ausgangsbeschränkungen, Kontaktsperren) ökonomische, soziale und kulturelle Folgen haben, die sich nicht bei allen Personen, aber bei einem doch wachsenden Teil der Bevölkerung zu existenziellen Krisen entwickeln können, wird die Unzulässigkeit der restriktiven Maßnahmen unter dieser Bedingung noch offenkundiger. Der Verlust des Arbeitsplatzes oder des über Jahre aufgebauten Familienunternehmens, die dauerhafte Abhängigkeit von sozialen Transferleistungen und die Verfinsterung der ökonomischen Aussichten über viele Jahre sind derart gravierend, dass sie nur als eine Notmaßnahme zur Abwendung größten Unheils gerechtfertigt werden können. Wenn die genannte Bedingung aber erfüllt ist, handelt es sich um eine Gesundheitskrise, deren Ausmaß deutlich unter der von saisonalen Grippen liegt.

Die Alternative im Falle von Covid-19 gegenüber der europäischen Delay-Strategie lautet: konsequentes Containment und Risikostratifikation.

1. Ausschlaggebend ist zu Beginn die *effektive Intervention*, um die Ausbreitung lokal zu begrenzen, um den Übergang zu einer epidemischen und pandemischen, in der Regel exponentiellen Phase zu blockieren. Der Einsatz digitaler Tools ermöglicht es, ohne massive staatliche, gar paramilitärische Interventionen auszukommen, wie Südkorea gezeigt hat. Die Krisenbewältigung darf sich nicht am aktuellen Infektionsrisiko orientieren, wie es

zu Beginn der Pandemie erfolgt ist. Zweifellos ist es nicht einfach, die Bevölkerung von der Notwendigkeit drastischer Maßnahmen zu einem Zeitpunkt zu überzeugen, zu dem das individuelle Infektionsrisiko noch minimal ist, da hilft nur Aufklärung über die mathematischen Besonderheiten von Potenzfunktionen.

2. Wenn Containment scheitert, dann sollten spezifische Maßnahmen zum *effektiven Schutz der vulnerablen Gruppen* erfolgen, allgemeine, alle gleichermaßen betreffende Restriktionen mit gravierenden ökonomischen, sozialen und kulturellen Folgen aber vermieden werden.
3. Der Schutz der vulnerablen Gruppen sollte durchgehend *diskriminierungsfrei* erfolgen, das heißt auf Freiwilligkeit setzen. Es geht in erster Linie um Angebote der Kommunen, die es den Gefährdeten erlauben, sich effektiv zu schützen: tägliche Versorgung mit dem Lebensnotwendigen, medizinische Masken etc.
4. Menschen, die in Heimen leben, müssen sich darauf verlassen können, dass sie keinem Infektionsrisiko ausgesetzt werden. Das Betreuungspersonal ist daher regelmäßig zu testen, Schutzkleidung und Sicherheitsschleusen sind unumgänglich. Neuzugänge sind zu testen.
5. Der *Schutz des medizinischen Personals* muss, ebenso wie der von Patienten in den Krankenstationen, sichergestellt sein, anders als in der ersten Phase der Pandemie.
6. Wenn der Schutz der Vulnerablen gesichert ist (derjenigen, die geschützt werden müssen, und derjenigen, die sich selbst freiwillig schützen können), dann gelten für die übrige Bevölkerung vergleichbare Präventionsmaßnahmen wie im Falle einer Epidemie mit vergleichbarer Letalität. Wenn es also durch (1) bis (5) gelingt, die Letalität einer Infektionskrankheit unter diejenige einer saisonalen Grippe zu drücken, wäre eine Ungleichbehandlung unverhältnismäßig und damit risikoethisch irrational.

Lehren aus der Coronakrise – nie wieder![14]

Paris. Ein gewöhnlicher Montagmorgen. In einem französischen Lycée hält ein Lehrer gerade einen Vortrag über Katharina von Medici. Die Schüler hören ihm gelangweilt zu. Plötzlich bemerken sie, wie eine Gruppe junger Männer und Frauen den Schulhof betritt und einige sich in Richtung ihrer Klasse aufmachen. Die Tür wird aufgerissen. Ein hübscher junger Mann, Sean, geht zum Lehrerpult und spricht zu den Schülern, die ihn mit aufgerissenen Augen anstarren.

»Hallo, wir sind von Act Up Paris. Wir wollen mit euch über Aids-Prävention reden, da der Staat dazu nicht imstande ist. Wir sind hier, weil der französische Staat dazu offensichtlich nicht in der Lage ist.«

Der Lehrer versucht, ihn zu unterbrechen, aber Sean lässt sich nicht aus dem Konzept bringen.

»Egal, ob du schwul, lesbisch, hetero oder bi bist … das Kondom ist der einzige Schutz vor Aids und anderen STDs. Bei der Fellatio ist die Gefahr zwar geringer, aber doch ist sie vorhanden. Kein Sperma in den Mund nehmen, insbesondere bei Mundverletzungen oder entzündetem Zahnfleisch.«

Sean, der selbst HIV-positiv ist und weiß, dass ihm angesichts fehlender wirklich guter Medikamente nicht mehr viel Zeit zum Leben bleibt, engagiert sich bei Act Up Paris. Er wurde als 16-Jähriger bei seinem ersten sexuellen Kontakt infiziert, und zwar von seinem verheirateten Mathelehrer. Während ein Freund von Sean im Klassenzimmer Broschüren verteilt, reißt der Lehrer diese den Jugendlichen wieder aus der Hand.

»Das sind Minderjährige! Was erlauben Sie sich!«, schreit er.

Im Nebenzimmer betritt zum gleichen Zeitpunkt ein anderer junger Mann von Act Up eine Klasse.

»Entschuldigen Sie, Madame«, wendet er sich höflich an die Lehrerin. »Wir sind von Act Up Paris und unterbrechen Sie nur kurz, um über Aids zu sprechen. Wir fassen uns kurz.«

»Okay!«, sagt die Lehrerin und richtet sich an ihre Schüler: »Hört zu, das ist sehr wichtig.«

[14] Eine frühe Fassung dieses Kapitels erschien in der *Welt* am 22. 6. 2020.

Dann legt der Junge los und stellt dar, welche sexuellen Praktiken für die Verbreitung des Virus gefährlich sein können und welche nicht.

Diese Szene ist dem Film *120 BPM (120 Beats Per Minute)* von Robin Campillo aus dem Jahr 2017 entnommen. Er beruht auf vielen wahren Begebenheiten und führt den Zuschauern von heute den Beginn der Aids-Epidemie in Europa vor Augen. Act Up Paris ist keine Fiktion. Dieser Verein wurde 1987 in New York gegründet und 1989 auch in Paris, einer Stadt, in der das HI-Virus besonders wütete. Die Mitglieder kämpften sowohl gegen Pharmafirmen, die, wie sie glaubten, die Forschung aus monetären Zwecken unter Verschluss hielten, als auch dafür, die Gesellschaft aufzuklären, um weitere Tote zu verhindern, denn der französische Staat unter Präsident Mitterrand war in Sachen Prävention nicht engagiert genug. Jungen Menschen zu sagen, sie sollten Kondome benutzen, war dem katholisch geprägten Frankreich ein Dorn im Auge. Aber es ging Act Up Paris auch darum, der sozialen und politischen Ausgrenzung der in Frankreich (wie in den restlichen westlichen Staaten) vornehmlich betroffenen Infizierten, also Schwulen, Transsexuellen, Prostituierten und Fixern, entgegenzuwirken. So haben die Aktivisten gleich im Jahr ihrer Gründung eine Banderole auf der Kathedrale von Notre-Dame angebracht, um die kontraproduktive Haltung der katholischen Kirche zu denunzieren. Zu ihren wichtigsten politischen Kampfsprüchen gehört etwa: »Schweigen = Tod, Aktion = Leben«.

Sean, der Held des Films, wird seine Erkrankung nicht überleben. Doch sein Freund Nathan, selbst HIV-negativ, hat gelernt, mit der Bedrohung durch das Virus zu leben. In den letzten Lebensmonaten von Sean zieht er mit ihm zusammen, kümmert sich liebevoll um ihn und hat sogar noch – natürlich geschützten – Sex mit ihm. Das Virus hindert niemanden daran, am Leben teilzuhaben, Freunde zu haben, zu lieben und geliebt zu werden – so lautet eine der zentralen Botschaften, auch des Films.

Die 1980er-Jahre sind kulturell eine aufwühlende Zeit. Mit ihnen ging die Zeit der erotischen und sexuellen Libertinage zu Ende. Der Schrecken angesichts der neuen Infektionskrankheit Aids und der damit einhergehenden Verbindung von Sexualität und Tod griff tief in die Lebenswelt insbesondere der jüngeren Generationen ein. Die politischen Reaktionen bildeten ein weites Spektrum ab – vom weitgehenden Laisser-faire bis hin zu drakonischen Maßnahmen der Isolierung von Infizierten und allgemeiner sozialer Distanzierung. Der damalige Rechtsausleger der CSU und Staatssekretär im bayerischen Innenministerium, Peter Gauweiler, irritierte die Öffentlichkeit mit drastischen Vorschlägen, die von den hauptsächlich betroffenen Gruppen der Homosexuellen und Drogenabhängigen als diskriminierend empfunden wurden. Rita Süssmuth, die damalige Bundesgesundheitsministerin, fuhr dagegen einen behutsamen Kurs der Aufklärung und zugleich der Beruhigung der Öffentlichkeit.

Bis heute gibt es gegen HIV/Aids keine verlässliche Impfung, allerdings gibt es komplexe Therapien, die das Virus im Körper bis unter die Nachweisgrenze drücken können und unterdessen HIV-Infizierten ein langes Leben ermöglichen. In manchen Ländern des globalen Südens ist die Lebenserwartung durch HIV dagegen deutlich gesunken und die ökonomische und soziale Vitalität nachhaltig beschädigt. Aber auch Länder des globalen Südens zeigen, dass es möglich ist, das Risiko einer HIV-Infektion zu begrenzen und die Folgen einer solchen zu mäßigen. Namibia gilt dafür als eines der vorbildlichen Länder.

Wann immer das Virus auf die menschliche Spezies ausgegriffen hat – vermutlich schon viele Jahre vor der pandemischen Entwicklung –, dieser Ausbruch ist, wie es scheint, nicht mehr rückgängig zu machen. Auch 2020 werden sich mehr als eine Million Menschen weltweit mit Aids infizieren.[15] Die Welt hat lernen müssen, mit dem Virus zu leben, allerdings ist das in sehr unterschiedlichem Maß gelungen, und die Risiken sind nach wie vor extrem ungleich verteilt: Für Menschen, die sich Heroin spritzen, ist das Risiko 50-mal höher als in der Normalbevölkerung, und homosexuelle Männer haben hierzulande ein 19-mal höheres Risiko, sich anzustecken.[16]

Ebola ist dagegen eine andere Kategorie von Risiko. Wenn sich

[15] Aktuelle Zahlen zur HIV-Statistik in Deutschland und weltweit unter: https://www.aidshilfe.de/hiv-statistik-deutschland-weltweit.

[16] Siehe Gudrun Heise: »WHO-Richtlinien zu HIV und Risikogruppen«, Deutsche Welle vom 11.7.2014 (online unter: https://www.dw.com/de/who-richtlinien-zu-hiv-und-risikogruppen/a-17776562).

Menschen mit dem Ebolavirus infizieren, sterben sie zu einem hohen Prozentsatz, je nachdem, welcher Typ sie befallen hat. Die Letalität für Ebola beträgt je nach Virusart zwischen 20 und 90 Prozent. Eine pandemische Ausbreitung von Ebola hätte zu einer Weltkatastrophe unvorstellbaren Ausmaßes geführt. Es ist den afrikanischen Staaten zu verdanken, dass es dazu nicht gekommen ist. Auch in Zukunft wird es vermutlich immer wieder Übergriffe des Ebolavirus auf menschliche Populationen geben, und es ist zu hoffen, dass es jeweils gelingt, eine pandemische Entwicklung zu verhindern und das Infektionsgeschehen lokal begrenzt zu halten. Die Welt muss dann nicht lernen, mit Ebola zu leben.

Die Welt muss seit Jahrtausenden mit dem Influenza-Virus leben, das sich in unterschiedlichen Typen und immer wieder neuen Mutationen saisonal über einen Großteil der nördlichen Hemisphäre ausbreitet, insbesondere in den kühlen Wochen des Herbstes und dann noch einmal im Frühjahr.[17] Dabei ist eine Influenza-Epidemie keineswegs harmlos, die Zahlen der Erkrankten und der Todesfälle schwanken sehr stark von Jahr zu Jahr. Die Grippewelle 2017/18 forderte in Deutschland 25 000 Menschenleben (in Italien sogar mehr als 30 000), in manchen Jahren liegt die Todesrate jedoch bei weniger als 1000 Menschen. Aber auch in Zeiten einer heftigen Influenza-Epidemie haben die Gesellschaften damit zu leben gelernt. Sie wissen, dass das Risiko ungleich verteilt ist, dass es Impfungen gibt, die allerdings nicht zuverlässig schützen und mit zunehmendem Alter an Effektivität verlieren. Manche vorsichtigen Menschen verhalten sich risikoavers, andere wollen von sozialen und kulturellen Aktivitäten auch in Phasen der Grippewellen nicht lassen und nehmen die regelmäßigen Infekte als Stärkung ihres Immunsystems in Kauf. Es scheint jedenfalls einen globalen Konsens darüber zu geben, dass die Risiken einer Influenza-Epidemie einen allgemeinen Lockdown mit all den ökonomischen, sozialen und kulturellen Fol-

[17] Als Grippesaison wird laut RKI der Zeitraum bezeichnet, in dem Influenzaviren hauptsächlich zirkulieren. Das ist auf der nördlichen Halbkugel üblicherweise zwischen der 40. Kalenderwoche (Anfang Oktober) und der 20. Kalenderwoche (Mitte Mai) der Fall (online unter: https://www.rki.de/SharedDocs/FAQ/Influenza/FAQ26.html).

gen nicht rechtfertigen. Die Welt hat mit dem Influenza-Virus zu leben gelernt.

Wie wird es mit Covid-19 sein? Nach wie vor stehen sich zwei Denkschulen gegenüber: Die eine will das Virus lokal begrenzen wie Ebola, die andere hält dies angesichts der Mobilität der Weltgesellschaft und der vergleichsweise geringen Letalität sowie der Tatsache, dass ein großer Teil der Infizierten symptomfrei, aber dennoch infektiös ist, für undenkbar. Das Worst-Case-Szenario wäre, dass sich Covid-19 wie Influenza in saisonalen Wellen über einen großen Teil der Erde ausbreitet. Die Welt müsste dann lernen, auch mit diesem Virus zu leben.

In Deutschland wurde im Sommer 2020 zunehmend eine risikostratifizierte Strategie praktiziert, also nach Abschätzung des jeweiligen Risikos gehandelt. Die hohe Zahl von Infizierten in Göttingen nach einigen privaten Zuckerfesten zum Ende des Ramadan beispielsweise führte in einem Wohnblock nicht nur zu rigorosen Kontrollen und Quarantänen, sondern veranlasste die Kommune auch zu Schulschließungen. Die Maßnahmen blieben aber lokal beschränkt. Selbst angesichts des massiven Ausbruchs mit Hunderten von Infizierten in der Fleischproduktion von Tönnies im Kreis Gütersloh wurde auf einen regionalen Lockdown zunächst verzichtet. Beide Fälle zeigen: Das, was im allgemeinen ersten Lockdown in den meisten europäischen Staaten nicht möglich erschien, nämlich risikostratifiziert vorzugehen, weist einen Weg in eine erträgliche Praxis im Umgang mit Covid-19.

Im Herbst 2020 stellte sich heraus, dass die Gesundheitsämter in ganz Europa angesichts der steigenden Inzidenzen die Kontrolle über das Infektionsgeschehen rasch wieder verloren, sodass die risikostratifizierten Strategien abgebrochen und durch unterschiedliche allgemeine Shutdown- und Lockdown-Maßnahmen ersetzt wurden. Das, was noch Wochen zuvor ausgeschlossen worden war, nämlich erneut mit allgemeinen Maßnahmen das wirtschaftliche, soziale und kulturelle Leben für alle massiv einzuschränken, wurde bittere Realität. Die Politik hat durch Untätigkeit über viele Monate, durch die Weigerung, Schulen und Gesundheitsämter auf die zweite Welle vorzubereiten und durch unzureichenden Einsatz digitaler Technologien zu dieser Entwicklung beigetragen.

Was aber tun, wenn es erneut zu einer pandemischen Ausbreitung kommt, die lokal nicht mehr beherrscht werden kann? Wenn sich die Welt gar auf saisonale Covid-19-Wellen einstellen muss? Vermutlich ist der Öffentlichkeit und den politisch Verantwortlichen unterdessen klar, dass eine regelmäßige Wiederholung des globalen Lockdowns dann keine Option mehr ist. Ein Lockdown im Herbst und im Frühjahr jedes Jahr würde die Welt in eine tiefe ökonomische Depression zwingen, mit unerträglichen Folgen. Schon jetzt weisen die Daten auf einen Einbruch hin, der als einzigen Vergleich in der Industriegeschichte die Weltwirtschaftskrise von 1929 hat. Auch damals war es der erneute Rückgang der Wirtschaftsleistung, bewirkt auch durch falsche staatliche Gegenmaßnahmen, der am Ende das soziale Desaster auslöste, das die nationalsozialistische Machtergreifung erst möglich machte. Die Geschichte wiederholt sich nicht, aber diese Erfahrung muss uns eine Warnung sein: nie wieder!

Fabian Scheidler
Der Stoff, aus dem wir sind. Warum wir Natur und Gesellschaft neu denken müssen

Die industrielle Zivilisation hat das Antlitz der Erde innerhalb der letzten zwei Jahrhunderte radikal verändert: An die Stelle von beinahe endlosen Wäldern und vielfältigen Kulturlandschaften sind Megastädte und Industriegebiete, Straßengeflechte und Containerhäfen, landwirtschaftliche Monokulturen und Abraumhalden getreten. Gewaltige Flussläufe wurden begradigt, umgeleitet und aufgestaut, Berge untertunnelt und gesprengt. Was auf der einen Seite als Triumph der Zivilisation über die Natur erscheint, als Beweis der Macht und Intelligenz des Menschen, erweist sich auf der anderen Seite als Verhängnis: Der vermeintliche Sieg über die Naturgewalten hat den Planeten in eine der tiefsten Krisen seiner Geschichte gesteuert. Nie zuvor seit 66 Millionen Jahren, als die Dinosaurier von der Erde weitgehend verschwanden, starben so schnell so viele Tier- und Pflanzenarten aus. Das Klimasystem nähert sich gefährlichen Kipppunkten; werden sie überschritten, drohen ganze Erdregionen unbewohnbar zu werden. Ob die Gattung *Homo* diesen Prozess letztlich überleben wird, ist alles andere als gewiss.

Obwohl all dies im Prinzip seit Jahrzehnten bekannt ist, ist unsere Zivilisation offensichtlich unfähig, ihren Kurs zu korrigieren. Weder die immer drängenderen Warnrufe von Zehntausenden Wissenschaftlern noch die Millionen von Menschen, die für die Rettung des Planeten weltweit auf die Straße gehen, haben daran etwas Wesentliches geändert. Wie ich in meinem Buch *Das Ende der Megamaschine. Geschichte einer scheiternden Zivilisation* gezeigt habe, reichen die Gründe dafür tief in die ökonomischen, politischen und ideologischen Fundamente unserer Gesellschaft hinein.[18]

Zu diesen Tiefenstrukturen gehört auch ein besonderes Verhältnis zu dem, was wir »Natur« nennen. Für die Pioniere der mechanisti-

[18] Fabian Scheidler: *Das Ende der Megamaschine. Geschichte einer scheiternden Zivilisation*, 10. Auflage, Wien 2018.

schen Wissenschaft, die in der Frühen Neuzeit entstand und prägend für unsere Zivilisation werden sollte, bestand die Natur aus vom Menschen getrennten Objekten, die sich beliebig zerlegen, analysieren, neu zusammensetzen und kontrollieren ließen. Alles, so schien es, könne der Mensch ergründen und schließlich beherrschen. Doch tatsächlich haben sich, wie wir im Laufe dieses Beitrags sehen werden, genau diese Annahmen mittlerweile auf allen Ebenen als falsch erwiesen: Erstens zeigt sich der Stoff, aus dem wir sind, als immer rätselhafter, je tiefer die Wissenschaft in ihn eindringt; zweitens lässt er sich nicht in isolierte Objekte auftrennen; und drittens führt der Versuch einer totalen Kontrolle über die Natur geradewegs in den ökologischen Kollaps – und damit in einen zunehmenden Kontrollverlust.

Doch diese Erkenntnisse haben sich bisher in unserem alltäglichen Bewusstsein und Handeln nicht durchsetzen können. Wir sprechen noch immer selbstverständlich so, als sei die Natur etwas, das unabhängig von uns »da draußen« existiert, eine »Umwelt«, die uns umgibt, während wir selbst einer anderen Sphäre angehörten: der »Zivilisation«. Wir tun so, als würden uns die Verwerfungen in der Biosphäre kaum mehr angehen als ein Film auf einer Leinwand, den wir bei Bedarf einfach abschalten können. Inzwischen bewegen wir uns die meiste wache Zeit in einer digitalen Technosphäre, in der die nicht menschengemachte Welt nur noch als Bild, als Datensatz vorkommt. Diese Trennung ist das Ergebnis eines jahrhundertelangen Prozesses, der nicht nur unser Denken und unseren Alltag durchzieht, sondern auch unsere ökonomischen, politischen und wissenschaftlichen Institutionen.

Doch so hoch die Mauern auch sind, die wir durch Technik zwischen uns und der »Umwelt« errichten, so sehr erweisen sie sich am Ende als Illusion. Durch Atmung und Stoffwechsel werden alle zwei Monate sämtliche Atome meiner Leber ausgetauscht, alle sechs Wochen die meiner Haut.[19] Was eben noch »da draußen« war, ist im nächsten Moment ein Teil von mir. Und umgekehrt. Der Stoff da draußen ist unser Stoff. Was wir ihm antun, tun wir letztlich uns selbst an. Die Ausbreitung von Pandemien wie Covid-19 zeigt das sehr anschaulich, schließlich stammt ein Großteil der neuen Erreger,

[19] Lynn Margulis: *Leben. Vom Ursprung zur Vielfalt*, Heidelberg 1999, S. 23.

die unsere Atemwege und Immunsysteme befallen, von wilden Tieren, deren Habitate zerstört wurden.[20] Die Vorstellung, es gebe eine von uns getrennte Natur, mit der wir beliebig verfahren können, die wir abbaggern, aufheizen, zerlegen, neu zusammensetzen und kontrollieren können wie ein Bauingenieur seine Materialien, ist eine tödliche Täuschung.

Dieser Text erkundet die Ursprünge jener Illusion der Trennung, die tief in der westlichen Zivilisation verankert ist. Dabei zeigt sich, wie die modernen Naturwissenschaften, die oft herangezogen werden, um die technische Herrschaft über die Natur zu legitimieren, tatsächlich eine Welt entdeckt haben, die keineswegs auf Trennung, sondern auf Verbundenheit, nicht auf Herrschaft, sondern auf Selbstorganisation beruht. Diese Erkenntnisse können entscheidend dabei helfen, die ideologischen Verengungen unserer Weltsichten zu überwinden und Auswege aus der gegenwärtigen zivilisatorischen Sackgasse zu finden.

Der Stoff, aus dem wir sind

Die meisten von uns haben in der Schule gelernt, dass sich der Stoff, aus dem wir sind, im Innersten aus kleinen Kügelchen zusammensetzt: aus Atomen und Elementarteilchen. Im Chemielabor wurden uns Steckmodule von Molekülen gezeigt und im Physikunterricht Modelle, in denen sich Elektronen um einen festen Atomkern drehen wie Planeten um die Sonne. Fortgeschrittene dürfen das Standardmodell der Elementarteilchenphysik studieren, das die verschiedenen Partikel in einer Tabelle wohlgeordnet auflistet. Die Welt gleicht in dieser Sichtweise einem Lego-Bausatz mit sehr kleinen, fein säuberlich getrennten Bausteinen, aus denen sich alles zusammensetzen lässt, ob Planeten, Bakterien oder Menschen.

Doch diese so überschaubare und praktische Vorstellung von der Welt hat einen Nachteil: Sie ist vollkommen falsch. Seit den Revo-

[20] Sonia Shah: *Think Exotic Animals Are to Blame for the Coronavirus? Think Again,* in: The Nation, 18.2.2020. Vgl. auch dies.: Pandemic: *Tracking Contagion from Cholera to Ebola and Beyond,* New York 2016.

lutionen der Relativitätstheorie und der Quantenphysik vor einhundert Jahren hat die Physik erkennen müssen, dass im Inneren der Materie nichts Festes, Greifbares existiert, sondern nur schwingende Felder von Energie, die im Prinzip das ganze Universum durchziehen. Die scheinbar getrennten Dinge und Wesen sind tatsächlich in *einem* großen Gewebe miteinander verbunden. Die Felder, welche die Grundlage unserer Existenz bilden, verhalten sich so seltsam, dass sie unsere Vorstellungen von Raum, Zeit und Kausalität grundlegend herausfordern.

Zugleich gibt der Stoff, aus dem wir sind, noch aus anderen Gründen Rätsel auf. Denn aus ihm kann etwas entstehen, das sich auch auf der makroskopischen Ebene vollkommen anders verhält als die Kugeln und schiefen Ebenen aus dem Physikunterricht: Leben. Während eine Kugel, die ich sanft anstoße, eine abschüssige Ebene hinunterrollen wird, kann ein Mensch, den ich sanft berühre, einen ganzen Berg hinaufsteigen. Lebewesen agieren und reagieren vollkommen anders als nichtlebende physikalische Objekte, und aus diesem Grund hat eine Biologie, die versucht, Leben allein aus mechanischen Vorgängen zu erklären, bis heute enorme Schwierigkeiten, das Verhalten von lebenden Wesen angemessen zu verstehen, geschweige denn zu erklären. Allen gewaltigen technischen Fortschritten zum Trotz.

Das wohl hartnäckigste Rätsel dabei ist die Tatsache, dass Lebewesen, zum Beispiel Menschen, sich nicht nur vollkommen anders verhalten als andere physikalische Objekte, sondern auch ein Innenleben entfalten, das sich von außen nicht direkt beobachten lässt. Eine farbenblinde Hirnforscherin etwa, die alles über die Biochemie unseres Körpers weiß, kann trotzdem beim besten Willen nichts darüber in Erfahrung bringen, wie es ist, die Farbe Blau zu sehen, denn sie gehört jenem seltsamen Reich der Innenwelten an, das nicht aus messbaren und zählbaren *Dingen* besteht, sondern aus erlebten Qualitäten. Wenn ich einen Apfel esse, dann verwandelt mein Stoffwechsel ihn nicht nur in neues Leber- und Hautgewebe, sondern auch in Gedanken, Träume und Empfindungen. Der Apfel verbrennt zu Geist, zu Gefühl. Was ist das für eine seltsame Substanz, die zugleich Stoff und Nichtstoff, Innen- und Außenwelt, tot und lebendig ist?

Es gibt zwei Wege, etwas über diesen Stoff zu erfahren. Zum einen unsere unmittelbare Wahrnehmung. Wir wissen, wie es ist, Farben zu sehen, Musik zu hören, etwas zu riechen, Schmerz oder Freude zu empfinden. Wir wissen, wie sich ein rauer Stein anfühlt und die Haut eines anderen Menschen. Wir wissen, was es heißt, sich an jemanden zu erinnern. Dieses weite Land, dieser *Weltinnenraum*, steht jedem offen. Um ihn zu betreten, brauchen wir weder Quantenphysik noch Molekularbiologie. Wir werden in ihn hineingeboren. Er wächst mit uns. Er ist unsere primäre Wirklichkeit.

Der andere Weg ist die Beschreibung der Welt, sofern man sie in Teile zerlegen und *von außen* vergleichen, vermessen, wiegen und zählen kann. Die Naturwissenschaften haben sich auf diesen zweiten Weg begeben. Beide Wege der Erkenntnis erschließen uns etwas über die Wirklichkeit, in der wir leben. Sie lassen sich auch nicht grundlegend voneinander trennen, denn selbst die anspruchsvollste Wissenschaft kann gar nicht anders, als auf der primären Wirklichkeit unserer Wahrnehmung aufzubauen.

Doch über die Jahrhunderte hat sich ein tiefer Graben zwischen diesen beiden Welten aufgetan, ein mittlerweile schier unüberbrückbarer Abgrund. Im Jahr 1970 schrieb der französische Biochemiker und Nobelpreisträger Jacques Monod die denkwürdigen Sätze: »Der Mensch muss endlich aus seinem tausendjährigen Traum erwachen und seine totale Verlassenheit, seine radikale Fremdheit erkennen. Er weiß nun, dass er seinen Platz [...] am Rande des Universums hat, das für seine Musik taub ist und gleichgültig gegen seine Hoffnungen, Leiden oder Verbrechen.«[21] Der Graben, den Monod hier beschreibt, durchzieht die westliche Zivilisation auf allen Ebenen. Es ist die Spaltung von Natur und Kultur, Seele und Körper, Materie und Geist, Innensicht und Außensicht.[22]

Während Monod den Menschen noch als eine einsame Insel in einem tauben Universum sah, auf der es zumindest für ihn selbst

---

[21] Jacques Monod: *Zufall und Notwendigkeit,* München 1971, S. 211.

[22] Der französische Ethnologe Philippe Descola prägte dafür den Begriff der »Großen Trennung« (»Great Divide«/»Grand Partage«). Philippe Descola: *Jenseits von Natur und Kultur,* Frankfurt a. M. 2011.

noch Musik und Empfindungen gibt, gehen manche, die meinen, im Namen der Wissenschaft zu sprechen, wesentlich weiter. Sie verkünden, dass wir nur biologische Maschinen in einem seelenlosen Universum seien und unsere Innenwelt nicht mehr als eine bunte, gefühlsduselige Fassade vor einer eiskalten Wirklichkeit sei. Einige Vertreter des Silicon Valley behaupten sogar, dass sich der menschliche Geist, da er ja lediglich aus Rechenoperationen bestehe, in wenigen Jahrzehnten auf Computer »uploaden« lasse und den Körper überflüssig mache.[23] Diese »transhumanistische« Mythologie ist Teil einer langen Geschichte der Entfremdung des Menschen, die eng mit der Entwicklung unseres Wirtschafts- und Gesellschaftssystems zusammenhängt.

Ich möchte zeigen, dass diese Spaltung und Entfremdung sich nicht aus den Erkenntnissen der Wissenschaften selbst speist, sondern aus ihrer selektiven und verzerrten Interpretation. Es gilt scharf zu unterscheiden zwischen tatsächlichen Forschungsergebnissen und einer technokratischen Ideologie, die Wissenschaft missbraucht, um ein bestimmtes Weltbild zu verbreiten – und nicht zuletzt auch, um handfeste monetäre Interessen durchzusetzen.

Wenn wir die Forschung von diesem ideologischen Überbau befreien, dann erscheinen die Erkenntnisse von Physik, Chemie und Biologie der letzten Jahrhunderte in einem vollkommen anderen Licht. Statt uns eine tote Welt isolierter Objekte zu offenbaren, haben sie nämlich etwas ganz anderes zutage gefördert: ein Universum, das auf Verbundenheit, Selbstorganisation und Kreativität beruht. Weder sind wir isolierte Inseln des Empfindens und Denkens in einer tauben, sinnlosen Welt noch biologische Roboter, sondern Teil eines allesverbindenden kosmischen Selbstentfaltungsprozesses, der von der subatomaren Ebene über die Sphäre des Lebens bis in die Weiten des Universums reicht.

Diese neue Sicht wird auch von großer Tragweite dafür sein, wie wir mit der planetaren Krise umgehen, in die uns eine jahrhundertelange Ausbeutung der Natur einschließlich des Menschen gesteuert hat – eine Krise, die inzwischen nicht nur die Fortexistenz unserer Spezies gefährdet, sondern das gesamte Leben auf der Erde. Denn

[23] Vgl. Ray Kurzweil: *Menschheit 2.0. Die Singularität naht*, Berlin 2014.

diese Krise beruht nicht zuletzt auf jener tiefen Spaltung zwischen einem entwurzelten, »total verlassenen« Menschen und einer zum toten Objekt degradierten Natur.

Das mechanistische Weltbild und der Tod des Universums

Als die modernen Naturwissenschaften vor gut 400 Jahren in Europa entstanden, war noch nicht ausgemacht, in welche Richtung sie sich entwickeln würden. Der Astronom, Mathematiker und Philosoph Johannes Kepler (1571 – 1630), einer der Wegbereiter der neuen Wissenschaften, glaubte etwa, dass die Erde ein lebendes Wesen sei und eine Seele besitze, die »anima terrae«. Die Vorstellung einer toten, seelenlosen Natur war ihm wie vielen anderen Renaissance-Gelehrten fremd. Kepler nahm an, dass der gesamte Kosmos, einschließlich der Erde, *ein* zusammenhängendes Ganzes sei. Das Universum war in seinen Augen in musikalischen Harmonien geordnet, die sich in bestimmten Zahlenverhältnissen spiegelten.[24]

Die Vorstellung eines toten und leeren Universums, wie es Monod später skizzierte, war zu keinem Zeitpunkt seit Kepler Konsens unter führenden Wissenschaftlern (ganz zu schweigen von der übrigen Bevölkerung und außereuropäischen Kulturen). Selbst Isaac Newton, der gemeinhin als Vollender des mechanistischen Weltbildes gilt, sah den gesamten Kosmos als eine Einheit, die zugleich geistig und materiell ist.[25]

Trotz des Einspruches hochrangiger Forscher setzte sich jedoch in Europa seit dem 17. Jahrhundert nach und nach eine »mechanistische« Konzeption der Natur durch. »Mechanistisch« bedeutet hier die Vorstellung, dass alles in der Natur berechenbaren Gesetzen von Ursache und Wirkung folgt, wie man sie etwa beim Stoß von Bil-

[24] Zu Johannes Kepler, der Renaissance-Philosophie und dem »organischen Weltbild« vgl. Carolyn Merchant: *Der Tod der Natur. Ökologie, Frauen und neuzeitliche Naturwissenschaft*, München 1987, S. 82 – 141.

[25] Für Newton war der kosmische Raum ein »sensorium dei«, ein Organ Gottes. Vgl. Philippe Hamou: *Sensorium Dei. Espace et présence sensible de l'esprit chez Newton*, in: Revue philosophique de la France et de l'étranger 2014/1, Bd. 139, S. 47 – 72.

lardkugeln finden kann: Eine Ursache A bringt durch einen Stoß eine vorhersagbare Wirkung B hervor. Diese Art zu denken wurzelt in einer grundlegenden menschlichen Erfahrung von Kausalität. Kleine Kinder etwa haben große Freude daran, herauszufinden, wie sie durch Schieben, Ziehen und Stoßen Dinge bewegen können. Wenn man etwas ihrem Blick zunächst entzieht und dann heimlich verschwinden lässt, suchen sie intuitiv nach einer mechanischen Ursache: Jemand oder etwas muss dieses Ding verschoben oder weggenommen haben.[26] Diese Hypothese von Kausalität durch Berührung und Krafteinwirkung ist für einen bestimmten Bereich von Erscheinungen ausgesprochen hilfreich und plausibel, sie hat einen wichtigen evolutionären Sinn, vor allem, was die Tätigkeit mit unseren Händen und den Gebrauch von Werkzeugen angeht.

Kinder lernen aber mindestens ebenso früh auch noch eine ganz andere Art von Kausalität kennen, die ohne Berührung funktioniert und weit weniger vorhersagbar ist. Ich weine, und jemand kommt (manchmal aber auch nicht); ich bewege mich ruckartig, und die Katze verkriecht sich blitzschnell unter dem Sofa (manchmal aber auch nicht); ich lache, und jemand anders lacht mit (manchmal aber auch nicht). Das Kind lernt auf diese Weise, dass die Kausalität in der Welt der Lebewesen ganz anders funktioniert als in der Welt von Bauklötzen und Babyrasseln; dass Lebewesen nicht allein auf Stöße reagieren, sondern auch und vor allem auf Gesten, Zeichen und Laute. Und auch diese Erkenntnis hat einen fundamentalen, lebenswichtigen Sinn.

Die mechanistische Philosophie und Wissenschaft in ihrer reinen Form nun behauptet, dass diese zweite Form der Kausalität eine Illusion sei; dass also auch das Leben, genau wie die Welt der Bauklötze, in Wahrheit auf Stößen von Partikeln beruhe, die nur so klein seien, dass wir sie mit bloßem Auge nicht sehen könnten. Aus dieser Hypothese formulierten die frühen Mechanisten im 17. Jahrhundert ein umfassendes Forschungs- und Welterklärungsprogramm, das einen ebenso universalen Wahrheitsanspruch wie das Christentum geltend

---

[26] Zur Entwicklung frühkindlicher Kausalitätskonzepte vgl. Roberta Corrigan, Peggy Denton: *Causal Understanding as a Developmental Primitive*, in: Developmental Review, Bd. 16, Ausgabe 2, Juni 1996, S. 162–202.

machte – wobei die neuen Gewissheiten nicht aus heiligen Schriften zu beziehen seien, sondern aus überprüfbaren Experimenten.[27]

Doch je mehr die Wissenschaft über die Jahrhunderte in die Materie eindrang und sie in immer kleinere Teile zerlegte, desto mehr entzog sie sich ihr. Atome erwiesen sich nicht als feste Kügelchen, sondern als zusammengesetzt aus lauter noch kleineren Einheiten, die sich bei näherer Betrachtung in substanzlose Energie- oder gar Wahrscheinlichkeitswellen auflösten.

Währenddessen versuchten Biologen, das Leben als eine Art Uhrwerk zu verstehen, so wie man zuvor die Himmelsmechanik wie ein Uhrwerk studiert hatte. Doch die Prämisse, dass die Welt ausschließlich von mechanischen Ursachen bewegt sei, führte unweigerlich dazu, dass die Forscher das, was Leben ausmacht, nicht zu fassen bekamen. Die Eigendynamik, Spontaneität und Kreativität des Lebendigen blieben ebenso unerklärlich wie das Phänomen des Bewusstseins. War zuvor, in einem als lebendig verstandenen Kosmos, der Tod das große Rätsel, so schien nun, in einem Universum aus toter Materie, das Leben ein verwirrendes Mysterium.

Die Entdeckungsreisen und Irrfahrten der Physik und Biologie haben, das ist eine meiner wesentlichen Thesen, die Rätsel unserer Existenz keineswegs gelöst, sondern vertieft, präzisiert und in immer größerer Deutlichkeit hervortreten lassen. Das ist keineswegs nur eine Niederlage, sondern auch ein großes Verdienst. Denn sie zwingen uns, wenn wir sie ernst nehmen, dazu, unser Bild des Universums und unserer selbst grundlegend zu überdenken.

Naturwissenschaften in der modernen Megamaschine

Die Durchsetzung der mechanistischen Philosophie spielte sich nicht zufällig in der Zeit eines gewaltigen gesellschaftlichen Umbruchs ab: der Entstehung des kapitalistischen Weltsystems. Während Galileo Galilei am Anfang des 17. Jahrhunderts an den Fall-

[27] Zur Geschichte des mechanistischen Weltbildes vgl. Eduard Jan Dijksterhuis: *Die Mechanisierung des Weltbildes*, Berlin 1956; Lewis Mumford: *Der Mythos der Maschine. Kultur, Technik und Macht*, Frankfurt a. M. 1977.

gesetzen arbeitete und die Phasen der Venus mit seinem selbstgefertigten Teleskop studierte, eröffnete in Amsterdam die erste Aktiengesellschaft der Welt und wenig später die erste dauerhafte Wertpapierbörse.[28] Zugleich schufteten Zehntausende indigener Zwangsarbeiter in den spanischen Silberminen Boliviens, um den rasant wachsenden Geldhunger Europas zu befriedigen. Ein beträchtlicher Teil dieses Silbers wiederum floss durch die Hände Genueser und Augsburger Bankiers in die boomende Rüstungsindustrie, die Kriege bisher unbekannter Zerstörungskraft ermöglichte.[29] Galileo selbst verwandelte sein Haus in Padua in eine Art Militärakademie, wo er Offiziere in Kriegsführung, Geometrie und Festungsbau unterrichtete. Das von ihm entwickelte Fernrohr sollte ursprünglich vor allem militärischen Zwecken dienen. Und das Silbergeld, das er verdiente, stammte mit einiger Wahrscheinlichkeit aus den Minen Südamerikas.

Die Verbindung von endloser Geldvermehrung, staatlichem Expansionsdrang und rasanter technischer Entwicklung sollte diese moderne »Megamaschine« zum dynamischsten und aggressivsten System der Weltgeschichte machen.[30] Sowohl der Kapitalismus als auch die modernen Naturwissenschaften und ihre technischen Anwendungen haben seit dieser Zeit einen Siegeslauf um die Welt angetreten. In ihrem Zusammenwirken haben sie einem Teil der Weltbevölkerung nie dagewesenen materiellen Reichtum beschert. Doch zugleich befinden wir uns heute in einer ebenso beispiellosen globalen Krise: durch Klimachaos, ein rasantes Artensterben, die Plünderung von Böden, Wäldern und Gewässern und nicht zuletzt durch Atomwaffen. Keine Zivilisation in der Geschichte der Menschheit hat je ein solches planetares Zerstörungspotenzial entfaltet.

Obwohl immer wieder gesagt wird, dass wir in einer Wissens- oder gar Wissenschaftsgesellschaft leben, zeigt sich diese Zivilisation seltsam unfähig, adäquate Antworten auf diese epochalen Krisen zu finden. Klimawissenschaftlerinnen, Atomphysiker und Biologinnen, die seit Jahrzehnten auf einen Kurswechsel drängen,

---

[28] Scheidler: *Das Ende der Megamaschine,* S. 100.

[29] Ebd., S. 80–89.

[30] Der Begriff »Megamaschine« geht auf den Technikhistoriker Lewis Mumford zurück; Mumford: *Der Mythos der Maschine.*

finden bei den politischen und ökonomischen Steuerleuten der Großen Maschine kaum Gehör. Ernsthafte Programme für einen grundlegenden und raschen Umbau der Gesellschaft sind nicht in Sicht. Stattdessen sehen wir Lippenbekenntnisse, Ablenkungsmanöver und bestenfalls einige lächerlich unzureichende kosmetische Reparaturen, während die Zerstörung der Biosphäre nicht nur ungebremst, sondern beschleunigt voranschreitet. Wissenschaft scheint nur so lange willkommen zu sein, wie sie Technologien bereitstellt, die der Geld- und Machtakkumulation dienen; sobald sie aber unbequeme Wahrheiten liefert, die Sand ins Getriebe streuen könnten, werden ihre Erkenntnisse ignoriert. Obwohl unser Leben immer mehr von Technik und Wissenschaft geprägt wird, erweist sich unsere Gesellschaft ausgerechnet, wenn es um unser Überleben geht, als strukturell irrational.

Die Ideologie des Getrenntseins

Der Hauptgrund für die Krise des Lebens auf der Erde ist die Ausbreitung eines Wirtschaftssystems, das ohne permanente Expansion, ohne endloses Wachstum nicht existieren kann. 400 Jahre nach der Gründung der ersten Aktiengesellschaft wird der Planet heute von einigen Hundert bürokratischen Monstern beherrscht und ausgebeutet, deren einziger Zweck die endlose Vermehrung von Geld ist. Koste es, was es wolle.[31]

Die Macht dieses Systems gründet aber nicht nur in seinen wirtschaftlichen und politischen Strukturen, sondern auch in einer Ideologie, die dazu dient, diese Verhältnisse zu rechtfertigen und als

---

[31] Auf die Tatsache, dass große Konzerne keineswegs unbürokratischer als Staaten sind, weist David Graeber in seinem Buch *Bürokratie. Die Utopie der Regeln,* Stuttgart 2016, hin. Im Jahr 2019 betrug das weltweite Bruttoinlandsprodukt 86,6 Billionen Dollar. Die 500 größten Konzerne der Welt vereinigten auf sich laut Forbes-Magazin (»Global 500«) 33,3 Billionen Dollar Umsatz. Das entspricht knapp 40 Prozent der Weltwirtschaft. Zugleich beschäftigen sie aber laut Forbes nur knapp 70 Millionen Menschen, was in etwa 2,3 Prozent der weltweiten Arbeiterschaft ausmacht. Zur Geschichte der Aktiengesellschaften siehe Scheidler: *Das Ende der Megamaschine,* S. 98–101.

Inbegriff der *Natur* erscheinen zu lassen. Und hier kommt die technokratische Mythologie ins Spiel. Obwohl die moderne Physik tatsächlich das mechanistische Weltbild längst überwunden hat, ist im Schulunterricht noch immer von kugelförmigen Elektronen die Rede, die um einen festen Atomkern kreisen – als hätte es die quantentheoretische Revolution niemals gegeben. Nicht nur in Schul- und Lehrbüchern, sondern auch in zahllosen populärwissenschaftlichen Schriften und Filmen wird weiterhin der Eindruck vermittelt, die Welt bestehe in ihren tiefsten Schichten aus isolierten *Objekten*. Doch genau diese Sichtweise hat sich bereits vor 100 Jahren als fundamental falsch erwiesen. Wie es der Quantenphysiker Hans-Peter Dürr, ein langjähriger Mitarbeiter von Werner Heisenberg, formulierte: »Wir haben festgestellt, dass die kleinsten Teilchen überhaupt nicht mehr die Eigenschaft von Materie haben, sondern dass die Materie verschwindet. Was bleibt, sind eigentlich nur Beziehungsstrukturen.«[32] Solche Einsichten haben allerdings bisher kaum Eingang in die populäre Vermittlung von Wissenschaft und ins allgemeine Bewusstsein gefunden.

Der Grund dafür ist offensichtlich: Die Ideologie des Getrenntseins, die behauptet, die Welt gleiche einem Baukasten, ist zu fundamental für unsere Wirtschaftsweise, als dass man sie einfach aufgeben könnte. Denn unser Wirtschaftssystem braucht genau diese Art von Welt, nämlich überall frei verfügbare und kombinierbare Ressourcen, die man ohne Rücksicht auf ihre Einbettung in ökologische Zusammenhänge herausreißen und anderswo verwerten kann. Es braucht außerdem atomisierte Menschen, die ebenfalls frei kombinierbar und einsetzbar sind und möglichst wenige soziale und kulturelle Beziehungen unterhalten, die ihre Verwertbarkeit beeinträchtigen könnten.

Daher ist es sehr nützlich zu behaupten, der Mensch sei *von Natur aus* ein verlassenes, beziehungsloses Geschöpf in einer seelenlosen, kalten Welt. Damit lassen sich nämlich die konkreten gesellschaftlichen Vorgänge verschleiern, die zu dieser Situation geführt haben. Der Triumphzug der modernen Megamaschine hat gewachsene

---

[32] Zitiert nach Geseko von Lüpke: *Politik des Herzens. Nachhaltige Konzepte für das 21. Jahrhundert,* Uhlstädt-Kirchhasel 2003, S. 32.

soziale Beziehungen und Kulturen über Jahrhunderte zerstört, sowohl in Europa als auch in der kolonisierten Welt. Die »totale Verlassenheit« Monods ist das Ergebnis dieses gewaltsamen, traumatisierenden Prozesses, nicht Teil einer unabänderlichen *conditio humana*.

In diesem Text soll der dunkle Schleier, den die technokratische Ideologie über die Welt und das menschliche Dasein geworfen hat, gelüftet werden, und zwar mithilfe der Wissenschaften selbst. Was darunter zum Vorschein kommt, ist keineswegs eine trostlose Weltmaschine aus toten, isolierten Einzelteilen, sondern ein Kosmos voller Lebendigkeit und Verbundenheit. Mit jedem Atemzug sind wir mit unserer menschlichen, tierischen, pflanzlichen und mikrobiellen Mitwelt und sogar dem gesamten Universum existenziell verknüpft. Diese Verbundenheit und die damit einhergehende Verantwortung wiederzuentdecken, ist ein wesentlicher Teil des tiefen gesellschaftlichen Wandels, den wir brauchen, um der fortschreitenden Zerstörung unserer Lebensgrundlagen zu entgehen.

Die industrielle Zivilisation hat das Leben auf der Erde in das sechste große Artensterben seiner Geschichte gestürzt. Ob *Homo sapiens* es – anders als einst die Dinosaurier – überleben wird, ist alles andere als gewiss. Wenn Nahrungsketten reißen, maritime Ökosysteme zusammenbrechen, die Himalaya-Gletscher und mit ihnen die wichtigsten Süßwasserquellen Asiens schwinden, wenn die Bestäubung von wichtigen Nutzpflanzen durch zu hohe Temperaturen oder durch das Verschwinden von Insekten ausbleibt, kann es schon in den nächsten Jahrzehnten zu einem Zusammenbruch der globalen Nahrungsmittelproduktion kommen. Darauf weist auch eine Studie im Auftrag des britischen Versicherers Lloyd's hin.[33] Die Konflikte, die daraus erwachsen können, sind in unserer waffenstarrenden Welt mit einer Milliarde Kleinwaffen und 14 000 Atomsprengköpfen völlig unabsehbar.[34]

Die Chancen, ein dystopisches Kollapsszenario abzuwenden, hängen entscheidend davon ab, ob es gelingen wird, die gegenwärtige räuberische Ordnung, welche die Natur zu einem toten, beliebig ausbeutbaren Objekt degradiert hat, zu überwinden und durch ein System zu ersetzen, das unseren existenziellen Verbundenheiten Rechnung zu tragen vermag. Der Wandel, der dafür notwendig ist, durchzieht alle Lebensbereiche, von der Ökonomie und Politik über die Bildung und Wissenschaften bis zu unseren Kosmologien.

---

33 Lloyd's Emerging Risk Report 2015: *Food System Shock. The insurance impacts of acute disruption to global food supply*.

34 Centre for Arms Control and Non-Proliferation: https://armscontrolcenter.org/world-nuclear-arsenal-sizes, sowie: Small Arms Survey: www.smallarmssurvey.org., beide abgerufen am 25. 10. 2020.

Die moderne Megamaschine ist sowohl ein komplexes als auch ein *totales* System: Es ist sowohl in unseren Köpfen, Körpern und menschlichen Beziehungen verankert als auch in ökonomischen und politischen Institutionen, in Rechtsformen von Unternehmen, in Gesetzen und internationalen Verträgen, in Grenzzäunen und Panzerbataillonen. Das Tückische an solchen allumfassenden Systemen besteht darin, dass sich nicht einfach einzelne Teile herausnehmen und verändern lassen, sondern sich im Prinzip alles zugleich ändern muss, weil alles mit allem zusammenhängt. Man kann zwar zum Beispiel versuchen, innerhalb eines Staates die Ökonomie von einer ausbeuterischen und destruktiven Profitmaximierungslogik auf eine Gemeinwohllogik umzupolen; aber dafür braucht es zugleich internationale Abkommen, die verhindern, dass das Kapital über Nacht ins Ausland flieht und das Land dem Zusammenbruch überlässt. Man kann auch versuchen, das Schulsystem zu ändern, um Menschen die volle Entfaltung ihrer Persönlichkeit zu ermöglichen, statt sie dafür zu dressieren, entfremdete Arbeiten auszuführen; aber dann braucht es auch, wie bereits der schwedische Ministerpräsident Olof Palme vor einem halben Jahrhundert bemerkte, eine nicht entfremdete Arbeitswelt, in der selbstständig fühlende und denkende Menschen tätig sein können.[35] Wir können versuchen, unsere Kosmologien zu erweitern und die Ideologie der Trennung zu überwinden; aber wie sollen wir unsere existenziellen Verbundenheiten wirklich erkennen, wenn wir den größten Teil der Zeit in Institutionen verbringen, die uns von unserer lebenden Mitwelt und unserer eigenen Innenwelt isolieren?

Komplexe soziale Systeme wie das moderne Weltsystem haben einen gewissen Spielraum für Veränderungen, der jedoch nicht unendlich groß ist. Bewegungen für Arbeiter- und Frauenrechte, für ein

[35] Olof Palme schrieb 1968: »Wenn man die Gesellschaft verändern und demokratisieren will, so ist die Schule ohne Zweifel eines unserer vornehmsten Instrumente. Allerdings sollten wir nicht allzu große Hoffnungen an die Demokratie in der Schulklasse knüpfen, wenn wir nicht gleichzeitig bereit sind, Demokratie auch an den Arbeitsplätzen außerhalb der Schule zu verwirklichen.« Zitiert nach: Thomas Meyer: *Praxis der Sozialen Demokratie,* Wiesbaden 2006, S. 65.

allgemeines, freies und gleiches Wahlrecht, für Frieden, Ökologie und eine menschenfreundliche Bildung haben in den letzten zwei Jahrhunderten große Fortschritte erreicht. Ohne sie dürften Frauen noch immer nicht wählen, müssten Arbeiter 60 Stunden in der Woche schuften, würden Schulkinder weiterhin geschlagen, könnten Staaten noch immer willkürlich über ihre Untertanen verfügen und Unternehmen ihren Dreck vollkommen ungefiltert in Wasser, Luft und Erde entsorgen. Doch bei allen Erfolgen sind zugleich Grenzen der Veränderung erkennbar. Das grundlegende Prinzip der Megamaschine ist trotz allem unberührt geblieben: der Zwang zur endlosen Expansion, die Umwandlung einer lebenden Mitwelt in tote Waren und die damit einhergehende Verwüstung der Biosphäre. Dieses Prinzip ist der harte Kern dieser Zivilisation, ihre Urfunktion, um die sich alle anderen Institutionen formiert haben. Aus diesem Grund ist er auch nicht auf dieselbe Weise zu verändern wie einzelne Missstände.

Die heute weitverbreiteten Gefühle von Ohnmacht gegenüber einer unaufhaltsamen Maschinerie, die uns auf den Abgrund zusteuert, sind daher mehr als verständlich. Auch die Fridays-for-Future-Bewegung, die mit einem bemerkenswerten Elan angetreten ist und Millionen von Menschen weltweit für den Klimaschutz auf die Straße gebracht hat, musste diese bittere Erfahrung machen: Die politisch-ökonomische Maschine walzt weitgehend ungerührt an ihnen vorbei, auch wenn hie und da mal ein grünes Fähnchen aus dem Fenster geschwenkt wird. In der Corona-Krise zeigte sich dies einmal mehr in aller Deutlichkeit: Trotz Appellen, die Krise für einen ökologischen Umbau zu nutzen und nicht die Fehler des Finanzcrashs von 2008 zu wiederholen, wurden Milliarden, ja Billionen von Euro und Dollar erneut in die destruktivsten Branchen der Erde, darunter die Automobil- und Flugzeugindustrie, kanalisiert; auf diese Weise wurde der tödliche Pfad, auf dem wir uns befinden, weiter zementiert.

Aber bedeutet dies alles, dass gesellschaftliches Engagement für Veränderung keinen Sinn hat, dass wir uns einfach vor unsere Bildschirme setzen sollten, solange sie noch laufen, um uns den Untergang in 4K anzuschauen, bis er uns schließlich selbst erwischt?

Nicht unbedingt. Um aber den langfristigen Sinn von Engagement zu begreifen, braucht es eine andere Vorstellung von systemischer Veränderung. Komplexe Systeme lassen sich nicht linear umbauen, so wie man bei einem Haus schrittweise den Grundriss verändern und neue Inneneinrichtungen und Heizsysteme einbauen kann. Bei lebenden Systemen – und dazu gehört auch unser Gesellschaftssystem – sind die Wirkungen von Eingriffen nichtlinear und oft nicht planbar. Wenn man zum Beispiel einen Elefanten bewegen will, dann kann es passieren, dass selbst ein Dutzend Leute, die mit aller Kraft schieben, nichts ausrichten. Unter anderen Bedingungen aber reicht schon ein kleines Signal aus, um eine ganze Herde dazu zu bringen, loszurennen. Die mitunter frustrierende Erfahrung, dass selbst massive Veränderungsbemühungen über lange Zeiträume keine Wirkung entfalten, bedeutet daher nicht, dass sich Verhältnisse zu anderen Zeiten nicht plötzlich sehr schnell wandeln können.

Komplexe soziale Systeme haben, wie alle lebenden Strukturen, Entwicklungszyklen. Sie entstehen, entfalten sich und sterben früher oder später. Die Vorstellung, dass ausgerechnet das gegenwärtige System ewig sein sollte – wie es etwa der amerikanische Politologe Francis Fukuyama mit seinem Slogan vom »Ende der Geschichte« einst verkündete –, ist absurd. Wie alle sozialen Systeme wird es irgendwann enden und, sofern den Menschen auf diesem Planeten noch eine Zukunft beschieden ist, neuen Organisationsformen Platz machen. Wann genau dies geschieht und auf welche Weise, lässt sich so wenig voraussagen wie das, was an seine Stelle treten wird. Wie niemand in der Lage ist, künftige Streichquartette oder neue Spezies zu prognostizieren, so können wir auch neue Kulturen und Zivilisationen nicht vorhersagen. Klar ist allerdings, dass die Krisen und Brüche, die wir schon jetzt erleben, zunehmen werden, solange die globale Megamaschine weiter expandiert und die sie tragenden Ökosysteme zerstört.

Der Zerfall eines sozialen Systems muss nicht gleichbedeutend mit dem Tod seiner Mitglieder sein. Als etwa das Weströmische Reich vor 1500 Jahren zerfiel, starben keineswegs die Menschen auf seinem Territorium. Für die Mehrheit der Bevölkerung war das Ende des Imperiums sogar mit einem Freiheitsgewinn verbunden, etwa für die versklavten Menschen und die Millionen von armen Bäuerinnen und Bauern, die sich zuvor schinden mussten, um die Steuerlast für die aufgeblähten Armeen zu bezahlen.

Allerdings ist die heutige Situation eine grundlegend andere als damals: Mit Waffenarsenalen, die jeden historischen Vergleich sprengen, leben wir in einer wesentlich gefährlicheren Welt als der des alten Roms; und anders als damals haben wir inzwischen die globalen Ökosysteme an Kipppunkte getrieben, jenseits derer ein viel umfassenderer Zusammenbruch droht als am Ende der Antike.

Der Übergang von einem System zu etwas Neuem ist notwendigerweise ein chaotischer Prozess, der sich nicht planen und steuern lässt. Je instabiler und chaotischer ein System wird, desto größeren Einfluss können selbst kleine Bewegungen und Turbulenzen auf die folgende Entwicklung haben. Der Prozess des Zerfalls und der Neuorganisation durchläuft dabei verschiedene Phasen: zum einen relativ lange Zeiträume, in denen das System anscheinend unverändert operiert; zum anderen plötzliche Brüche, heftige Krisen, in denen sich in sehr kurzer Zeit die Weichen für den weiteren Verlauf der Geschichte stellen, zum Beispiel Finanzkrisen, ökologische Katastrophen, Kriege oder Pandemien. Ein systemischer Übergang besteht in der Regel aus einer Kaskade von solchen Kipppunkten, die sich über Jahrzehnte, bisweilen auch Jahrhunderte erstrecken kann.

Was aber an einem solchen Kipppunkt geschieht, hängt entscheidend davon ab, was die Menschen in der Zeit davor, also in den scheinbar unbewegten Phasen, getan und gedacht haben, wie sie sich organisiert haben, wie sich Machtverhältnisse, Denkmuster, Debatten und kulturelle Hegemonien verschoben haben. Denn in der Krise, wenn die Uhren plötzlich sehr schnell gehen, zeigt sich, welche Teile der Bevölkerung rasch, entschlossen und koordiniert handlungsfähig sind, wer in der Lage ist, das politische und weltanschauliche Vakuum, das in solchen Situationen oft entsteht, zu füllen, und wer ein Verständnis dafür besitzt, welche Weichen gestellt werden müssen, um sich in die eine oder die andere Richtung zu bewegen.

Das Ergebnis der Prozesse an Kipppunkt A wird wiederum mitentscheidend dafür sein, welche Optionen an Kipppunkt B und C zur Verfügung stehen. In diesem nichtlinearen, chaotischen Prozess spielt alles, was wir denken, sagen und tun (und was wir nicht denken, sagen und tun), potenziell eine Rolle. Niemand kann wissen, was die Kristallisationspunkte für bestimmte Umbruchprozesse sein werden. Weder hätte irgendjemand voraussagen können, dass ein Teenager mit Asperger-Syndrom und einem Pappschild vor dem schwedischen Parlament eine globale Klimabewegung in Gang setzen würde, noch kann heute jemand sagen, was aus dieser Bewegung wird, wie sie die Menschen langfristig verändert und welche Rolle all das in Zukunft spielen wird. Als sich die schwarze Bürgerrechtlerin Rosa Parks in den Südstaaten der USA 1955 weigerte, einem Weißen im Bus den Platz frei zu machen, konnte sie nicht ahnen, dass dieser kleine Schritt der Zündfunke für eine Bewegung sein würde, die schließlich Millionen Menschen mobilisierte und das Land tiefgreifend veränderte.

Gewiss, all diese Bewegungen haben den destruktiven Kern der Megamaschine bisher bei Weitem nicht überwunden; und doch können sie einen entscheidenden Unterschied dabei machen, ob in den kommenden Krisen die Weichen weiter auf einen tödlichen Zusammenbruch gestellt oder ob neue Strukturen geschaffen werden, die langfristig ein menschenwürdiges und friedliches Leben ermöglichen.

Für eine realistische Betrachtung von systemischem Wandel ist es außerdem wichtig, aus der binären Logik von Weltrettung oder Untergang auszusteigen. Das gegenwärtige System hat über die vergangenen Jahrhunderte Tod und unermessliches Leid für Hunderte Millionen Menschen gebracht; für die kolonisierten Völker Asiens, Afrikas und der Amerikas ist die Welt bereits in vielerlei Hinsicht untergegangen, ebenso für die Opfer der großen Kriege und Genozide in Europa. Die globale Megamaschine wird im 21. Jahrhundert aller Wahrscheinlichkeit nach weiterhin massenhaftes Leiden erzeugen, vor allem durch die Folgen des ökologischen Zusammenbruchs. Doch es macht einen entscheidenden Unterschied, wie viele Menschen genau dabei sterben werden und welche Art von Existenz die Überlebenden dann führen. Für große Teile der Weltbevölkerung ist es zum Beispiel eine Frage von Leben und Tod, ob wir uns auf eine durchschnittliche Erwärmung von drei, vier oder fünf Grad zubewegen. Jedes Zehntel Grad Erwärmung, das verhindert werden kann, rettet unzählige Leben. Und für jedes einzelne lohnt sich der Einsatz.

Eines der größten Hindernisse dafür, uns systemische gesellschaftliche Veränderungen auch nur vorzustellen, ist die Atomisierung der Menschen, ihre Isolation. Seit einigen Jahren sprechen immer mehr Psychologinnen und Sozialwissenschaftler von einer »Epidemie der Einsamkeit«, die sich in vielen Ländern der Erde ausbreitet.[36] Dieses Phänomen betrifft keineswegs nur die älteren Generationen, wo chronische Einsamkeit bereits seit Langem grassiert, sondern zunehmend auch junge Menschen, die keine Freunde mehr haben und beziehungslos im Cyberspace herumirren. Eine Studie im Auftrag der britischen Regierung kam 2017 zu dem Ergebnis, dass 9 Millionen von 67 Millionen Menschen im Land nach eigenen Angaben unter häufiger oder chronischer Einsamkeit leiden.[37] Als Reaktion auf die Studie ernannte die Regierung sogar einen Einsamkeitsminister, der allerdings wegen mangelnder Mittel für sein Ressort bald das Handtuch warf.

Die britische Kulturhistorikerin Fay Bound Alberti weist in ihrem Buch *A Biography of Loneliness. The History of an Emotion* darauf hin, dass die Wurzeln dieser Einsamkeit weit in die Vergangenheit zurückreichen. Die neoliberale Epoche der letzten Jahrzehnte hat diese Entwicklung deutlich verstärkt, die Ursprünge liegen aber wesentlich weiter zurück, in der Zeit der Industrialisierung, als Fabrikarbeit, Disziplinarinstitutionen und Geldökonomie die Netzwerke sozialer Verbundenheit unterminierten. Im Englischen etwa fand das Wort »Einsamkeit« *(loneliness)* erst seit 1800 Verbreitung.[38]

---

[36] Vgl. George Monbiot: *Neoliberalism is creating loneliness. That's what's wrenching society apart,* The Guardian, 12.10.2016.

[37] Jo Cox Commission on Loneliness: Final Report, download unter www.ageuk.org.uk/globalassets/age-uk/documents/reports-and-publications/reports-and-briefings/active-communities/rb_dec17_jocox_commission_finalreport.pdf, abgerufen am 25.10.2020.

[38] *Loneliness* bezeichnet im Englischen ein negatives Gefühl der Verlassenheit, wogegen *solitude* für ein physisches Alleinsein steht, das auch positiv konnotiert sein kann. Während der Gebrauch des Wortes *solitude* schon lange vor 1800 bezeugt ist, taucht *loneliness* erst in der Industrialisierung auf und findet immer größere Verbreitung, wogegen der Gebrauch von *solitude* seit 1800 kontinuierlich sank.

Der Soziologe Hartmut Rosa hat die Geschichte der kapitalistischen Moderne als eine »Resonanzkatastrophe« beschrieben, in der sich die elementaren Resonanzbeziehungen zu anderen Menschen, zum eigenen Körper und zur nichtmenschlichen Natur radikal veränderten und zum Teil zusammenbrachen. Als Kehrseite der ökonomischen Expansion und Beschleunigung zeigt sich dabei, so Rosa, »die Angst davor, ein beziehungsloses, unverbundenes ›Atom‹ in einer schweigenden, stummen oder feindlichen Welt zu sein [...], die Angst vor einem endgültigen und unwiderruflichen *Verstummen* der Welt«.[39]

Die Atomisierung der Gesellschaft und das Verstummen der Welt, das damit einhergeht, werden uns jedoch oft als Naturzustand des Menschen verkauft. Von klein auf hören wir, dass jeder seines eigenen Glückes oder Unglückes Schmied sei, wir lernen schon in der Schule, uns in Konkurrenz zu anderen zu definieren. Wir bekommen gesagt, dass Anerkennung und Reichtum für jeden erreichbar seien, wenn man sich nur genügend anstrengt und möglichst viele andere aus dem Rennen wirft. Dabei ist diese Ideologie eine offensichtliche Lüge: Dass alle an die Spitze kommen, ist unmöglich, denn die Spitze ist nur dadurch definiert, dass sie auf einer Pyramide von unzähligen Menschen ruht, die sie tragen. Oder um es mit einem anderen Bild zu sagen: Damit einige wenige im Scheinwerferlicht stehen können, muss es überall sonst dunkel sein.

Die Ideologie der Trennung lässt uns nur die Wahl, uns entweder mit aller Kraft nach oben zu kämpfen oder unten zu bleiben – und damit die Last der anderen, die auf uns herumtrampeln, tragen zu müssen. Die Option, die Architektur des Ganzen so zu verändern, dass niemand auf den anderen steht, kommt nicht vor.

Auf politischer Ebene hat die zunehmende Vereinzelung dazu geführt, dass kollektives Handeln und Selbstorganisation im größeren Stil für viele überhaupt nicht mehr vorstellbar sind. Gesellschaftliche Weichenstellungen werden als Summe individueller Entscheidungen verstanden – ob als Konsumentin im Supermarkt oder

---

Vgl. Fay Bound Alberti: *A Biography of Loneliness. The History of an Emotion*, Oxford 2019.

[39] Hartmut Rosa: *Resonanz. Eine Soziologie der Weltbeziehung*, Frankfurt a.M. 2016, S. 522.

als Wähler an der Urne. Diese Konsumdemokratie der Einsamen ist ausgesprochen praktisch für all jene, die den Status quo einschließlich sozialer Ungleichheit und Raubbau am Planeten so lange wie möglich aufrechterhalten wollen. Denn große systemische Veränderungen, die etwa Infrastrukturen oder Eigentumsverhältnisse betreffen und sich nur auf einer kollektiv-politischen Ebene verändern lassen, stehen so gar nicht zur Debatte. Die Geschichte zeigt, dass solche strukturellen Veränderungen immer nur dann stattfinden, wenn Menschen sich dauerhaft organisieren und neue Beziehungen untereinander aufbauen. Oder, um genauer zu sein: wenn sie ihre Beziehungen, die durch die Maske des Geldes unsichtbar gemacht wurden, wieder sichtbar machen. Wenn wir erkennen, dass wir mit der Busfahrerin, die um die Ecke wohnt, dem marokkanischen Erntehelfer, der unsere Tomaten pflückt, der Kaffeebäuerin in Guatemala und dem Minenarbeiter im Kongo ein Netz von Beziehungen bilden, das uns trägt und unser Leben ermöglicht, dann beginnen wir, aus der künstlichen Einsamkeit, in die uns die Ideologie der Trennung sperrt, auszubrechen.

Bisweilen führen auch Katastrophen wie Überflutungen, Stürme oder Epidemien – neben all dem Leid, das sie mit sich bringen – zu einer zeitweiligen Überwindung der Mauern. Kollektive Notsituationen können schlagartig den Mythos vom autarken Selfmade-Individuum zerschmettern: Wenn ich mich mit Geld nicht mehr von der Krise freikaufen kann, sondern auf die Hilfe anderer angewiesen bin, tritt die zuvor vergessene existenzielle Verbundenheit unmittelbar zutage. Die US-amerikanische Autorin Rebecca Solnit hat in ihrem Buch *A Paradise Built in Hell* zahlreiche Geschichten darüber zusammengetragen, wie Menschen in solchen Ausnahmezuständen plötzlich ihren verschütteten Sinn für Solidarität wiederentdeckten und bemerkenswerte Netzwerke zur gegenseitigen Hilfe aufgebaut haben.[40] Für viele ändert sich dadurch ihre Sicht auf das Leben und die Mitwelt grundlegend. Allerdings verschwinden solche Netzwerke meist wieder schnell, sobald die akute Krise vorbei ist und die früheren Strukturen wiederhergestellt werden. Es geht daher in einer

---

[40] Rebecca Solnit: *A Paradise Built in Hell: The Extraordinary Communities That Arise in Disaster*, New York 2010.

langfristigen Perspektive darum, dauerhafte Strukturen aufzubauen, die auf einer Anerkennung der gegenseitigen Verbundenheit, auf Kooperation, Gerechtigkeit und Zukunftsfähigkeit fußen.

Die Einsamkeit und Entfremdung bezieht sich nicht allein auf die menschliche Mitwelt, sondern auch auf die Welt der Tiere und Pflanzen. Während wir unseren Kindern in Bilderbüchern und Filmen noch immer idyllische Bauernhöfe aus Omas Zeiten zeigen, sieht die Realität in der Regel vollkommen anders aus: Industrielle Tierhaltung und automatisierte Massenschlachtungen dokumentieren die extreme Entfremdung im Umgang mit Tieren, die zu bloßen Objekten im Räderwerk der Geldvermehrung degradiert werden. In Bezug auf Haustiere dagegen bricht sich eine zum Teil überbordende Emotionalität Bahn, die in seltsamem Kontrast zu den Praktiken der Nutztierhaltung steht. Das Gleiche gilt für den liebevoll gepflegten Vorgarten und die vergifteten Monokulturwüsten ringsum. Das Verhältnis zur nichtmenschlichen Natur ist hier wie dort strukturell schizophren: Empathie, Sorge und Wertschätzung sind auf einen sehr engen Kreis begrenzt, etwa den Hund und den Garten, während die großen Kreisläufe der Nahrungsmittelproduktion ausgeblendet und einer gnadenlosen Ausbeutungslogik preisgegeben werden.

Industrielle Landwirtschaft, Massentierhaltung und Fischerei sind neben der Verbrennung fossiler Brennstoffe der größte Faktor bei der rasanten Zerstörung der Biosphäre. Etwa ein Drittel der Treibhausgase weltweit stammt aus Landwirtschaft und Entwaldung, vor allem aus der Rodung für Weiden und den Anbau von Futtermitteln für die Fleischproduktion, aus der Rinderzucht und aus der Überdüngung, die große Mengen von Methan und Lachgas freisetzt.[41] Das Agrobusiness zerstört die Vitalität und Fruchtbarkeit der Böden weltweit durch Pestizide, Bodenverdichtung und Erosion. Hinzu kommen die Auswirkungen des rasanten Artensterbens, das ebenfalls zu einem beträchtlichen Teil auf das Konto der industriellen Landwirtschaft geht, wie der UN-Biodiversitätsbericht von 2019

[41] Vgl. Umweltbundesamt: *Beitrag der Landwirtschaft zu den Treibhausgas-Emissionen,* www.umweltbundesamt.de/daten/land-forstwirtschaft/beitrag-der-landwirtschaft-zu-den-treibhausgas, abgerufen am 25. 10. 2020.

belegt.[42] Auch die Erschöpfung der Süßwasserquellen, die sich in vielen Teilen der Welt abzeichnet, hat ihre Ursache vor allem in der Agrarindustrie, die für über 80 Prozent des Verbrauchs verantwortlich ist. Viele unterirdische Wasserspeicher, die Jahrtausende brauchen, um sich mit Wasser zu füllen, werden durch exzessives Abpumpen in wenigen Jahrzehnten erschöpft sein, etwa das gigantische Ogallala-Aquifer, das sich von Nord bis Süd quer durch die USA erstreckt und die Wasserversorgung mehrerer Bundesstaaten speist.[43]

Die Absurdität dieses ganzen Systems gipfelt darin, dass es bei alledem nicht einmal eine auskömmliche Ernährung für alle bereitstellt, sondern etwa 800 Millionen Menschen jeden Tag hungrig zu Bett gehen lässt, während auf der anderen Seite Berge von Junkfood und billigen Fleischmassen ausgeworfen werden, deren stetig wachsender Konsum eine beträchtliche Zahl von Krankheiten hervorruft, vom Diabetes bis zur Adipositas. Und all dies wird künstlich mit gewaltigen Subventionen aus Steuergeldern am Leben erhalten, allein in der EU in Höhe von etwa 50 Milliarden Euro pro Jahr.

Dieses System ist der Inbegriff der totalen Entfremdung von der uns ernährenden Mitwelt. Es zeigt zugleich, wie tödlich es ist, unsere Beziehungen zur Pflanzen- und Tierwelt der Logik einer endlosen Ertrags- und Profitsteigerung zu überantworten. Der Weltagrarbericht und die Studien des UN-Sonderberichterstatters für das Recht auf Nahrung haben gezeigt, dass zur Erhaltung der lebenserhaltenden Ökosysteme ein Umstieg auf ökologische und überwiegend kleinbäuerliche Landwirtschaft dringend notwendig ist. Nur auf diese Weise kann die gesamte Weltbevölkerung ernährt werden, ohne einen Systemkollaps herbeizuführen.[44]

---

42 UN Biodiversitäts-Report: E. S. Brondizio, J. Settele, S. Díaz, H. T. Ngo (Hg.): *Global assessment report on biodiversity and ecosystem services of the Intergovernmental Science-Policy Platform on Biodiversity and Ecosystem Services*, IPBES secretariat, Bonn 2019; https://ipbes.net/global-assessment, abgerufen am 25. 10. 2020.

43 Maude Barlow, Tony Clarke: *Blaues Gold. Das globale Geschäft mit dem Wasser*, München 2003, S. 32.

44 International Assessment of Agricultural Knowledge, Science and Technology for Development (IAASTD): *Weltagrarbericht. Synthesebericht,* Hamburg 2009; online: www.weltagrarbericht.de/original-berichte.html, abgerufen am 25. 10. 2020. Bericht des UN-Sonderberichterstatters für das Recht auf Nahrung:

Nicht zuletzt die Pandemien, die aus der Massentierhaltung und der Zerstörung von Wildtierhabitaten hervorgehen, machen es überdeutlich: Ein tiefgreifender Wandel unserer Beziehungen zur nichtmenschlichen Natur ist eine Überlebensfrage. »We are nature defending itself« – wir sind Natur, die sich selbst verteidigt: Dieser Leitspruch der neuen globalen Ökologiebewegung bringt es auf den Punkt. Es geht nicht darum, stellvertretend für eine Natur zu agieren, die irgendwo getrennt von uns »da draußen« ist, sondern um die Erkenntnis, dass wir niemals getrennt von ihr waren, dass alles, was wir ihr antun, letztlich ein Schlag gegen uns selbst ist.

Eine Ökonomie der Verbundenheit

Obwohl die Weltwirtschaft ein Netzwerk ist, das scheinbar alles mit allem verbindet – und obwohl das Internet eine Art »globales Dorf« geschaffen hat, in dem im Prinzip alle mit allen kommunizieren können –, beruht unsere Ökonomie bei näherer Betrachtung doch auf einer Reihe von tiefen Trennungen. Die grundlegendste dieser Trennungen ist die Abspaltung der Natur, die als tote Verfügungsmasse für das Räderwerk der endlosen Geldvermehrung dient. Diese Entbettung aus der Biosphäre macht die moderne Ökonomie so gefährlich: Sie verhält sich auf der Erde wie eine Armee außerirdischer Kolonisatoren, die alles mitnehmen, was sie kriegen können.[45]

Die Trennungen durchziehen aber auch die soziale Sphäre. Zunächst einmal werden die Arbeitenden auf vielerlei Weise an einer konstruktiven Kooperation gehindert und gegeneinander ausgespielt: Am Arbeitsmarkt müssen sie um Jobs konkurrieren, in der Firma um Karrierechancen, als Belegschaften um Marktanteile und

---

Olivier de Schütter: *Agroecology and the Right to Food*, Report presented at the 16th Session of the United Nations Human Rights Council [A/HRC/16/49], 8.3.2011, www.srfood.org/en/report-agroecology-and-the-right-to-food, abgerufen am 25.10.2020.

[45] Vgl. dazu auch den Science-Fiction-Roman *Das Wort für Welt ist Wald* von Ursula K. Le Guin, der von der Eroberung und Ausbeutung eines erdähnlichen Planeten durch menschliche Kolonisatoren erzählt. Der Roman wurde später zur Inspiration für den Film *Avatar* (der diese Quelle aber nicht im Abspann nennt).

weltweit um Standortvorteile. Außerdem sind die meisten Arbeitenden getrennt von den Entscheidungen darüber, was produziert wird, wie und wozu. Abhängig Beschäftigte müssen im Wesentlichen tun, was ihnen gesagt wird, die Entscheidungen werden von den Eigentümern und Managerinnen getroffen. Wie Noam Chomsky treffend bemerkte, sind große kapitalistische Unternehmen im Grunde nach dem Muster absolutistischer Tyranneien organisiert.[46]

Das hat auch zur Folge, dass die Arbeitenden von den Früchten ihrer Arbeit und der damit verbundenen Sinnerfahrung getrennt sind. Was sie produzieren, ist im Grunde austauschbar. An die Stelle der befriedigenden Sinnerfahrung, nützliche Dinge für eine Gemeinschaft herzustellen, tritt als abstrakte Kompensation das Geld, mit dem man hofft, sich einen Teil des Lebens, das durch die entfremdete Arbeit geraubt wird, zurückkaufen zu können.

Auf diese Weise ist auch die Beziehung der Produzierenden zu den Folgen ihrer Tätigkeit unterbrochen. Der Arbeiter bei Heckler & Koch bekommt gar nichts davon mit, wie mit den von ihm zusammengebauten Maschinengewehren Menschen in Mexiko niedergemäht werden; ebenso wenig wird die Lufthansa-Pilotin je die Klimatoten in Mosambik zu Gesicht bekommen, deren Tod nicht zuletzt eine Folge des zunehmenden Luftverkehrs ist. Die Verantwortung der Arbeitenden für die Konsequenzen ihrer Handlungen ist auf diese Weise extrem abstrakt und lässt sich leicht verdrängen. Zumal es in der Regel für die Produktionsmaschinerie gar keinen Unterschied macht, wenn jemand aus moralischen Gründen kündigt, denn der Job kann jederzeit von beliebigen anderen übernommen werden.

An der Spitze der Pyramide ist diese Form der Entfremdung ebenfalls zu finden. Zwar erhalten Topmanager das Hundert- bis Tausendfache eines Arbeiterlohns als Kompensation; doch auch für sie ist der Inhalt ihrer Tätigkeit vollkommen austauschbar, denn ihr einziger Zweck im großen Getriebe besteht darin, den Shareholder Value für die Anteilseigner zu steigern, egal mit welchen Mitteln und mit welchen verheerenden Konsequenzen. Die Anteilseigner selbst wiederum sind ebenfalls von den Wirkungen ihres Handelns

---

[46] *Chomsky on Democracy*, hg. v. C. P. Otero (Kapitel 15, Abschnitt »The autocratic structures of twentieth-century absolutism«), New York 2003, S. 238–240.

getrennt: Die Rechtsform einer Aktiengesellschaft etwa schließt ausdrücklich eine Verantwortung und Haftung der Aktionäre aus. Oft wissen sie nicht einmal, was das Unternehmen im Einzelnen tut, um ihre Dividende zu erwirtschaften.

Es ergibt sich also eine Kette der strukturellen Verantwortungslosigkeit und systemischen Blindheit, die in die Tiefenstrukturen unserer Ökonomie eingebaut ist. Aus diesem Grund ist es für eine zukunftsfähige Ökonomie entscheidend, wieder Feedbackschleifen in die wirtschaftlichen Beziehungen einzuführen, die allen Beteiligten die ökologischen und sozialen Auswirkungen ihrer Handlungen unmittelbar zurückspiegeln.

Um uns eine Ökonomie vorzustellen, die die Netzwerke der Verbundenheit sowohl zwischen den Menschen als auch zwischen Menschen und der mehr-als-menschlichen Welt anerkennt und pflegt, statt sie zu verdunkeln, auszubeuten und zu zerstören, müssen wir zunächst das gängige Modell von der Beziehung zwischen Wirtschaft, Gesellschaft und »Umwelt« vom Kopf auf die Füße stellen.[47] In diesem Modell (siehe Grafik A) gilt die Wirtschaftsordnung als das übergeordnete System, in das sich alles andere einfügen muss. Die soziale Organisation hat sich nach den ökonomischen Rahmenbedingungen zu richten, eine Auffassung, die sich etwa in Angela Merkels berühmten Worten von der »marktkonformen Demokratie« spiegelt. Noch eine Stufe darunter steht schließlich die »Umwelt«, die man berücksichtigt, wenn die Bedürfnisse der Wirtschaft und der Gesellschaft gestillt sind.

In der Realität verhält es sich hingegen genau umgekehrt (Grafik B): Das übergeordnete System ist die Biosphäre, jede denkbare menschliche Ordnung kann stets nur ein Subsystem von ihr sein und ist in jedem Moment von der Funktionsfähigkeit des übergeordneten Systems abhängig. Der Planet kann ohne Menschen auskommen, die Menschheit aber nicht eine Sekunde ohne den Planeten.

Ein Subsystem kann das übergeordnete System niemals beherrschen und auch nicht unbegrenzt darin wachsen. Die beiden zentra-

---

[47] Der Begriff »mehr-als-menschliche Welt« (»more-than-human world«) wurde von dem Kulturökologen David Abram geprägt. David Abram: *Im Bann der sinnlichen Natur. Die Kunst der Wahrnehmung und die mehr-als-menschliche Welt*, Klein-Jasedow 2015.

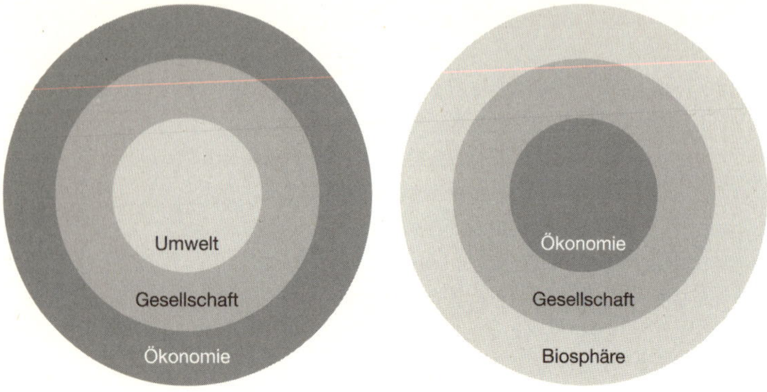

A: Verkehrte Welt *B: Reale Welt*

len Prämissen der Industriegesellschaft – endloses Wachstum und Naturbeherrschung – sind aus diesem einfachen Grund tödliche Illusionen, die auf einer Verkehrung der realen Rangfolge beruhen.

Gesellschaften lassen sich außerdem prinzipiell nicht der Ökonomie unterordnen, denn jede denkbare Wirtschaft kann wiederum nur ein Teilsystem der Gesellschaft sein. Wenn Eltern zum Beispiel die Versorgung ihrer Kinder von monetären Gewinnerwartungen abhängig machten, würde die Menschheit rasch aussterben.

Stellt man das verkehrte Modell vom Kopf auf die Füße, ergeben sich sofort vollkommen andere Prioritäten. Die Bewahrung der lebenserhaltenden Funktionen der Biosphäre bekommt Vorrang vor allen anderen Erwägungen, ganz einfach, weil ohne diese Funktionen alles andere nichts ist. Die Rede von Kompromissen zwischen Umwelt und Wirtschaft, wie sie unsere politischen Debatten beherrscht, ergibt logisch keinerlei Sinn. Wenn sich zeigt, dass eine bestimmte Wirtschaftsordnung mit der Erhaltung der Biosphäre unvereinbar ist, muss sie geändert werden. Egal, wie schwierig das sein mag. Die britische Ökonomin Kate Raworth hat die biosphärischen und sozialen Grenzen der Wirtschaft in das Bild eines Donuts gefasst: Am inneren Rand liegen die sozialen Fundamente der Ökonomie. Dazu gehören Zugang zu Nahrung, Wasser, Energie, Wohnung, Gesundheitsversorgung, Bildung sowie Netzwerken und Ins-

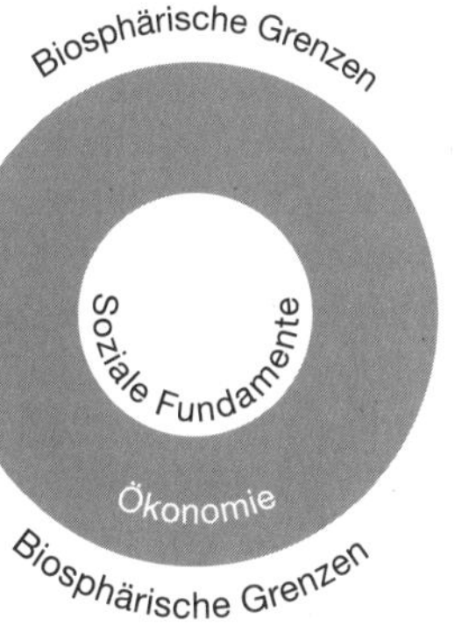

Donut-Modell nach Kate Raworth

titutionen, die politische, soziale und juristische Gerechtigkeit herstellen. Der äußere Rand wird von den ökologischen Grenzen gebildet, darunter das Klimasystem, Süßwasserzyklen, Bodennutzung und Biodiversität. Was zwischen diesen beiden Rändern liegt, bildet den Spielraum, in dem sich eine zukunftsfähige Ökonomie bewegen kann.[48]

Die gegenwärtige Ökonomie erweist sich in dieser Perspektive als maximal falsch konstruiert: Sie überzieht bei Weitem die ökologischen Grenzen und stellt dabei noch nicht einmal eine Sicherung der elementaren sozialen Fundamente für das Gros der Weltbevölkerung bereit. Das Bild vom Donut ist nützlich, um sich eine Ökonomie vorzustellen, die genau umgekehrt funktioniert: Bereitstellung der sozialen Grundlagen innerhalb der planetaren Grenzen.

[48] Kate Raworth: *Die Donut-Ökonomie. Endlich ein Wirtschaftsmodell, das den Planeten nicht zerstört,* München 2018.

ERFAHRUNGEN

Aus Politik und Zeitgeschichte

Mohamed Amjahid
Der weiße Fleck. Eine Anleitung zu antirassistischem Denken

Mein Name ist Mohamed, und ich mache mir große Sorgen um meine körperliche Unversehrtheit, meine Existenz, mein Leben in Deutschland, in Europa, im sogenannten Westen. Denn es hat sich in den vergangenen Jahren so einiges getan: Westliche Demokratien, und das kann man deutlicher denn je sehen, sind – anders als von vielen angenommen – eben nicht immun gegen politisch organisierten Hass und Menschenfeindlichkeit. Donald Trump, Viktor Orbán oder Matteo Salvini zeigen exemplarisch, dass es möglich ist, in westlichen Gesellschaften Mehrheiten für Sexismus, Rassismus, Antisemitismus oder Queerfeindlichkeit – jeweils mit Gewaltandrohungen gepaart – zu gewinnen. Die politischen Erfolge der »Alternative für Deutschland«, der Freiheitlichen Partei Österreichs oder der Schweizerischen Volkspartei zeigen: Demokratie wird schon wieder zur großen Gefahr für verletzbare Gruppen in mehrheitlich weißen Gesellschaften.

Gleichzeitig sind viele Angehörige dieser Gruppen sprechfähiger denn je. Es wurde noch nie so viel über Machtstrukturen und die Benachteiligung von Minderheiten gesprochen – was wiederum eine Welle des Widerstands nicht nur an den Rändern der weißprivilegierten Mehrheitsgesellschaften erzeugt hat. Dieser heimatnostalgische, hasserfüllte und wütende Gegenschlag spiegelt sich in Politik, Kultur, Medien und im Alltag wider. Die Polarisierung schreitet so immer schneller voran. Doch: Das weitere Erstarken von Rechtsradikalen in Europa und ihrer Verbündeten im Geiste, ein verschärfter Ton bei Debatten rund um Flucht und Migration, der teils gewalttätige Widerstand einiger Privilegierter gegen die Emanzipation von Minderheiten, das alles bedeutet nicht, dass es zu spät ist, gemeinsam am Ziel einer friedlichen, gerechten und inklusiven Gesellschaft in Europa und der Welt zu arbeiten.

Dies ist also ein Beitrag für alle weißen Menschen, die einen Wandel herbeiführen möchten, und für alle nichtweißen Menschen, die verstehen wollen, warum diese Welt so ist, wie sie ist. Während in den vergangenen Jahren mehrere Autor*innen aus ihren Perspektiven und Lebensrealitäten heraus beschrieben haben, dass es strukturellen Rassismus, weiße Privilegien und eine lange Tradition der Andersmachung von verletzbaren Minderheiten gibt, tauchte immer wieder eine simple Frage auf, die mir vor allem weiße Leser*innen und Gesprächspartner*innen gestellt haben: Und nun?

Dieser Beitrag reagiert darauf und bietet neuen Input für die antirassistische Debatte im deutschsprachigen Raum. Er beschreibt sowohl auf strukturell-institutioneller als auch auf persönlicher Ebene, wie das System weißer Privilegien überhaupt wirkt, wie tief es in unser Leben eingedrungen ist – und was man als Gemeinschaft oder als Individuum konkret tun kann, um *Racial Justice,* also Gerechtigkeit zwischen allen Menschen, herzustellen. Über Anekdoten und Analysen möchte ich eine Denkhilfe bereitstellen, um dieses Ziel zu erreichen.

Diesen Text zu lesen, gar Geld dafür auszugeben oder ihn weiterzuempfehlen ist weiterhin keine Selbstverständlichkeit. Ich danke Ihnen also für Ihre Bereitschaft, sich überhaupt mit den Themen Rassismus und Privilegien auseinanderzusetzen. Dieser Beitrag geht über das veraltete Rechts-links-Schema hinaus. Er betrifft uns alle. Es liegt mir als Autor of Color besonders am Herzen. Als Person of Color hat es für mich eine heilende Wirkung. Während ich über das Erlebte, die Schmerzen und meine Recherchen schreibe, erinnere ich mich daran, dass ich überhaupt existiere.

Der gesellschaftliche Wandel der vergangenen Jahre drückt sich nämlich in verschiedenen Weisen aus: Ehemals stille Gruppen werden sprechfähig und äußern sich zu ihren Belangen, für die weiße Mehrheitsgesellschaft unsichtbare Phänomene werden plötzlich glasklar sichtbar – zumindest für jene, die hinschauen möchten. Diesen »weißen Fleck« in der Betrachtung des gemeinschaftlichen Zusammenlebens von Weißen und Nichtweißen möchte dieser Beitrag auflösen. Die Identifizierung und Aufhebung von blinden Flecken in unserer Wahrnehmung spiegelt sich auch in einer veränderten Sprache wider: Das Mitdenken von nicht binären und trans Menschen wird immer mehr zum Standard, eine egalitäre Gestaltung der Art und Weise, wie wir reden und schreiben, schreitet voran. Nur ein Beispiel: Ich schreibe Schwarz groß, wenn ich Schwarze Menschen meine. Das unterstreicht die Eigenbezeichnung, die eben Schwarze Menschen für sich gewählt haben. Ich schreibe aber weiße Menschen klein: Denn Weißsein ist weiterhin eine analytische Kategorie und keine Selbstbezeichnung von Weißen. Es sind diese vermeintlich nebensächlichen Dinge, die den Wandel der Gesellschaft gut illustrieren.

Mehrere Generationen werden sich noch an der Aufarbeitung des Kolonialismus und der postkolonialen Ausbeutung von Nichtweißen bis zum heutigen Tage und leider darüber hinaus abarbeiten müssen. Ich habe deswegen unzählige Bücher und Theorien der *Race Studies,* vor allem aus dem englisch- und französischsprachigen Raum, studiert, meine eigenen Beobachtungen und Analysen eingewebt und mir überlegt, wie die mir wichtigen und als produktiv erscheinenden antirassistischen Konzepte möglichst niedrigschwellig, unterhaltsam und lebendig Gedanken und Debatten anstoßen können. Die Auflösung des weißen Flecks ist die Grundlage für die zukünftigen Debatten in einer diversifizierten Gesellschaft, davon bin ich überzeugt. Und deshalb will ich einen Beitrag zur egalitären Gestaltung der Gemeinschaft, in der wir alle leben, leisten. Denn nur Gerechtigkeit und Gleichberechtigung führen zu einem Austausch, der wirklich alle Menschen – egal welcher Hautfarbe oder Herkunft – weiterbringen wird.

Vorsicht, zerbrechlich

Jede Person, egal welcher Herkunft, Hautfarbe oder Sozialisation, hat mit inneren Komplexen zu kämpfen, verspürt manchmal Unsicherheiten im Umgang mit dem eigenen Umfeld, fühlt sich missverstanden oder ab und zu von anderen Mitgliedern der Gesellschaft beleidigt. Die aus dieser Gefühlslage heraus resultierenden Verhaltensweisen einzelner Individuen würde ich als menschlich beschreiben: Erwachsene werden zu trotzigen Kindern, versinken in Selbstmitleid oder fangen an, wild um sich zu schlagen. Manchmal fügen sich diese und weitere Gemütszustände zu einem Wollknäuel der Gefühle zusammen. Der Mensch ist halt ein emotionales Wesen.

Das gilt natürlich auch für Weiße. Ich kann allerdings nicht immer nachvollziehen, wie die Fäden in ihrem inneren Wollknäuel bei politischen Diskussionen rund um Privilegien und Rassismus, Kolonialismus und postkoloniale Machtstrukturen, Empowerment und Wiedergutmachung zusammenlaufen. Manchmal, so habe ich den Eindruck, verheddern sich weiße Menschen innerlich wegen Kleinigkeiten, die sie eigentlich locker aushalten müssten. Derweil reicht es sogar, Realitäten nüchtern zu beschreiben oder, auf Evidenzen basierend, einen Witz zu reißen, damit einige Weiße anfangen zu heulen, sich zu beschweren oder regelrecht durchzudrehen.

Im Zuge einer deutschen Twitterdebatte erreichte mich zum Beispiel eine private Nachricht von einem jungen weißen Mann. Wir kennen uns aus Uni-Zeiten, und er hat sich mir gegenüber öfter als Verbündeter im Kampf gegen den Rassismus geoutet. So etwas freut mich immer sehr, denn es braucht mehr Alliierte aus der Mehrheitsgesellschaft, um Strukturen der Diskriminierung von verletzbaren Minderheiten gemeinsam aufbrechen zu können. Bevor ich zu seiner Zuschrift komme, muss ich aber ein wenig ausholen. Kontext ist ja immer wichtig:

Zur selben Zeit tobte auf Twitter nämlich eine Diskussion, ob die urbane Wortschöpfung Alman, mit der weiße Deutsche gemeint sind, beleidigend sei oder nicht. Alman ist an das Wort Almanya aus dem Arabischen, Türkischen, Kurdischen oder Persischen angelehnt. Almanya bedeutet schlicht: Deutschland. Ich wünschte manchmal, ich hätte das Problem, dass ich mich von so einer Bezeichnung beleidigt fühle. Auf Twitter habe ich mich aber bewusst entschieden, nichts Unmittelbares zu dieser Debatte beizusteuern. Stattdessen setzte ich an diesem Tag einen Tweet zum deutschen Kolonialismus ab. Der ehemalige Wirtschaftsminister und SPD-Vorsitzende Sigmar Gabriel, der sich als Deutschlands wichtigster Intellektueller zu jedem Thema gerne äußert, teilte im Zuge einer Friedenskonferenz für Libyen im Berliner Kanzlerinnenamt folgenden Gedanken mit seinen Follower*innen: »(...) Wir waren nicht am Libyen-Krieg beteiligt u. nie Kolonialstaat (...).« Ich entschied mich also für eine kurze, zugegeben etwas freche Antwort: »Der Sigmar kann nicht googeln.«

Könnte er es nämlich, würde Gabriel wissen, dass Deutschland Kolonialstaat war und bis heute von einer kolonialen Dividende profitiert. Kurze Zeit später tauchte in meiner Timeline ein *Tagesspiegel*-Kommentar mit folgender Überschrift auf: »Libyen-Konferenz in Berlin: Jetzt braucht's eine Angela Bismarck«. Zu sehen war eine ernst blickende Angela Merkel vor einer deutschen Fahne. Ich fühlte mich also wieder berufen und twitterte einen Screenshot vom Wikipedia-Artikel »Deutsche Kolonien«. Später machte ich mich über Bismarck-Fans lustig, die den historischen Fakt leugneten, dass die Berliner Konferenz zwischen dem 15. November 1884 und dem 26. Februar 1885, auch Kongo-Konferenz genannt, auf Einladung des deutschen Reichskanzlers Otto von Bismarck stattfand und dort der afrikanische Kontinent unter den europäischen Kolonialmächten, darunter auch Deutschland, aufgeteilt wurde. Gegen Geschichtsklitterung hilft manchmal nur Humor.

Hunderte tief beleidigte User*innen (einer von ihnen nannte sich beispielsweise »Bismarck der Echte« und beschrieb sich auf seinem Profil mit den Worten »Mein Reichskanzler. Konservativ und Patriot. Für Gott, Vaterland und Kaiser! AfD seit 2013«) beschwerten sich, dass ich mit meiner Kritik und dem Wikipedia-Artikel ihren heiligen Bismarck, die deutsche Geschichte im Allgemeinen (!) und sowieso alle Deutschen verunglimpft hätte. Ich kann ebenfalls trotzig sein und legte einen Tag später mit einem Tweet im Social-Media-Slang nach: »Glaube ja, dass Almans in ihrer Liebe zu #Bismarck eigentlich 1 ganz anderes Gefühl zu einer mit Bismarck verbandelten Figur channeln.«

Und genau dieser Tweet trieb den jungen weißen Mann von vor drei Absätzen zur Weißglut. Er schrieb mir eine private Nachricht. Oder wie er es nannte: einen Hinweis. Meine ständige Kollektivierung und Provokation auf Twitter, so erklärte er mir, mache es Allies (also mit Minderheiten verbündeten Weißen wie ihm) schwer, nicht genervt zu sein. Er wolle mir nur Feedback geben und betonte noch mal, dass er meine Arbeit sonst sehr schätze. Seine gute Intention nahm ich ihm direkt ab, dennoch ist dieser kleine Vorfall ein passendes Beispiel, um ein auch in Deutschland weitverbreitetes Phänomen unter Weißen zu illustrieren.

Weiße Zerbrechlichkeit, aus dem Englischen *White Fragility,* bezeichnet die von Unsicherheit begleitete Interaktion von weißen Menschen in einer diversen Gesellschaft, in der immer häufiger von diskriminierten Minderheiten eine strukturelle Kritik an weißen Privilegien formuliert wird. Die US-amerikanische Autorin Robin DiAngelo beschreibt, dass Weiße meist in einem sozialen Umfeld leben, das sie vor *Race*-basiertem Stress schützt. Weiße sind demnach daran gewöhnt, dass ihr Weißsein gar nicht erst thematisiert wird. Sie existieren im Diskurs nicht als rassifizierte Personen, gar als homogen wahrgenommene Gruppe. Während in Medienberichten, politischen Debatten, Kunst- oder Kulturproduktionen oft von *den* Türken, *den* Arabern, *den* Muslimen, *den* Juden, *den* Geflüchteten und so weiter die Rede ist, existieren Weiße in der Öffentlichkeit meist nur als Individuen, als Persönlichkeiten, als Subjekte. Weiße Männer profitieren dabei mehr von dieser Darstellung als Frauen, die manchmal nicht als natürliche Personen, sondern lediglich als Ehefrauen, Partnerinnen oder schlicht Anhang von Männern wahrgenommen werden.

Angehörige der Mehrheitsgesellschaft erwarten aufgrund dieser speziellen Unsichtbarkeit (bewusst oder unbewusst), dass ihre Positionierung und ihre strukturellen Privilegien nicht Gegenstand einer Debatte sein sollten. Eine Haltung, die ihre innere Toleranz gegenüber rassismuskritischen Debatten schmälert. Viele Weiße, erklärt DiAngelo, könnten es nur schwer oder gar nicht aushalten, wenn allgemein über sie gesprochen wird. Egal, was dabei konkret gesagt wird. *White Fragility* beschreibt also den inneren Zustand weißer Menschen, bei dem schon ein Minimum an *Racial*-Stress unerträglich werden kann. Sie bauen dann eine defensive Haltung auf, wenn sie eine (egal ob harmlose, diplomatische oder humorvoll verpackte) Privilegienkritik hören.

Der junge weiße Mann konnte es augenscheinlich nicht aushalten, dass ich mit einem überspitzten Tweet darauf hinweisen wollte, dass zu viele Bismarck-Fans und weitere Deutsche Nachhilfe in europäischer Kolonialgeschichte brauchen. Er musste mir einen Hinweis geben, wie ich mich zu verhalten habe, wie ich meine Kritik verpacken solle, damit er weiter als Verbündeter zur Verfügung steht. Das nennt sich dann *Tone Policing*. Um als weiße Person eine

Allianz mit People of Color eingehen zu können, gibt es allerdings einige Empfehlungen für Allies und solche, die es werden wollen, wie sie diese Zusammenarbeit gestalten können und was sie tunlichst lassen sollten. Bedingungen an People of Color zu stellen ist in diesem Zusammenhang zumindest problematisch. Es ist dabei anscheinend schwierig, als weiße Person auf »einen Hinweis« an Nichtweiße zu verzichten. Diese unberechenbare Fragilität, selbst unter Allies, macht es für Angehörige von Minderheiten anstrengend, Rassismus überhaupt anzusprechen. Stets stellt sich für People of Color die Frage: Wie reagiert mein weißes Gegenüber, wenn ich etwas zum Thema Rassismus sage?

An dieser Stelle sei noch mal betont, dass eine differenzierte Privilegienkritik nie essenzialistisch gemeint ist. Weiße sprechen und verhalten sich also nicht per se oder qua weißer Hautfarbe rassistisch. Niemand gehört alleine aufgrund seiner oder ihrer äußeren Erscheinung in irgendwelche Schubladen. Abgesehen davon, dass die Hautfarbe (sozial konstruiert) ein wichtiger Faktor ist, wie mit einer Person, egal wo auf dieser Welt, umgegangen wird, zählen im intersektionalen Sinne auch andere Kategorien von Identität wie Gender, Einkommen, Sexualität, Alter, Bildungsstand, Wohnungssituation, Gesundheitszustand oder Passfarbe. Es kommt oft auf den Mix aus diesen Kategorien an, ob man Erfolg hat oder scheitert.

Kein Individuum kann qua Herkunft die Verantwortung für die geltenden Normen in einer Gesellschaft, aus der es stammt, übernehmen. Was zählt, ist aber: Jede Person muss zumindest mitdenken, in welchen Strukturen sie sich bewegt, aus welcher Position sie über welche Themen spricht und was sie konkret (politisch) tut. Denn Strukturen sichtbar zu machen, die bestimmte Gruppen bevorzugen und andere pauschal benachteiligen, ist ein Grundanliegen der antirassistischen Kritik. Mit dem Finger auf einzelne Personen allein aufgrund ihrer Hautfarbe zu zeigen liegt mir persönlich fern. Erst nach Betrachtung von Aussagen, Wirken und Kontext kann man einzelne Menschen für konkrete Dinge haftbar machen. Und doch musste ich mich mit den Jahren irgendwie dazu verhalten, dass sich viele Weiße sehr angegriffen fühlen, wenn ich Kritik an Strukturen weißer Privilegien übe. Dem jungen weißen Mann schrieb ich letztendlich ein kurzes Gedicht zurück:

Man ist kein Ally,
sondern wird zum Ally.
Und das ist sehr aufwendig.
Man ist kein Alman,
sondern wird zum Alman.
Und das zum Teil ganz beiläufig.

Zum Beispiel, indem man sich von seiner weißen Zerbrechlichkeit leiten und ihr freien Lauf lässt. Alman ist ein humorvoll gemeinter, lässiger Begriff, der in den urbanen Zentren Deutschlands gewachsen ist, um auf die Stigmatisierung von Nichtweißen ausgehend von der Mehrheitsgesellschaft in diesem Land zu antworten. Alman ist ein Werkzeug, das vor allem junge People of Color nutzen, um für sich sprechen und ihre Umwelt beschreiben zu können. Wer sich davon beleidigt fühlt, dem sei nahegelegt: Chill dein Leben! Das Wort Alman wird kein einziges weißes Privileg neutralisieren. Den Fakt, dass die nostalgische AfD-Wählerschaft und ähnliche Anhängerschaft anderer politischer Lager den Zeiten von Bismarck oder anderen Epochen in der deutschen Geschichte nachtrauern oder sie verklären, muss man als weiß-deutsche Person einfach aushalten können. Einige Monate später griffen mich AfD-Politiker*innen, die *Bild*-Zeitung und Tausende besorgte Bürger*innen auf Twitter an – weil ich mich antirassistisch geäußert hatte. Der junge weiße Mann sah die Ausmaße dieser Attacke und schrieb mir eine Nachricht, dass er dazugelernt habe und mir nie wieder mit seiner *White Fragility* kommen werde. Während ich Julian Reichelt, Chefredakteur der *Bild*-Zeitung, selbstverständlich stumm geschaltet habe, bin ich bereit, mit lernfähigen Weißen in Kontakt zu bleiben.

Ein Bismarck-Fan, davon gehe ich zumindest aus, ist nämlich längst verloren. Mit »AfD seit 2013« muss ich mich nicht noch aufhalten. Jemand, der Ally sein möchte, muss sich allerdings anstrengen, seine sozialisierte Fragilität in den Griff zu bekommen. Das ist viel verlangt, vor allem, wenn die betroffene Person beispielsweise einer harten Lohnarbeit nachgehen muss. Sich nach Dienstschluss hinzusetzen, über postkoloniale Theorie den Kopf zu zerbrechen und dabei seine Gefühle zu steuern kann mühsam sein. Zum Glück gibt es dafür aber Autor*innen, die bezahlt werden, um sich solche

Gedanken zu machen, sie für ein breites Publikum aufzubereiten und zur Verfügung zu stellen.

Die Frage, die mich in diesem Zusammenhang oft erreicht, lautet: Kann man als weiße Person überhaupt noch etwas sagen? Darauf habe ich immer eine gültige Standardantwort parat: Abgesehen davon, dass man einer weißen Person in einer weiß dominierten Gesellschaft nur sehr schwer die Sprechfähigkeit nehmen kann, darf weiterhin jede Person sagen, was sie will. Man kann einfach nicht mehr erwarten, dass es keinen Widerspruch gegen die Andersmachung von Minderheiten gibt. Das ist alles. Einerseits musste ich mir sehr oft anhören, dass nichtweiße Menschen zu emotional seien, sich zu häufig beschweren würden und einfach »auf Rassismus abonniert« seien (ja, Weiße sagen mir so etwas ins Gesicht). Andererseits musste ich in den vergangenen zehn Jahren sehr häufig meine Emotionen steuern, manchmal unter großen Anstrengungen unterdrücken, während ich mit der weißen Zerbrechlichkeit meines Gegenübers zu tun hatte. Dieses Ungleichgewicht begleitet mich durch mein Arbeits- und sonstiges Leben. Ich habe dabei beobachtet, dass bei diesem gesellschaftlichen Streit besonders auf die Gefühle und Belange von Weißen geachtet wird, selten auf die von Nichtweißen.

Vor Kurzem wurde ich zu einer großen Konferenz eingeladen. Auf der Bühne sollte ich einen Impulsvortrag halten. Es ging darum, junge Menschen – die meisten von ihnen Studierende, zwanzig bis dreißig Jahre alt – mit frischen Gedanken, pointierter Gesellschaftskritik und konkreten Projektideen zu inspirieren. Hunderte Entscheidungsträger*innen und Führungskräfte von morgen auf einem Haufen: Klingt gut, dachte ich. Also habe ich zugesagt. Mit der Einladung bekam ich den Hinweis, dass im Publikum ein Stargast sitzen werde: Jan Böhmermann. Der Fernsehsatiriker sollte kurz nach meinem Auftritt mit seiner Performance auf die Bühne gehen. Ich habe mich deswegen entschieden, über rassistische Satire und meine Kritik daran zu sprechen. Ich hatte entsprechende Texte veröffentlicht, die sich unter anderem mit Böhmermanns Schmähgedicht zur Autokratie unter Recep Tayyip Erdoğan in der Türkei beschäftigten. Böhmermann und andere weiß-deutsche Medienschaffende griffen dabei auf rassistische Bilder vom »ziegenfickenden Orientalen«, vom »pädophilen Moslem« und »stinkenden Anatolen« zurück. Gute Satire kann meiner Meinung nach auf solche billigen und diskriminierenden Pointen verzichten.

Als die weiße Veranstalterin von meinem Vorhaben erfuhr, rief sie mich panisch an. Was mir eigentlich einfalle, Jan Böhmermann kritisieren zu wollen? »Das geht nicht«, sagte sie schon zu Beginn des Gesprächs. Böhmermann sei ihr wichtigster Gast, und es sei nicht angebracht, seine Satire im Rahmen ihrer Veranstaltung zu besprechen. Er habe als Person der Öffentlichkeit außerdem sehr viel durchmachen und aushalten müssen. Man sollte ihm eine Pause gönnen. Sie bat mich, auf das Thema zu verzichten, und machte Druck, dass ich trotzdem auftreten müsse. Meine Stimme sei ihr äußert wichtig, nur Jan Böhmermann und deutsche Satire kritisieren, das gehe nicht. Eine halbe Stunde redete sie auf mich ein.

Ich mache mir noch heute Vorwürfe, weil ich eingeknickt bin und mein Thema gewechselt habe. Ich hatte sogar vorher ein von mir handsigniertes Buch vorbereitet, in dem ich meine Kritik an rassistischer Satire beschreibe. Dieses Buchexemplar steht noch heute in meinem Bücherregal. Auf der ersten Seite ist dort zu lesen: »Lieber Jan, ich weiß, dass Du genug Beef mit allem Bösen dieser Welt hast. Schau! Wir Nafris sind zu gut erzogen: diskriminiert und entschuldigen uns noch! :D Danke für Deine Arbeit, ich hoffe, wir können – im wahrsten historischen Sinne – Alliierte sein!« Selbst bei einer Sache, die mir persönlich so wichtig ist, dass ich mich vor Hunderten Menschen auf die Bühne stelle, meine Aufregung herunterschlucke und darüber spreche, selbst dann mache ich mir Gedanken um die Gefühle, den Beef, die Belange jener, die in ihren weißen Privilegien baden und es bis dahin nicht verstanden haben und verstehen wollen. Ich hielt letztendlich einen Vortrag zu einem anderen Thema und ging von der Bühne mit einem sehr schlechten Gewissen – mir selbst gegenüber.

Denn Jan Böhmermanns Bedürfnisse waren der Veranstalterin sehr wichtig, meine Gefühle – so schien es mir – waren ihr schlicht egal – obwohl ich auch ihr Gast war. Ich machte mir selbst ja von Anfang an auch Gedanken darüber, wie der Fernsehstar auf meine Kritik emotional reagieren würde, und vernachlässigte dabei meine eigene Gemütslage. Die Veranstalterin, die sich selbst als progressiv und Ally beschreiben würde, hat die mögliche Reaktion von Jan Böhmermann auf meinen Vortrag antizipiert und ihn aufgrund ihrer Machtposition unterbunden. *White Fragility* sorgt dafür, dass sehr viele Debatten und Konfrontationen, die aus Minderheitensicht wichtig sind, gar nicht erst stattfinden. Denn es wird in Medien, Kultur oder Politik peinlichst darauf geachtet, welche Aussagen welche weiße, einflussreiche Person wie beleidigen könnten. Wie kann man da überhaupt auf Augenhöhe miteinander diskutieren?

Längst hat sich auch im Deutschen zur weißen Zerbrechlichkeit eine eigene Sprache entwickelt. Im urbanen Deutschwörterbuch werden fragile Weiße gerne als Schneeflocken bezeichnet. Wenn es wegen einer bestimmten Kritik zu heiß wird, schmelzen sie einfach dahin. Mit einem Pfützchen zu kommunizieren macht dann wenig Sinn. Man sagt auch, dass viele Weiße beim Thema Rassismus dazu tendieren, weiße Tränen zu vergießen. In Anlehnung an das englische *White Tears*. Ich kenne mehrere weiße Autoren, die in ihren Texten rücksichtslos gegen Minderheiten austeilen. Sie erwarten Jubel und Zustimmung. Immer öfter ernten sie aber (vor allem in den sozialen Medien) pointierte Kritik – die sie bis ins Mark trifft. Ein Autor beschwerte sich mal bei mir, dass er auf Twitter von einem User als »islamophob« bezeichnet wurde. Zuvor hatte er in einer auflagenstarken Zeitung pauschal behauptet, dass alle Muslime integrationsunwillige Menschen seien. Austeilen, aber nicht einstecken können: Die zarten Seelen einiger weißer Männer wundern mich schon ein wenig.

Ihre weiße Zerbrechlichkeit trifft auf eine noch relativ neue Sprechfähigkeit von Angehörigen verletzbarer Gruppen. Menschen, die vorher gar nicht am Diskurs beteiligt waren, melden sich nun zu Wort und reden über Dinge, die ihnen wichtig sind. Alte weiße Männer beschweren sich deswegen und sagen: In den Neunzigerjahren konnten wir noch sachlich miteinander reden, zum Beispiel über das Thema Dosenpfand (ja, dieses Beispiel hat ein alter weißer Mann tatsächlich in meiner Gegenwart gebracht). Heute seien alle so emotional und betroffen. Das nerve ihn, sagte er. Diese Nostalgie verkennt, dass Weiße wie gesagt auch Gefühle haben und dass People of Color in den Neunzigerjahren in Deutschland eine weniger hörbare Stimme hatten. Außerdem ist das Dosenpfand bestimmt ein wichtiges Sachthema, daneben gibt es aber auch andere Politikfelder, die an Relevanz zugenommen haben – weil nun mehr People of Color, Frauen oder Queers mitsprechen (wollen).

Wenn immer mehr Nichtweiße anfangen, im Journalismus, in den Sozialwissenschaften, in Kunst und Kultur, im Alltag auf Weiße zu schauen – weil Weiße in den vergangenen 500 Jahren ihren zum Teil degradierenden Blick konstant auf People of Color richteten –, dann kann ich mir vorstellen, dass dies für Weiße irritierend, verwirrend, gewöhnungsbedürftig oder schmerzvoll sein kann. Aber ich kann aus eigener Erfahrung sprechen: Man gewöhnt sich daran, erforscht und beschrieben zu werden. Und wie gesagt geht es hier nicht um die Stigmatisierung Einzelner, sondern um die Freilegung von sozial konstruierten Mechanismen, die unsere Welt steuern. Einigen Weißen ist aber auch diese eher abstrakte Ebene schon zu viel.

Manchmal versuche ich mich von den inneren Wollknäueln meiner weißen Gesprächspartner zu lösen, um freier nachdenken zu können. Und dann fällt mir wieder ein, dass *White Fragility* schnell in *White Rage* kippen kann. Es ist statistisch belegt, dass Weiße in Deutschland, in Europa und Nordamerika (und damit auch an vielen anderen Orten und in Räumen auf dieser Welt) am Drücker sitzen. Wenn davon nur eine Handvoll beleidigter weißer Menschen die Nerven verliert und ihre Macht nutzt, die Kritik an den herrschenden Machtstrukturen zu unterdrücken, haben Menschen wie ich ein großes Problem. Damit meine Texte erscheinen, bin ich zu einem wesentlichen Teil vom Wohlwollen und der Förderung durch weiße Chefredaktionen und weiße Verlagsleitungen abhängig. In der deutschen Medienlandschaft habe ich aber die weiße Wut in den vergangenen fünf Jahren in ihrer ganzen Wucht zu spüren bekommen.

Als mein erstes Buch *Unter Weißen. Was es heißt, privilegiert zu sein* im Jahr 2017 erschien, bekam ich sehr viel Zuspruch. Das gehört auch zur Wahrheit. In *Unter Weißen* beschreibe ich, wie weiße Privilegien überhaupt funktionieren, und sehr viele weiße Leser*innen sprachen mich darauf an oder schrieben mir, dass ihnen mein Buch geholfen habe, sich selbst besser zu reflektieren. Solche Rückmeldungen ehren mich natürlich jedes Mal. Es gab aber auch jene

Weiße, die höchst beleidigt waren, dass ich einer der ersten Autoren in Deutschland war, die es überhaupt wagten, das Wort weiß auszusprechen. Ich rechne an dieser Stelle Trolle im Format verrückter Bismarck-Fans mal raus. Es waren gestandene weiße Journalist*innen und Autor*innen, die mir ins Gesicht sagten, dass ich nicht nur falschläge, sondern dass sie dafür sorgen könnten, dass ich nie wieder ein Buch oder einen Artikel veröffentlichen werde, falls ich mich entscheiden sollte weiterzumachen. Mit den Scherben ihrer weißen Zerbrechlichkeit wollten sie mich als sprechfähigen Nichtweißen sprichwörtlich verletzen.

Ein leitender Redakteur sagte mir, dass er sich nach der Lektüre meines Buchs in die Ecke gedrängt gefühlt habe. Als weißer Mann könne man ja gar nicht mehr mitreden, wenn es so weitergehe. Er sehe es mit großer Sorge, dass sich »immer mehr Menschen mit Migrationshintergrund einigeln, anstatt den Dialog zu suchen und offen über Integration zu sprechen«. Ich schwöre, dass ich mit seinen weißen Tränen eine ganze Klospülung hätte füllen können. Solche beiläufigen und dennoch vielsagenden Reaktionen auf meine Arbeit als Autor häuften sich plötzlich und lauerten an jeder Ecke.

Ein anderer weißer Mann, der zwischenzeitlich Macht auf mich ausüben konnte, behauptete schlicht, ich sei hier der Rassist, wenn ich das Wort »weiß« benutze. Er schrie herum und drohte mir mit Konsequenzen, wenn ich das ALLES nicht zurücknehmen würde. Die Konfrontation mit seinen Privilegien machte seine innere Zerbrechlichkeit sichtbar, die sich in Form eines regelrechten weißen Wutanfalls den Weg bahnte. Wir saßen auf breiten Ledersesseln in seinem Büro, die Luft war stickig, die Tür verschlossen, und ich hörte mir geduldig seine Tiraden an, sah dabei zu, wie sie sich mit seinen weißen Tränen vermischten: Ich hätte *Unter Weißen* gar nicht erst schreiben dürfen, sagte er, weil die Mehrheit der deutschen Leserschaft nun mal weiß sei und diese Mehrheit sich nicht einfach so »beleidigen« lasse. Dann stellte er viele rhetorische Fragen: Was ich mir eigentlich dabei denke, wenn ich das Wort weiß ausspreche? Ob ich wisse, dass wegen mir Menschen zur AfD laufen würden, nur weil ich das schreibe, was ich schreibe? Und was ich nun gedenke zu ändern, um alles wieder geradezubiegen? Ich hatte einfach Angst, weil ich nicht wusste, wozu er alles bereit war.

Ein alter weißer Mann verglich mal meine privilegienkritische Arbeit mit den Ansichten eines anderen Autors of Color. Der Kollege hatte in seinen Texten geschrieben, dass man es mit der Rassismuskritik auch übertreiben könne. Das kann man machen, es gilt ja die Meinungsfreiheit. Der alte weiße Mann fand es allerdings »erfrischend, wenn Menschen mit Migrationshintergrund nicht immer nur über Rassismus reden«. Natürlich gefiel ihm meine Berichtigung nicht, dass ich nicht »immer nur über Rassismus« rede, mein Portfolio als Journalist sehr divers sei und dass ich dennoch über Rassismus reden könne, wenn es mir halt passt. Noch beleidigter zeigte er sich aber, als ich ihm erklärte, dass die Zeiten vorbei seien, in denen People of Color weißen Menschen Erfrischungen reichten.

Lifestyle-Tipps für Süßkartoffeln

Bei einer Lesung im Herbst 2018 fiel mir direkt eine ältere Dame in der ersten Reihe auf. Sie guckte mürrisch und saß im Angriffsmodus auf der Stuhlkante. Ich nenne sie hier Rita Bauer. Mir war etwas schwindelig von der schlechten Luft im überfüllten Raum, der Anblick von Rita Bauer setzte in mir aber prompt das nötige Adrenalin frei, um die zweistündige Veranstaltung durchzuziehen: Ich hatte nach etlichen Lesungen zum Thema weiße Privilegien so eine Vorahnung.

Und tatsächlich dauerte es nur eine Viertelstunde, bis Rita Bauer lautstark protestierte: »Sie wollen mit Ihrer politischen Correctness nur Sprachpolizei spielen, und die Bezeichnung ›Weiße‹ ist sowieso rassistisch.« Rita Bauer war daraufhin nicht mehr aufzuhalten. Sie behauptete, dass ich an einer »Veränderung der deutschen Gesellschaft« arbeite. Was sie damit konkret meinte, verriet sie nicht. Die Moderatorin hatte da schon längst kapituliert, und im Publikum regte sich langsam Widerstand. »Halt die Fresse!«, rief jemand aus den hinteren Reihen. Die Stimmung drohte zu kippen.

Ich bin aber nun mal von meiner Nafri-Mama gut erzogen worden, also bat ich Rita Bauer höflich darum, sich zu beruhigen und ihre Argumente aufzuzählen, mir und dem Publikum zu erklären, warum »mein Plan so gefährlich für Deutschland« sei, wie sie behauptete. Zu jeder ihrer imaginierten Realitäten (»Deutschland wird von Ausländern übervölkert«, »Deutsche sind die wahren Diskriminierten hier«, »Der Kolonialismus spielt heute gar keine Rolle mehr« …) konnte ich Fakten auf- und Geschichten erzählen, die das Gegenteil beweisen. Ich versprach ihr, dass man sich in Deutschland schon daran gewöhnen werde, dass immer mehr Nichtweiße sprechfähig werden und Gleichberechtigung im Sinne aller Menschen hierzulande ist. Schmollend harrte Rita Bauer den Rest der Lesung in der ersten Reihe aus und drängelte sich am Ende der Veranstaltung an der Schlange am Signiertisch vor. Sie war so wütend, dass sie keinen vernünftigen Satz mehr formulieren konnte: »Sie! Sie! Sie!«, schrie Rita Bauer empört und verließ mit stampfenden Schritten den Raum.

Am nächsten Morgen überraschte mich eine kurze Nachricht im Postfach meines Blogs. Rita Bauer hatte mir mitten in der Nacht geschrieben. Hier ein kleiner Auszug: *»Es tut mir leid, dass ich so laut und unbeherrscht gewesen bin, ganz besonders, da Sie so freundlich blieben und mir rieten, mich nicht zu ärgern. Damit hatten Sie natürlich absolut recht, und ich bitte um Entschuldigung.«* Selbst Rita Bauer, die bei mir, wie Sie sich vorstellen können, einen negativen Eindruck hinterlassen hat, trägt also ein wenig Süßkartoffel in sich. Mit dem zuckerhaltigen Windengewächs werden neudeutsch Weiße bezeichnet, die ihre privilegierte Stellung in der Gesellschaft und die Problematik mit dem Rassismus erkannt haben – und etwas dagegen tun (wollen). *Leave no white person behind,* sage ich mir manchmal. Zumindest war ich irgendwie an dem besagten Abend trotz physischer Erschöpfung sehr tolerant und habe mich auf Rita Bauer eingelassen. Je nach Tagesform hätte ich sie einfach ghosten, also ignorieren, oder rhetorisch zusammenfalten können. Beides wäre ebenfalls okay gewesen. Manchmal lohnt es sich aber – vor allem, wenn ich dafür bezahlt werde –, die Konfrontation zu suchen.

Auf Lesungen und Veranstaltungen in den vergangenen Jahren sind mir viele Rita Bauers, Heinrich Schmidts, Annika Metzgers und Bernd Müllers begegnet: in Chemnitz, in Hamburg, in Wuppertal, in Stuttgart, in Wien, in Basel … Für mich ist es immer wieder eine Herausforderung, durchzuatmen und meinen Job zu machen. Ich kann aber im Alleingang weder dafür sorgen, dass Weiße und andere ihren Rassismus verlernen, noch, dass Privilegien in unseren Gesellschaften fair umverteilt werden. Abgesehen davon, dass ich als einzelnes Individuum lang gewachsene Missstände nicht wettmachen kann, ist kein Buch- oder Veranstaltungshonorar dieser Welt genug, um diese Aufgabe allein zu stemmen. Eher sehe ich hier die Privilegierten in der Pflicht, sich darum zu kümmern, dass die Gemeinschaft, in der wir leben, inklusiver, respektvoller, aufmerksamer, menschlicher wird. Nur braucht es dafür vielleicht eine Handreichung, um Wege aufzuzeigen, wie man den rassistischen, über Jahrzehnte gewachsenen Strukturen der Privilegierung und Diskriminierung entkommt.

Pragmatisch, wie ich sein kann, möchte ich also einige konkrete Empfehlungen aussprechen, an denen man sich als weiße und/oder mehrfach privilegierte Person orientieren kann, um eine Süßkartoffel zu werden:

1. Man sollte als Individuum zunächst **anerkennen, dass es so etwas wie weiße Privilegien und eine damit verbundene mächtige Struktur gibt.** Als weiße Person sowieso. Sie können für Ihre Privilegien persönlich nichts. Jede Person wird erst mal in diese Welt reingeboren, und das eigentliche Problem ist, die teils absurden Regeln, die diese Welt strukturieren, zu negieren oder sich damit nicht auseinandersetzen zu wollen. Anders ausgedrückt heißt das Problem: die Augen vor den rassistischen Missständen zu verschließen, sich **dem weißen Fleck** also komplett zu unterwerfen.
2. **Bilden Sie sich eigenständig weiter.** Im Zeitalter von Smartphones und Internet können Sie, falls Sie eine privilegienkritische Frage haben, schnell mit einer Suchmaschine eine Antwort finden. »Ist es okay, einer Schwarzen Person in die Haare zu fassen?«, »Soll ich als Allererstes eine nichtweiße Person fragen, woher sie kommt?«, »Gibt es überhaupt Rassismus?« Sie werden im Netz schnell sehen, was zu tun oder am besten nicht zu tun ist. Außerdem gibt es zu vielen privilegienkritischen und antirassistischen Fragen Studien und Artikel, falls Sie sich weiter in die Materie vertiefen wollen. Lesen und verschenken Sie auch entsprechende Bücher zum Thema.

3. Wenn Sie sich nämlich längst zu Papier gebrachtes, antirassistisches Wissen durchlesen und es vielleicht sogar umsetzen, müssen Sie Schwarze Menschen, People of Color oder Jüdinnen*Juden in Ihrer Umgebung nicht dazu bringen, ohne Entlohnung anstrengende Bildungsarbeit zu leisten. Von Rassismus oder generell von Ausgrenzung betroffene Menschen müssen häufig genug über diese Ausgrenzung Auskunft geben. **Gönnen Sie People of Color eine Pause, wenn Sie die Antwort selbstständig finden und durchdringen können.** Wenn Sie ein Wort, ein Konzept oder eine Erzählung nicht verstehen, forschen Sie nach, es hilft Ihnen vielleicht weiter.
4. Es kann dennoch vorkommen, dass Sie bei einer Frage Gesprächsbedarf verspüren. Warten Sie in diesem Fall auf den richtigen Augenblick, um eine von Rassismus betroffene Person in Ihrem Bekanntenkreis höflich darauf anzusprechen. Am besten aber: **Reden Sie mit anderen *weißen* Menschen über *weiße* Privilegien.** Das kommt, glaube ich, viel zu selten vor – obwohl es sehr produktiv sein kann. Falls dann weiterhin Fragezeichen im Raum stehen sollten: Kommen Sie in eine von meinen Lesungen, wir klären das gerne gemeinsam. Dafür werde ich ja bezahlt.
5. Vieles, was ich hier über *weiße* Privilegien schreibe, kann durchaus auf andere Formen der Privilegierung angewendet werden: Heteronormativität, Cisgender, Leben ohne Behinderung, Besitz eines starken Reisepasses, stabiles oder hohes Einkommen, das Gegenteil von Obdachlosigkeit … **Für einige Privilegierungen gibt es noch nicht mal ein allgemein bekanntes Wort, so unmarkiert sind sie.** *Weiße* Privilegien stellen aus meiner Sicht allerdings eine tägliche Begleitung in einer Welt dar, in der viele Menschen über Jahrhunderte rassifiziert wurden und leider weiterhin werden. Es gilt also: Akzeptieren Sie, dass sich die mögliche Privilegierung eines Menschen aus verschiedenen Quellen speist. Auch *weiße* Menschen sind mehr als nur ihre Hautfarbe – die in vielen Situationen aber den größten Vorteil bietet.
6. **Verzichten Sie auf diskriminierende Sprache.** Streichen Sie als *weiße* Person zum Beispiel das N-Wort einfach aus Ihrem Vokabular. Nennen Sie mich nicht Kanake, Ziegenficker oder Nafri. Diese Begriffe wurden erfunden, um Menschen wie mich

anders zu machen, um mich auszugrenzen, zu stigmatisieren, zu entmenschlichen. Bei einer Lesung in Wuppertal sagte mir eine junge weiße Frau, dass sie es unfair finde wenn ich diese Wörter benutzte und sie es gleichzeitig nicht dürfe. Das Ding ist: Diese Wörter gehören nun mir. Die Mehrheitsgesellschaft hat sie erfunden und als rassistische Beleidigungen für einige People of Color etabliert – ich darf sie mir nun als sprachfähiges Subjekt of Color aneignen, sie satirisch aufnehmen, mit ihnen spielen. Weiße dürfen das nicht. So einfach ist das.

7. Respektieren Sie die **Selbstbezeichnung von Angehörigen von Minderheiten.** Sagen Sie zum Beispiel einfach Schwarze, wenn Sie Schwarze meinen, weil die meisten Schwarzen das Wort Schwarze präferieren. By the way: Wenn Sie wollen, dass ich anstatt Weiße ein anderes Wort benutze, dann können Sie sich gerne mit den anderen Betroffenen aus der Mehrheitsgesellschaft zusammentun, miteinander diskutieren und mir Bescheid geben, falls Sie sich auf einen Begriff verständigt haben. Ich halte mich dann auch dran. Versprochen.
8. Sprechen Sie nie für Menschen, die sich in anderen Positionen befinden als Sie. **Geben Sie also das Mikrofon, das Sie vielleicht in der Hand halten, einfach weiter.** Seien Sie kein Wolf, und versuchen Sie auch nicht, sich mit der Diskriminierung anderer als objektive Instanz zu profilieren. Es ist als weiße Person nicht Ihre Aufgabe, für Nichtweiße zu reden. Als Mann ist es nicht Ihre Aufgabe, für Frauen zu sprechen. Als Mensch ohne Behinderung sollten Sie Menschen mit Behinderung nicht über ihre Realität belehren. Solidarität ist nicht gleich Paternalismus.
9. Bevor Sie sich zu einem bestimmten Thema äußern: **Gehen Sie kurz in sich und überlegen Sie, wie Sie sich dazu persönlich positionieren.** Denken Sie Ihre Privilegien – egal in welcher Kategorie, aber besonders im Hinblick auf *Race* – immer mit. Bevor Sie also über Obdachlosigkeit sprechen, machen Sie sich bewusst, wie privilegiert Sie sind, dass Ihnen persönlich Obdachlosigkeit mit hoher Wahrscheinlichkeit nie drohen wird. Bevor Sie darüber schimpfen, dass Menschen ohne staatliche Genehmigung Staatsgrenzen überschreiten oder schlicht migrieren, denken Sie über Ihr Privileg nach, einen EU-Reisepass zu besit-

zen. **Bevor Sie über Rassismus reden, machen Sie sich also Ihrer weißen Privilegien bewusst.** Und: *Reverse Racism,* also Rassismus gegen Weiße, gibt es nicht. Denn hierfür fehlen eine historische Herleitung, die entsprechenden Strukturen und das nötige Machtgefälle, das Weiße als verletzbare Gruppe markieren würde.

10. **Machen Sie sich bewusst, dass es existierende Ungleichheiten sogar verstärken kann, wenn Sie in einigen Situationen »jede Person gleich behandeln«.** Wenn man bei der Vergabe eines Stipendiums lediglich auf die Abiturnoten schaut und denkt, dass diese Auswahlmethode objektiv und fair sei, schenkt man möglicherweise Kindern reicher Eltern, die es nicht brauchen, nur noch mehr Kapital. Talente, die bis zum Bewerbungsverfahren gegen unzählige Formen der Diskriminierung gekämpft haben, gehen so leer aus – weil hier ihre Leistung nicht im Kontext der Realität betrachtet wird.

Katja Gloger, Georg Mascolo
Ausbruch. Innenansichten einer Pandemie – Die Corona-Protokolle

Die Wahrscheinlichkeit der Unwahrscheinlichkeit

»Anycountry«

Wo beginnt sie, die Geschichte darüber, wie eine der weltgrößten Gefahren immer wieder übersehen, ja nahezu sträflich ignoriert wurde?

Vielleicht beginnt sie auf einer Bühne in Seattle im US-Bundesstaat Washington. Auf diese rollt der Microsoft-Milliardär Bill Gates an einem Märztag des Jahres 2015 ein riesiges Fass in Olivgrün. Es ist ein Überbleibsel aus dem Kalten Krieg, in solchen Fässern lagerten Wasser und Lebensmittel für den Fall eines Atomkrieges. Man sollte diese Vorräte mit in den Keller nehmen – und dann auf das Beste hoffen. Gates aber will gar nicht an die Schrecken des Nuklearkrieges erinnern, einer Bedrohung, mit der seine Generation groß wurde. Er hat eine andere Mission.

Hinter ihm erscheint das Bild eines Atompilzes, es verschwindet, dann ist die Aufnahme eines Virus zu sehen, millionenfach vergrößert durch ein hochmodernes Elektronenmikroskop. Sehr viel wahrscheinlicher als der Einschlag einer Atombombe sei es, sagt Gates in seinem Westküsten-Singsang, dass dieses winzige Ding in den nächsten Jahren zehn Millionen Menschen töten werde.

»Wir sind nicht gerüstet«, warnt er. Viren seien gefährlicher als Raketen und Bomben. Jetzt sei es dringend an der Zeit, die Abwehr dieser Gefahr ebenso ernst zu nehmen und ihr mit den gleichen Ressourcen zu begegnen wie der nuklearen Bedrohung. Pandemieübungen müssten so regelmäßig stattfinden wie Militärmanöver. »Ich weiß nicht genau, was es kosten wird, aber im Vergleich zum potenziellen Schaden sicherlich sehr wenig«, sagt Gates. »Wir müssen jetzt beginnen, denn die Zeit arbeitet gegen uns.«

Und dann fügt er noch einen Satz hinzu, von dem er damals nicht wissen kann, wie schnell er sich bewahrheiten wird: Das nächste

Virus übertrage sich womöglich schon, wenn die Kranken noch gesund scheinen.

Fünf Jahre später ist das Video dieses Auftritts millionenfach geklickt, Bill Gates selbst zum Propheten ebenso wie zum Schuldigen erklärt worden. Die ganze Welt kennt genau so einen Krankheitserreger. Sein Name ist SARS-CoV-2.

Man kann diese Geschichte auch im Weißen Haus in Washington beginnen. Dort versuchen hochrangige Beamte der Obama-Administration zur Jahreswende 2016/2017, leitende Mitarbeiter von Wahlsieger Donald Trump auf die Gefahren einer Pandemie hinzuweisen. Briefings zur Amtsübergabe gehören in den USA zu den besseren politischen Traditionen: Die neue, aber zugleich noch unerfahrene Regierung soll möglichst gut vorbereitet sein. Es geht um Hurrikans, Terrorismus und Cyberangriffe. Und um die Gefahr von Pandemien. Das Interesse scheint gering, einige aus Trumps Team scheinen einzuschlafen. Eine unter Barack Obama eingerichtete Abteilung beim Nationalen Sicherheitsrat – als »Rauchmelder für Gesundheitsgefahren« zuständig für Vorhersage und Abwehr biologischer Bedrohungen – wird bald aufgelöst.

Für die Obama-Administration war die Gefahr einer Pandemie zu einer Frage der nationalen Sicherheit geworden. Der Ausbruch des hämorrhagischen Ebolafiebers im scheinbar so fernen Westafrika 2014 mit über 11 000 Toten hatte gezeigt, wie verwundbar die Welt ist. Das Virus hatte sich in mehreren westafrikanischen Staaten ausgebreitet, auch die USA und Europa erreicht. Obama schickte das Militär nach Westafrika, 3000 Soldaten und medizinisches Personal, Teil einer internationalen Bemühung zur Eindämmung in quasi letzter Minute. Die Operation »United Assistance« unter Kommando der traditionsreichen 101. Luftlandedivision war ein Erfolg – belegte aber zugleich, wie schlecht die USA auf den Ausbruch einer Pandemie vorbereitet waren. Im reichsten Land der Erde fehlte es vor allem an Schutzausrüstung, Testmöglichkeiten und überhaupt an der Koordination der Behörden auf allen Ebenen.

Später durchgeführte Krisensimulationen zeigten, dass es sehr schnell sehr schlimm werden könnte. Anfang 2019 wurde der Ausbruch eines aus China stammenden neuartigen Influenzavirus geübt. Das Ergebnis der Übung »Crimson Contagion« war niederschmetternd: Die Supermacht USA wäre bei einem Ausbruch noch nicht einmal in der Lage, ausreichend Spritzen und Nadeln zu produzieren. Von Schutzmasken oder Beatmungsgeräten ganz zu schweigen.

Gleichzeitig gibt die nukleare Supermacht USA jährlich rund 700 Milliarden Dollar – eine Zahl mit zwölf Stellen – für ihre Verteidigung aus; mehr als jedes andere Land der Welt. Dabei kann ein Virus mehr Menschen töten als jeder Schurkenstaat.

Man kann die Geschichte eines internationalen Versagens aber auch in Deutschland beginnen, etwa in der Registratur für Geheimsachen im Bundesinnenministerium in Berlin. Dort liegt in einem Aktenordner mit der Aufschrift »Verschlusssache – Nur für den Dienstgebrauch« ein Bericht, der beschreibt, wie Deutschland im November 2013 das letzte Mal eine »außergewöhnliche biologische Gefahrenlage« übte. Solche Katastrophenübungen sind ein gewaltiger Trockenlauf mit Tausenden Beteiligten aus vielen deutschen Behörden. Damit die Szenarien möglichst real wirken, werden eigens fiktive Fernsehnachrichten produziert, einmal wurde dafür mit Marc Bator sogar ein Tagesschausprecher engagiert. Das Ergebnis der zweitägigen Großaktion 2013 wurde in ordentlichem Behördendeutsch auf 76 Seiten in »wesentlichen Handlungsempfehlungen« zusammengefasst. Gleich die erste dieser Empfehlungen trägt die Bezeichnung »Mangelressourcen«: Die Bevorratung »persönlicher Schutzausstattung bei Bund und Ländern« solle künftig »überprüft und ggf. angepasst« werden. Außerdem müssten die jeweiligen Bestände »zentral erfasst und auf Stand gehalten werden«. Die Verantwortung dafür liege beim Bundesinnenministerium und den Bundesländern.

Aber nichts wurde zentral erfasst. Und schon gar nichts auf Stand gebracht. Nicht einmal im Januar oder Februar 2020.

Dabei ist Deutschland ein Land, das bereits seit 2009 sogar eine gesetzliche Verpflichtung kennt, sowohl Parlament als auch Regierung auf besondere Gefahren hinzuweisen. So steht es in Paragraf 18 des »Gesetzes über den Zivilschutz und die Katastrophenhilfe des Bundes«. Das zuständige Bundesamt für Bevölkerungsschutz und Katastrophenhilfe – wer kennt das schon – übermittelt regelmäßig Berichte an den Bundestag. Einer fasste sogar die Ergebnisse eines simulierten Pandemieverlaufs zusammen. Das Virus hieß »Modi-

SARS«, das stand für »modifiziertes SARS«. Dem Szenario zufolge wären knapp ein Jahr nach Einreise eines ersten Infizierten sechs Millionen Deutsche erkrankt. Erst drei Jahre nach dem Ausbruch stünde ein Impfstoff zur Verfügung. Bis dahin wäre das deutsche Gesundheitssystem zusammengebrochen.

Dieser Bericht stammt aus dem Jahr 2012. Aber man tut sich schwer, eine Abgeordnete oder einen Abgeordneten zu finden, die das Papier auch nur gelesen haben. Es findet sich auch niemand, der sich daran störte, dass der damalige Bundesinnenminister Thomas de Maizière 2015 kurzerhand und ohne große öffentliche Diskussion die sogenannte »Schutzkommission« auflöste – ein 1951 eingerichtetes Gremium unabhängiger Wissenschaftler, das die Bundesregierung in »Fragen verheerender Folgen eines Dritten Weltkrieges sowie bei anderen länderübergreifenden Großschadenslagen warnen und beraten« sollte. Die Schutzkommission war auf Anregung des Nobelpreisträgers Werner Heisenberg gegründet worden, des brillanten Physikers, der unter Hitler in der Atomforschung arbeitete und später zu einem vehementen Kritiker der Nuklearrüstung wurde. Zuständig für den Bereich biologische Bedrohungen in dieser zuletzt ziemlich zerstrittenen Schutzkommission war übrigens ein Mann, der es während der Coronakrise zu größerer Bekanntheit brachte: Professor Dr. Alexander Kekulé. Schon 2006 kritisierte er unvollständige Pandemiepläne, fehlende Einlagerung von Medikamenten und Atemschutzmasken; er forderte die Einrichtung einer nationalen Pandemiekommission.

Die Existenz der nicht mehr existierenden Schutzkommission ist übrigens bis heute ausdrücklich gesetzlich vorgeschrieben, so steht es in Paragraf 19 des Zivilschutzgesetzes.

Dabei gibt es in der Bundesregierung sehr wohl solche, die sich für biologische Bedrohungslagen interessieren. Etwa Angela Merkel. Die Ebolaepidemie war ihr Weckruf, damals setzte sie mit dem Spitzendiplomaten Walter Lindner erstmals einen Sonderbeauftragten für eine Infektionskrankheit ein. Der »Ebola-Beauftragte« koordinierte deutsche Hilfe, die Lieferung von Schutzkleidung, mobilen Labors und den Bau eines mobilen Krankenhauses, die Entsendung von medizinischem Personal. Nach jeder Rückkehr aus dem Epidemiegebiet bat ihn Merkel eigens zum Gespräch. Und ihr damaliger

Staatsminister, der Mediziner Helge Braun, las, was er in die Hände kriegen konnte über das Thema »vernachlässigte Tropenkrankheiten« wie etwa Denguefieber oder Flussblindheit. Es sind die vom globalen Norden vernachlässigten Krankheiten vor allem in den Ländern des globalen Südens, an denen 1,4 Milliarden Menschen leiden und jährlich Millionen sterben.

Merkels damaliger Gesundheitsminister Hermann Gröhe wiederum machte »Global Health« zu seinem Thema, gute Gesundheitsfürsorge für alle Menschen. Er warnte vor Antibiotikaresistenzen, reiste nach Afrika, pflegte Kontakte zur WHO, dieser chronisch unterfinanzierten Unterorganisation der Vereinten Nationen. Der 2017 gewählte neue Generaldirektor Tedros begrüßte ihn als »my brother Hermann«. Angela Merkel hielt mahnende Reden, mal an der Nationalen Akademie der Wissenschaften Leopoldina, mal im Robert Koch-Institut. Sie war die erste Regierungschefin, die 2015 die Weltgesundheitsversammlung eröffnete, das höchste Entscheidungsgremium der WHO. Sie forderte grundlegende Reformen der Organisation, die während der Ebolaepidemie kläglich versagt hatte.

Bill Gates war bei ihr zu Gast, er warb um Geld für GAVI, die von seiner Bill-&-Melinda-Gates-Stiftung gegründete Impfallianz für Menschen in armen und ärmeren Ländern. Dann saßen die beiden beim Mittagessen, vertieft in technische Details über Kombiimpfstoffe und die Sicherung von Kühlketten in Afrika, die Auslieferung per Motorrad. GAVI bekam Hunderte Millionen Euro deutscher Unterstützung. Wenn wir es können, müssen wir es auch tun, lautete Merkels deutscher Leitsatz. Es sei ja auch eine Frage der Menschlichkeit.

Es ist eine ebenso schlichte wie komplexe Erkenntnis: dass die Gesundheit des einen immer auch die Gesundheit des anderen ist.

Vielleicht deswegen setzte Merkel das Thema »Global Health« trotz Murrens und Meckerns einiger Beteiligter auf die Agenda des G-7-Gipfels 2015 in Elmau. Im Vorfeld des G-20-Gipfels unter deutschem Vorsitz 2017 ließ sie die eigens eingeflogenen Gesundheitsminister eine Pandemie üben, auch dies eine Premiere. Erneut bedurfte es intensiver Überzeugungsarbeit und der persönlichen Intervention der Kanzlerin, damit sich die Vertreter der mächtigsten Industrienationen und Schwellenländer der Erde des Themas »globale Gesundheit« annahmen. Russland, Brasilien, Indien, auch China waren da eher skeptisch. Die Simulation fand an zwei Maitagen in einem Konferenzraum nahe des Brandenburger Tores statt. Gröhe, der Vorgänger von Jens Spahn, hatte sie organisiert. Solche Übungen, sagte er, müssten regelmäßig stattfinden, wie bei der Feuerwehr auch. Allerdings blieb es bei dieser Premiere.

Auf dem Stuhl der Teilnehmerinnen und Teilnehmer lag das einer Tageszeitung nachempfundene Fantasieblatt mit der dicken Schlagzeile: »Virus out of control«. Fiktive Nachrichtensendungen wurden eingespielt. Sie sollten, wie sich Gröhe erinnert, »die richtige Stimmung erzeugen«. Das fiktive Virus trug den Namen »Mars« und war – schließlich sollte sich niemand brüskiert fühlen – in einem Staat namens »Anycountry« ausgebrochen. Husten und Ersticken waren die Folgen. »Anycountry« hatte den Ausbruch verheimlicht. Als die Sache herauskam, war es schon zu spät.

Experten des Robert Koch-Instituts hatten sich das Szenario ausgedacht. »Anycountry« – jeder konnte es sich denken – stand für China, das Land, dessen Führung schon seit den 50er-Jahren immer wieder versucht hatte, den Ausbruch hochansteckender Krankheiten zu verheimlichen. In Berlin saß auch die chinesische Gesundheitsministerin mit am Tisch. Sie fiel durch das Ablesen vorbereiteter Sprechzettel auf.

»Panik und Vergessen«

Selten waren die Vorhersagen zutreffender und die Pläne ausgefeilter, wie man einer biologischen Bedrohung früh und entschieden entgegentreten kann. Mahner mahnten, und Warner warnten, beharrlich, jahrelang.

Enquetekommissionen, Untersuchungsausschüsse, Forscher und Journalisten werden noch lange versuchen zu ergründen, warum diese Gefahr dennoch übersehen wurde oder jedenfalls nie die notwendige Aufmerksamkeit erhielt. Warum noch nicht einmal all die ernüchternden und erschreckenden Ergebnisse simulierter Pandemien ausreichten, sich besser auf den Ernstfall vorzubereiten. Warum aus Erkenntnis nie Handeln wurde. Auch nicht in Deutschland – dem Land, in dem seit 15 Jahren eine Kanzlerin regiert, die so viel weiß über Viren, Infektionskrankheiten und auch über die politische Sprengkraft von Pandemien. Warum aus den Reden, auch aus ihren Reden, jedenfalls in Deutschland so wenig folgte.

Die Suche nach einer Antwort ist notwendigerweise verbunden mit der Frage, wie sich Regierende künftig darauf vorbereiten müssen, Menschen und deren Gesundheit zu schützen. Was geschehen muss, damit die Verantwortlichen nach SARS-CoV-2 nicht die nächste tödliche Gefahr übersehen. Was also geschehen muss, um jenen verhängnisvollen Mechanismus zu durchbrechen, den sie bei UNO und WHO »panic and neglect« nennen: Panik während der Krise – nur um danach die Risiken erneut zu verdrängen und zu vergessen. Andere nennen es schlicht: Wunschdenken.

»Preparedness«, das »Vorbereitetsein«, gilt vor allem in Bezug auf militärische oder terroristische Bedrohungen. Noch immer gelten in Deutschland detaillierte Regelungen für die Versorgung der Bevölkerung in einem Kriegsfall. Nach dem »Ernährungssicherstellungs- und vorsorgegesetz« werden in 150 wegen Sabotage- und Plünderungsgefahr geheim gehaltenen Lagerhäusern mehr als 500 000 Tonnen Brotgetreide wie Weizen und Hafer bevorratet, dazu Hülsenfrüchte und Kondensmilch. Die Bestände werden regelmäßig auf Mäusebefall untersucht. Erdöl und Erdgas sind gebunkert, auch Verbandsmaterial. Aber eine strategische Reserve etwa für medizinische Schutzausrüstung existierte im Frühjahr 2020 nicht. Dafür zuständig sind die Landkreise und kreisfreien Städte sowie jedes einzelne Unternehmen der sogenannten »Kritischen Infrastruktur«. Dazu gehören Supermärkte, Elektrizitätswerke, Fernsehsender und Krankenhäuser. Eine Verpflichtung zur jährlichen Überprüfung der Bestände existiert nicht; die Vorhaltung von Pandemieplänen ist gesetzlich nicht vorgeschrieben.

Es war, als hätte man vergessen, der Feuerwehr einen Schlauch zu kaufen. Nicht jedes Risiko lässt sich ausschließen – aber die potenziellen Folgen lassen sich eigentlich durch kluge Vorbereitung minimieren.

Und so brachen im März 2020 auf deutschen Intensivstationen Ärztinnen und Pfleger ob mangelnder – oder gestohlener – Masken schon einmal in Tränen aus oder mussten die Frage diskutieren, ob man einen gebrauchten Mundschutz auswaschen oder besser im

Backofen sterilisieren solle. Die Kanzlerin gab Hausfrauentipps: »Eine gut gehandhabte Maske – das heißt: regelmäßiges Waschen, nicht zu lange tragen, heiß bügeln oder in den Backofen oder in die Mikrowelle stecken.« Das Bonner Bundesinstitut für Arzneimittel und Medizinprodukte allerdings empfahl, Masken sollten »idealerweise bei 95 Grad, mindestens aber bei 60 Grad gewaschen und anschließend vollständig getrocknet werden«.

In einigen Kliniken wurden die Masken in den Schränken weggeschlossen, in denen sonst Narkosemittel lagern. Auf der Jagd nach tauglichem Mundschutz war jedes Krankenhaus zunächst auf sich selbst gestellt. Einige zahlten das 11-Fache des handelsüblichen Preises – andere das bis zu 38-Fache.

Im zentralisierten Frankreich war die Lage allerdings kaum besser. Nach der Schweinegrippe 2009, die sich auch in Frankreich weniger als Epidemie, sondern eher als »grippette« manifestierte, begann die Kritik an den vermeintlich viel zu großen Beständen: Damals gehörte Frankreich zu den Ländern mit den weltweit höchsten Maskenvorräten. Hinzu kamen die Folgen der Finanz- und Wirtschaftskrise 2008 mit dem massiven Spar- und Kostendruck für die öffentlichen Kassen, auch für die des Gesundheitsministeriums. Warum lagere man weit mehr als eine Milliarde Mund-Nasen-Bedeckungen, kritisierten Mitglieder einer parlamentarischen Untersuchungskommission die Regierung, alles viel zu aufwendig und viel zu teuer. »Ich war monatelang einem unglaublichen Bashing ausgesetzt«, sagte die damalige Gesundheitsministerin Roselyne Bachelot dem Sender Radio France, »zeitweise glich es einem Tribunal.« In den folgenden Jahren wurden die Bestände abgebaut, auf die Erneuerung der wichtigen FFP2-Masken-Vorräte ganz verzichtet. Die seien zu teuer und zu unbequem. Als strategische Reserve sollten zukünftig rund 145 Millionen chirurgischer Masken ausreichen. Zugleich wurden Beschaffung und Bevorratung von Masken und Schutzausrüstung den zumeist privatisierten Krankenhäusern übertragen. Der Staat zog sich zurück. Der folgenschwerste Trugschluss aber war: Auch während einer Gesundheitskrise könne man auf dem Weltmarkt rasch einkaufen, jederzeit und »just in time« vom Hauptlieferanten China. Was man wohl nicht bedachte: dass China selbst von der Pandemie betroffen sein könnte. Dass Fabriken nicht produzieren oder exportieren würden. Dass Lieferketten unterbrochen, dass »just in time« stillstehen würde.

Auch die zaghaften Bemühungen der EU zum Aufbau einer staatenübergreifenden Reserve waren gescheitert. Gesundheit, hieß es, sei nun einmal Sache der Mitgliedsstaaten.

So standen Anfang 2020 in Frankreich landesweit gerade noch 150 Millionen Stück Mund-Nasen-Schutz zur Verfügung. Und so musste das Krankenhauspersonal die wenigen noch vorhandenen Masken mit Schnürsenkeln festbinden, weil die teils uralten Gummibänder brüchig geworden waren. Oft war man auf private Maskenspenden angewiesen. Betroffene Ärzte und Pfleger haben die Regierung wegen »unterlassener Hilfeleistung« und »fahrlässiger Tötung« verklagt. Die Regierung hätte rechtzeitig vorsorgen müssen.

Aber vielleicht konnte man es gar nicht besser wissen? Fällt SARS-CoV-2 nicht in die Kategorie des »schwarzen Schwans«, eines extrem unwahrscheinlichen Ereignisses mit äußerst gravierenden Folgen? Formulierung und Definition stammen von dem Finanzmathematiker Nassim Nicholas Taleb, der 2007 – ein Jahr vor Beginn der globalen Finanzkrise – ein Buch gleichen Titels geschrieben hatte. *The Black Swan* wurde ein Bestseller.

Eine Pandemie sei das Gegenteil eines »schwarzen Schwans«, sagt Taleb, ein »weißer Schwan« vielmehr – ein Ereignis nämlich, das mit Sicherheit eintreten wird. In Interviews klang er geradezu wütend: »Regierungen wollten im Januar keinen Penny opfern, jetzt werden sie Billionen zahlen.« Und wandte sich auch gegen all diejenigen, die glaubten, »dass unser Morgen ziemlich genauso sein wird, wie es unser Gestern war«. Regierungschefinnen, Beamte, Ökonomen und auch Journalisten, die er »naive Empiristen« nennt. Die den Alltag verteidigten, Gewohntes nicht infrage stellten. Dabei gelte es, in dieser immer komplexer verflochtenen und optimierten Welt, Extreme zu denken. Und im Angesicht einer möglicherweise irreversiblen Katastrophe endlich »Respekt für den Zustand andauernder Unsicherheit« zu entwickeln.

Katastrophenschützer sagen es so: »Erwarten Sie das Unerwartete.«

Fragt man den langjährigen Vorstandsvorsitzenden der Münchener Rückversicherung, bekommt man eine interessante Antwort. Ein Telefonat mit Nikolaus von Bomhard im Juli, gerade wähnt sich das Land in Ferien von der Pandemie. Kanzleramtsminister Braun behauptet: »Wir haben Corona in Deutschland im Griff.« Ach, der »schwarze Schwan« müsse doch schon viel zu lange als »Ausrede für fehlendes Risikomanagement der Politik herhalten«, meint von Bomhard. Viel zu oft würden sich Verantwortliche um Analysen und konsequente Risikobewertung drücken. Bomhard vertritt diese These schon länger. Dies schrieb er 2016 in der *Frankfurter Allgemeinen Zeitung:* »Auf diese Weise wird aus menschlichem Versagen höhere Gewalt, aus Leichtsinn Pech, aus Verantwortungslosigkeit Schicksal. Da kann man nichts machen, das konnte keiner ahnen – mit solchen Aussagen werden die Hände in Unschuld gewaschen.«

Und weiter heißt es: »Auch müssen wir davon ausgehen, dass es früher oder später nochmals zu einer weltweiten Pandemie kommt. Es ist nur eine Frage der Zeit, bis ein entsprechend gefährliches Virus und die ›richtigen‹ Umstände zusammentreffen.«

Nikolaus von Bomhard fordert einen »Chief Risk Officer« für Deutschland. Jemanden mit lauter und gewichtiger Stimme, bei dem alle Informationen aus allen Behörden und Ministerien zusammenlaufen. Er – oder sie – müsse im Zweifel »Zähne zeigen« können, die Risikoanalysen Teil einer jährlichen Regierungserklärung werden. So könne man wenigstens die Lücken in der Wahrnehmung schließen, die Sensibilität für Wahrscheinlichkeiten erhöhen – für das Mögliche, das unmöglich erscheine. Bomhard verweist auch darauf, dass Menschen Ereignisse, die sie selbst schon einmal erlebt haben, in der Zukunft für wahrscheinlicher halten. Dabei ist es ein Irrglaube, dass die Gefahren von morgen so aussehen wie die von gestern. Ein umfassendes Tsunami-Warnsystem etwa wurde erst nach den verheerenden Flutwellen mit mehr als 230 000 Toten 2004 eingerichtet.

Das Dilemma der Prävention

Mit Risiken umzugehen ist schwierig. Jeder kennt dies aus seinem Leben. Wie schnell soll man bei Eis und Schnee fahren? Steigt man auf eine wackelige Leiter? Oder raucht sogar? Die meisten Menschen verdrängen Risiken, den damit verbundenen Zustand andauernder Unsicherheit. Für Politiker, denen Leben und Gesundheit der Menschen anvertraut sind, ist das Spektrum der täglich zu treffenden Entscheidungen unter Bedingungen ständiger Unsicherheit enorm – und man kann ja jeden Tag neu scheitern. Wie viele und vor allem welche der islamistischen und rechtsextremistischen Gefährder soll man observieren? Welche der vielen Geheimdienstmeldungen über einen bevorstehenden Terroranschlag sind wirklich glaubhaft? Wie hoch ist das Restrisiko beim Betrieb eines Kernkraftwerkes? Als dieses der Kanzlerin und der Mehrheit der Deutschen nach dem Atomunglück in Fukushima 2011 zu groß wurde – eine technische Katastrophe ausgerechnet im Hightechland Japan –, beschloss Deutschland den Ausstieg. Tschernobyl reichte als kollektive Schockerfahrung nicht.

In einem Gespräch mit der *Frankfurter Allgemeinen Zeitung* beschrieb Angela Merkel im September 2019, wie schwierig es geworden sei, all die unterschiedlichen Herausforderungen im Blick zu behalten: »Man muss sehr schnell etwas wissen, aber man muss nach zehn Tagen nicht mehr wissen, was daraus geworden ist. Dann muss man schon wieder beim nächsten Thema sein.« Politiker aber müssten sich bewusst machen, dass es stets »mindestens zehn bis 15 Themen« gebe, die wichtig seien.

Jongleuren gleich halten Politiker ständig viele Bälle in der Luft, bemüht, den einen zu fangen, der ihnen auf die Füße zu fallen droht. Und zu oft verteilt das Publikum tagespolitische Haltungsnoten, während schon der nächste Ball fällt.

Und was ist wichtig, wirklich wichtig? Immer wieder stellten sich schlagzeilenträchtige, vermeintlich bevorstehende Desaster als Fehlalarm heraus. Altgediente Regierungsbeamte erinnern sich noch gut an die Silvesternacht, in der das Jahr 2000 begann. Experten hatten den »Millennium-Bug« vorausgesagt, den weltweiten Zusammenbruch der Computersysteme. In Berlin lagen Notverordnungen bereit, die das Kabinett in aller Eile beschließen sollte, Minister waren mit Faxgeräten im Gepäck in den Weihnachtsurlaub gefahren. Es geschah: nichts.

Nach dem 11. September 2001 orderte die Bundesrepublik Pockenimpfstoff für über 100 Millionen Euro, die Gesundheitsämter bereiteten sich auf Massenimpfungen vor. Es lägen »dokumentierte Erkenntnisse« über illegale Bestände von Pockenviren vor, hieß es in internen Lagebeurteilungen, »z.B. in Russland, dem Irak und Nordkorea«. Bei einem »bioterroristischen Angriff« mit Pockenviren müsse mit bis zu 25 Millionen Toten in der Bundesrepublik gerechnet werden. Es passierte: nichts.

In Krisen laufen Politiker zu Höchstform auf – einige von ihnen zumindest. Prävention hingegen zählt zu den Stiefkindern im politischen Geschäft. Der britische Historiker Niall Ferguson hat es einmal die »Schwierigkeit der Mutmaßung« genannt: Politiker sollen Ressourcen mobilisieren und Geld ausgeben für ein »Eventuell«. Prävention, Vorbeugung, bedeutet Politik in langen Linien – und zahlt sich nur selten in Wählerstimmen für die nächste Legislaturperiode aus.

Es ist das seit dem Pandemiefrühjahr 2020 auch einer breiteren Öffentlichkeit bekannt gewordene »Dilemma der Prävention«. Niemand erntet mit der Verhinderung einer Katastrophe mediale Aufmerksamkeit und politischen Ruhm. Der nordrhein-westfälische Innenminister Herbert Reul, seit 1985 in der Politik, sagt: »Es stimmt schon, dass wir immer erst handeln, wenn die Hütte brennt.« Die grüne Innenpolitikerin Irene Mihalic meint: »Die besten Klimadebatten führen wir immer dann, wenn es draußen gerade extreme Wetterlagen gibt.« In seinem Buch *Regieren* legt der ehemalige Innenminister Thomas de Maizière diesen Mechanismus auf bemerkenswerte Art und Weise offen: »Warum lernen Demokratien oft erst und am wirksamsten durch Krisen? Warum gelingt es nicht, Entwicklungen besser vorzubeugen? Es gibt darauf keine andere Antwort als die, dass Demokratien aus Menschen bestehen. Und der Mensch verhält sich genauso. Der Mensch lernt durch Krisen. Warum sollte es bei Staaten anders sein?« Nachträgliche Kritik komme oft von »politischen Pathologen«. Man könnte dies als politische Kurzsichtigkeit bezeichnen.

Kollektive Risikoverdrängung

Zu den Facetten der Wahrheit gehört aber auch die Erfahrung, wie zögernd, ja nahezu unwillig man sich auch in Deutschland über viele Jahre mit Risiken und Bedrohungen auseinandersetzte. Im auf Frieden, wachsenden Wohlstand und ökonomische Effizienz ausgerichteten Land existierte eine Wahrnehmungslücke, es hatte wohl auch mit einer gewissen Bequemlichkeit zu tun, dieser gefühlten Grundsicherheit. Die Nation, die sich monatelang über die exakte Platzierung von Feinstaubmessstationen in deutschen Großstädten erregen kann, blieb selbst angesichts ausgebrochener Epidemien, gar Pandemien erstaunlich cool. Vielleicht wollte die deutsche Generation Wohlstand mit solchen beunruhigenden Fragen eher in Ruhe gelassen werden.

So war es auch noch vor wenigen Jahren, Russlands damals schon ewiger Präsident Putin hatte gerade die Krim annektiert, als sich die Republik über Empfehlungen des Bundesamtes für Bevölkerungsschutz und Katastrophenhilfe erregte. Es ging um ein neues Zivilschutzkonzept; Vorschläge zur privaten Bevorratung mit Konserven, Trinkwasser (»zwei Liter pro Person und Tag«), Bargeld und natürlich Toilettenpapier. Die Kommentare reichten von »Hamsterkäufen« über »Angstdebatte« bis zu »Panikmache«. »Es ist ein deutsches Tabu, dass die wirklich schweren Katastrophen auch einmal eintreten können«, räsonierte damals ein für Gefahrenabwehr zuständiger Abteilungsleiter im nordrhein-westfälischen Innenministerium.

So gut wie vergessen und kaum erforscht sind zwei Pandemien, die vor gar nicht so langer Zeit auch Deutschland trafen. Die Abwehrmechanismen glichen verblüffend denen des Jahres 2020. Von vielen als unvermeidbar hingenommen, schien die im Herbst 1957 massiv ausgebrochene zweite Welle der »Asiatischen Grippe« das bundesdeutsche Wirtschaftswunder zu bedrohen. Die Grippeepidemie wurde zum politischen Skandal: Die Arbeitgeber kritisierten, das kurz zuvor gegen ihren Widerstand verabschiedete Gesetz zur Lohnfortzahlung im Krankheitsfall werde nun von »fähigen Simulanten« ausgenutzt. Es drohe »eine Epidemie des Krankfeierns«. Manche behaupteten, die Krankheit gebe es gar nicht, sie sei eine »Selbstsuggestion« als Folge von Propaganda in Zeitungen und

Rundfunk. Andere machten Eruptionen auf der Sonne verantwortlich. Ärzte wurden beschuldigt, die Grippe aus Profitgier erfunden zu haben. Der damalige Bundeskanzler Konrad Adenauer allerdings regierte zeitweise von zu Hause aus, aus Rhöndorf bei Bonn.

Die »Asiatische Grippe« forderte 30 000 Tote in Deutschland – so viele Opfer wie Corona bis Mitte Dezember.

Das Virus war übrigens Mitte Juli 1957 auch mit dem amerikanischen Truppentransporter »General Patch« über Bremerhaven in die Bundesrepublik gekommen. In der DDR schrieb das *Neue Deutschland* damals über den Klassenfeind: »USA-Besatzer schleppen Seuche ein«.

Die WHO hatte damals eine Impfempfehlung gegen die Grippe ausgesprochen. Das Bundesgesundheitsamt folgte der Empfehlung nicht, in der Bundesrepublik ließ sich kaum jemand impfen.

Der zweiten Welle der »Hongkong-Grippe« im Winter 1969/1970 fielen weltweit mehrere Millionen Menschen zum Opfer. In der Bundesrepublik zählte man bis zu 130 000 Tote. »Es ist eine Katastrophe, uns sterben die jungen Leute weg«, zitierte eine Zeitung damals den Leiter der Infektionsschutzabteilung des Berliner Virchow-Klinikums.

Später machte sich der langjährige Leiter der Influenza-Abteilung des Robert Koch-Instituts, Professor Werner Lange, auf Spurensuche. In den Archiven fand er Berichte über die Hongkong-Grippe: Schulen waren weitgehend geschlossen, die Industrieproduktion brach dramatisch ein. In Berlin lagen zeitweilig 1500 Särge in den Gewächshäusern der Kliniken sowie in einem Tunnel der Verkehrsbetriebe – die Bestatter kamen mit Beerdigungen nicht mehr hinterher.

Seitdem ist das Risiko nur größer geworden. Viren sind die ultimativen Nutznießer der Globalisierung, Profiteure auch der Klimakrise. Sie verbreiten sich in der Regel schneller als wissenschaftliche Erkenntnis. Ihnen nutzen menschliche Not ebenso wie menschliche Maßlosigkeit. Überall dort, wo Menschen in Ökosysteme vordringen, steigt das Risiko des »Spillover«, des Sprungs eines hochansteckenden Virus von einem Wirtstier auf den Menschen. Überall dort, wo die Menschen brandroden und bulldozern, aus Not oder aus Profitgier, wo sie Felder für die lukrativen Monokulturen internationaler Konzerne abstecken, wo sie Straßen anlegen und Siedlungen bauen. Wo der Mensch Wildtiere fängt, in Käfige steckt und auf Märkten – etwa in China – zu Kauf und Verzehr anbietet, die meisten davon vollkommen legal.

Manchmal verfahren die Viren eher gnädig mit ihren neuen Wirtsorganismen, den Menschen. Das heute SARS-CoV-1 genannte Coronavirus griff die menschlichen Lungen ebenso an wie später SARS-CoV-2. Allerdings wurden Infizierte erst nach Auftreten der ersten Symptome selbst infektiös; dieser glückliche Umstand machte es 2003 leichter, die Pandemie einzudämmen. Das Virus der Vogelgrippe H5N1, vor allem von Hausgeflügel überspringend und tödlich für jeden dritten Infizierten, entwickelte sich 2005 nur deswegen nicht zur Pandemie, weil es sich nur schwer von Mensch zu Mensch überträgt. Bislang.

Der damalige UNO-Generalsekretär Kofi Annan ließ eine Koordinierungsstelle gründen, die »United Nations System Influenza Coordination« (UNSIC), als »Senior System Coordinator« setzte er den britischen Gesundheitsexperten und heutigen WHO-Sonderbotschafter David Nabarro ein. Sie sollte Empfehlungen für präventives Handeln erarbeiten. Zwar lässt sich der Ausbruch einer neuen Infektionskrankheit nicht oder nur schwer verhindern – ihre Ausbreitung aber sehr wohl. Sodass aus einem nicht schnell hundert, tausend oder eine Million Infizierte werden. »Wir erwarten, dass die nächste Influenzapandemie jeden Augenblick beginnen könnte«, sagte Nabarro damals während einer Pressekonferenz. Er warnte vor bis zu 150 Millionen Toten. Dann schwenkte die Kamera in den Zuschauerraum. Man sah vier Journalisten in den ansonsten leeren Sitzreihen.

Und am 29. Januar 2020 saßen EU-Gesundheitskommissarin Stella Kyriakides und Janez Lenarčič, Kommissar für Krisenmanagement, im Pressezentrum des Brüsseler EU-Berlaymont-Gebäudes. Sie teilten mit, dass die EU ihren internen Krisenreaktionsmechanismus aktiviert habe. Der Saal war so gut wie leer. Vielmehr berichteten Journalisten in emotionaler Dauerschleife über die letzten Tage vor dem Brexit. Krisenkommissar Lenarčič sprach später von einem »gewissen Desinteresse«.

Eine Pandemie aber erlaubt weder kollektive Risikoverdrängung noch unterkomplexe Antworten auf diese komplexe Herausforderung. Sie ist anders als die Schockerfahrung eines massiven Erdbebens, einer Flut oder eines verheerenden Terroranschlags. Ob Erdbeben, Flut oder Terroranschlag – das Ereignis ist örtlich und zeitlich begrenzt. Nichtbetroffene können Betroffenen zu Hilfe eilen.

Die Pandemie aber trifft nach und nach alle Menschen, ob als Infizierte oder lebensrettende Ärztinnen oder Kinder, die nicht mehr in die Schule gehen dürfen. Sie frisst sich durch alle Bereiche der Gesellschaft. Sie erfordert globale Antworten und muss doch gleichzeitig nationale Interessen berücksichtigen, Reisebeschränkungen etwa oder die Bevorratung von Schutzausrüstungen. Sie erfordert kluge Kommunikation, die muss deutlich und besonnen zugleich sein. Sie erfordert maximale Transparenz – und maximales Vertrauen der Bürger in den demokratischen Staat und sein politisches Personal, das ihnen Freiheiten und Grundrechte raubt. Eine Pandemie ist der ultimative Stress- und Charaktertest für eine Gesellschaft. Und niemand weiß, wann sie endet.

Aus Schaden etwas klüger werden

Politiker können – und müssen – sich für ihre Entscheidungen auf einen gewaltigen bürokratischen Unterbau und fachliche Beratung verlassen. Jedenfalls in Deutschland. Das System aber ist so unübersichtlich, dass es selbst Fachleute nur noch schwer verstehen. Nach dem Ende des Kalten Krieges wurde das »Bundesamt für den Zivilschutz« aufgelöst. Der Terror des 11. September 2001 sowie die Fluten an Elbe und Donau führten 2004 zur Gründung des »Bundesamtes für Bevölkerungsschutz und Katastrophenhilfe« (BBK). Es wurde in Bonn angesiedelt; von Beginn an bis zu seiner Ablösung im Herbst 2020 geleitet von dem ebenso höflichen wie zurückhaltenden ehemaligen Richter Christoph Unger – ein Diener seines Staates im besten Sinn, ein Mann, der viel kann und wenig darf. Wie sein Amt.

Zu den Aufgaben des BBK gehören regelmäßige strategische »Länder- und ressortübergreifende Krisenmanagementübungen« (LÜKEX). Sie testen die Reaktionsgeschwindigkeit der Institutionen. Als Teil der gesetzlich vorgeschriebenen Risikoanalyse »beüben« sie die obersten Krisenstäbe auf Bundes- und Landesebene; einbezogen dabei auch die Betreiber kritischer Infrastrukturen, »KRITIS« genannt. Gleich eine der ersten dieser »table-top exercises«, LÜKEX 2007, behandelte eine Pandemie: Sieben Bundesländer, elf Ministerien sowie fünfzig Unternehmen – etwa aus der Lebensmittelbranche – und Hilfsorganisationen, 3000 Personen insgesamt, simulierten eine Influenzapandemie mit einer fiktiven Erkrankungsrate von 33 Prozent und rund 100 000 Todesfällen. Das Szenario stammte vom RKI. Das Planspiel habe wichtige Erkenntnisse vor allem hinsichtlich der »psychologischen Reaktion der Bevölkerung in Krisensituationen« gebracht, hieß es im Abschlussbericht. Entscheidungsträger seien auf die psychosozialen Folgen einer Pandemie nicht ausreichend vorbereitet; auch Medienvertreter müssten psychologisch beraten und geschult werden. Der Bericht wies auf strategische Defizite etwa bei der Versorgung mit Schutzausrüstung hin. Dabei blieb es.

Und die Frage nach den Zuständigkeiten im Katastrophenfall blieb – und bleibt – unbeantwortet: Wer darf was in einer Krise?

Das Bundesamt für Bevölkerungsschutz und Katastrophenhilfe ist zuständig für den Zivilschutz im Spannungs- und Verteidigungsfall, also für den Krieg. Für alle anderen Katastrophenfälle sind die 16 Bundesländer verantwortlich, ihre Staatskanzleien, Landkreise, Kommunen; Krisenstäbe aller Art auf allen Ebenen. Das BBK darf nur auf Aufforderung Amtshilfe leisten, etwa mit Hubschraubern.

Eine Pandemie wie SARS-CoV-2 aber gilt formal als »Gesundheitslage« und nicht als Katastrophenfall. An den Sitzungen des Corona-Kabinetts nahm kein ständiger Vertreter des BBK teil.

Dabei gibt es sie ja, präventiv denkende Fachleute, die Manager des Unwahrscheinlichen. Man nennt sie in semantisch nicht ganz korrekter Vereinfachung »Katastrophenschützer«. Sie arbeiten mit Algorithmen und Bedrohungsmatrizes, skizzieren Plausibilitäten, sie berechnen Schadensausmaße. Katastrophenschützer denken zu Ende, vielleicht vom Ende her. Sie erwarten das Schlimmste und hoffen auf das Beste.

Wenige haben so viel Erfahrung mit dem deutschen System der Katastrophenvorsorge wie Dr. Wolfram Geier, seit 35 Jahren beschäftigt er sich mit Risiken und Krisen aller Art. Im BBK leitet er die Abteilung »Risikomanagement und Bevölkerungsschutz«, hier nennt man ihn »Mr Bevölkerungsschutz«. Trotz allem frohgemut und optimistisch, könnte Geier ganz gut in einem anständigen Katastrophenfilm auftreten. Als einer dieser mahnenden Wissenschaftler, die am Ende recht behalten – aber auf die natürlich niemand hört.

Geier kennt jeden Paragrafen, jede Windung und Wendung der komplizierten deutschen Debatten. Die jahrzehntelange Diskussion über ein »Gesundheitssicherstellungsgesetz« etwa, das dem Bund ermöglicht hätte, auch in Friedenszeiten medizinische Schutzausrüstung anzuschaffen und vorzuhalten. Die ersten Vorschläge dazu stammen aus den 80er-Jahren. Dazu aber hätte es einer Grundgesetzänderung bedurft. Die Bundesländer mauerten.

Gespräche mit Wolfram Geier im Sommer 2020. Ja, das Land sei bislang mit einem »blauen Auge« davongekommen. Doch weiterhin werde »stark in klassischen Zuständigkeiten und damit in Schubladen gedacht«. Ihm ist unverständlich, dass all die von seiner Behörde übersandten Berichte in Berlin so folgenlos blieben, dass der Apparat so beharrlich desinteressiert war. Ungewöhnlich genug für einen Beamten machte Geier seine Kritik in einem Kommentar für die *Blätter für deutsche und internationale Politik* öffentlich: »Wie anders lässt es sich sonst erklären, dass die Risikoanalyse 2012, die den Ausbruch einer Pandemie durch ein modifiziertes SARS-Virus als Ausgangsszenario hatte, in einem Ausschuss des Deutschen Bundestages lediglich zur Kenntnis genommen, aber weder fachlich noch politisch diskutiert wurde? Ähnlich erging es den Risikoberichten in den Jahren danach, obwohl dem Parlament mit dem Bericht 2017 die Erkenntnisse aus allen bis dahin erarbeiteten Analysen in komprimierter Form übersandt worden waren.«

Die erste Expertenanhörung zur Risikoanalyse 2012 fand übrigens im Innenausschuss des Bundestages statt – am 13. Januar 2020. Und acht Monate später führten Bund und Länder den kläglichen Zustand des Systems vor: Aufgrund mangelnder Abstimmung, Softwareproblemen und sonstigem Chaos wurde der »Nationale Warntag« am 10. September zum Behördendesaster. Mal heulten die Sirenen gar nicht, mal viel zu spät. Ausgerechnet BBK-Präsident Unger musste gehen.

Die Menschen in Deutschland, sagt Geier in seiner freundlichen Art, seien noch immer weit entfernt von einer Erkenntnis: dass sie ja schon seit Langem in einer Weltrisikogesellschaft lebten. Er hofft auf eine interdisziplinäre Einrichtung über Behörden- und Ministeriengrenzen hinweg. Auf einen Bundeskrisenmanager, dessen Aufgabe auch »horizon scanning« wäre. Einen, der das große Bild im Auge behielte: »Es wäre ein Quantensprung.« Vor allem aber plädiert Geier für einen gesamtgesellschaftlichen Lernprozess, aus dem Fortschritt wachsen kann. Aus Schaden etwas klüger werden: Es brauche eine nachhaltige »Risikokultur«, den ebenso illusionslosen wie verantwortungsvollen Umgang mit Gefahren. Erst daraus wachse Resilienz, die solidarische Widerstandsfähigkeit einer demokratischen Gesellschaft auch gegen Verschwörungstheorien und Endzeitapologeten.

Das wünscht sich der Katastrophenschützer Wolfram Geier in diesen Monaten: den risikomündigen Bürger. Trotz allem möchte er diese Pandemie als Chance sehen.

Stefan Aust
Zeitreise. Die Autobiografie

Einfach unpolitisch

Für *konkret* flog ich 1967 oft nach Berlin und lernte dort auch die Anführer der Studentenbewegung kennen, Rudi Dutschke, Christian Semler, Bahman Nirumand, lud Peter Schneider auf Redaktionskosten zum Essen ein, traf die Anwälte Otto Schily, Christian Ströbele und Horst Mahler. Bei Demonstrationen lief ich am Rande mit – ich war ja Reporter und kein politischer Aktivist. Ich hatte Sympathien für manche Anliegen der Außerparlamentarischen Opposition, ihr Eintreten für die Befreiungsbewegungen der Dritten Welt, die Kritik am Vietnamkrieg und an ehemaligen Nazis im Regierungsapparat und in Behörden etwa. Aber die Sympathien vieler studentischer Aktivisten für die kommunistischen Regimes in Osteuropa konnte ich nicht nachvollziehen; die DDR war für mich vor allem ein sozialistischer Polizeistaat. Seine Bürger einzusperren war für mich vollkommen indiskutabel – da halfen auch die Kinderkrippen nicht. Schon die Grenzkontrollen bei der Autofahrt durch die DDR nach West-Berlin waren für mich geradezu unerträglich. Ost-Berlin war für mich weiter weg als New York. Ein Obrigkeitsstaat, der sich Sozialismus nannte. Beides war mir fremd und – wenn auch unterschiedlich – zuwider.

Meine politische Abstinenz war meiner Kollegin Ulrike Meinhof nicht verborgen geblieben, und sie meinte in manchen Redaktionsgesprächen ganz von oben herab: »Du bist einfach unpolitisch.« Das war die schlimmste Form der Verachtung, schlimmer noch, als von jemandem als »rechts« bezeichnet zu werden. Nachdem Adenauer gestorben war, sagte sie bissig: »Jetzt ist dein Vorbild tot.« Das war übertrieben.

Ich hatte durchaus meine Position zu bestimmten Dingen und Ereignissen, aber ich habe mich nie mit einer Sache, auch wenn ich sie für richtig hielt, gemein gemacht. Ich war bei vielen Demonstrationen dabei, habe aber meistens ganz buchstäblich am Straßenrand gestanden, weil ich als junger Journalist – ich war ja gerade Anfang 20 – Abstand zu den politischen Aktivisten der damaligen Zeit halten wollte. Manche Meinungen, wie etwa die Kritik am Vietnamkrieg, habe ich geteilt – ohne aber mit »Ho-Ho-Ho-Chi-Minh« auf den Lippen für den Sieg der nordvietnamesischen Kommunisten und ihres Vietcong Partei zu ergreifen. Und doch steckte man mittendrin.

Irgendwann saß ich mit einem Freund im Taxi. Wir unterhielten uns über die Demonstrationen, und plötzlich drehte sich der Taxifahrer zu uns um: »Sind Sie auch dabei?«

»Ja«, sagten wir. Darauf fuhr der Taxifahrer abrupt nach rechts und stoppte. Dann zog er einen Totschläger unterm Sitz hervor und schlug wild auf uns ein. Wir sprangen schnell, ohne zu bezahlen, aus dem Taxi und liefen weg.

Ich war skeptisch. Das war meine Grundhaltung. Skeptisch gegenüber den Regierenden, aber auch skeptisch gegenüber deren Gegnern. Die meisten von denen hätte ich nur ungern an der Macht gesehen. Und auch heute und in den vergangenen Jahren, als manche der kommunistischen Sektierer unter grüner Regenbogenfahne Minister wurden, konnte ich sie nur begrenzt ernst nehmen. Ich kannte sie noch aus einer Zeit, als sie für Lenin und Mao durchs Feuer gegangen wären, wenigstens theoretisch.

Ich wusste damals nicht, dass die Zeitschrift *konkret* vor meiner Zeit von der DDR mitfinanziert worden war. Bis der Herausgeber eine kritische Serie über den Arbeiter- und Bauernstaat schrieb. Da stellte die SED den Geldhahn ab. *konkret* musste sich selbst finanzieren. Das ging zur Zeit der Studentenbewegung auch recht gut. Ich war der Meinung, dass es richtig war, dass eine solche kritische Monatszeitschrift existierte, manches, was im Heft stand, habe ich gebilligt, manches nicht.

Der Schock des 2. Juni

In diesem Frühling 1967 erwartete die Bundesrepublik Deutschland den Besuch des Schahs von Persien Reza Pahlavi und seiner Frau, der Schahbanu. Die Regenbogenpresse schwelgte in märchenhaften

Geschichten über den Glanz des Pfauenthrons. Kaiserin Farah Diba schilderte in einem »persönlichen« Beitrag für die Illustrierte *Neue Revue* ihr Familienleben. In Berlin bereiteten sich die Studenten auf Demonstrationen gegen den iranischen Potentaten vor.

Ulrike Meinhof schrieb in *konkret* einen »Offenen Brief an Farah Diba«:

»Sie erzählen da: ›Der Sommer ist im Iran sehr heiß, und wie die meisten Perser reiste ich auch mit meiner Familie an die Persische Riviera am Kaspischen Meer.‹ Wie die meisten Perser – ist das nicht übertrieben? Die meisten Perser sind Bauern mit einem Jahreseinkommen von weniger als 100 Dollar. Und den meisten persischen Frauen stirbt jedes zweite Kind – 50 von 100 – vor Hunger, Armut und Krankheit. Und auch die Kinder, die im 14-stündigen Tagwerk Teppiche knüpfen, fahren auch – die meisten? – im Sommer an die Persische Riviera am Kaspischen Meer? Sie schreiben: ›In diesem Punkt ist das iranische Grundgesetz sehr strikt. Der Schah von Persien muß einen Sohn haben.‹ Merkwürdig, daß dem Schah ansonsten die Verfassung so gleichgültig ist, daß keine unzensierte Zeile in Persien veröffentlicht werden darf, daß nicht mehr als drei Studenten auf dem Universitätsgelände von Teheran zusammenstehen dürfen, daß Mossadeghs Justizminister die Augen ausgerissen wurden, daß Gerichtsprozesse unter Ausschluß der Öffentlichkeit stattfinden, daß die Folter zum Alltag der persischen Justiz gehört … Wir wollen Sie nicht beleidigen: Wir wünschen aber auch nicht, daß die deutsche Öffentlichkeit durch Beiträge wie den Ihren in der Neuen Revue beleidigt wird.

Hochachtungsvoll Ulrike Meinhof«

konkret-Herausgeber Röhl beauftragte mich, den Kommentar als Flugblatt drucken zu lassen, sodass er bei der anstehenden Demonstration verteilt werden konnte. Eine Lesung aus diesem Flugblatt, vorgenommen von Ulrike Meinhof selbst bei einer Party auf Sylt, gehörte gut 40 Jahre später zu den Einstiegsszenen des Filmes *Der Baader Meinhof Komplex*, den Bernd Eichinger und Uli Edel aus meinem gleichnamigen Buch machten.

Die durch ihre Demonstrationen gegen den Vietnamkrieg erprobten Studenten wollten dem Schah von Persien einen möglichst unfreundlichen Empfang bereiten. Am 2. Juni flog Reza Pahlavi nach

Berlin. Anhänger des Schahs durften ihren Kaiser mit Jubel und Fahnen auf dem Flughafen begrüßen. Am Abend rollte das Kaiserpaar im Mercedes 600 am Eingang der Deutschen Oper neben der abstrakten Skulptur, in Berlin der »Schaschlikspieß« genannt, an. Auf der gegenüberliegenden Straßenseite, kaum 30 Meter von den Staatsgästen entfernt, hatten sich die ersten Demonstranten versammelt. Sie riefen: »Schah, Schah, Scharlatan« und »Mörder, Mörder«. Dann flogen Tomaten, Farbeier und Mehltüten auf die Straße, verfehlten aber das kaiserliche Ziel. Auch einzelne Steine wurden geworfen, doch auch sie trafen niemanden. Schah und Schahbanu konnten unversehrt das Opernhaus betreten.

Als die Zielscheibe des Protestes wohlbehalten in der Oper gelandet war, kühlte sich die Atmosphäre langsam ab. Die Demonstranten begannen sich auf die umliegenden Kneipen zu verteilen, um sich gegen 22 Uhr, nach dem Ende der »Zauberflöte«, zu einer erneuten Demonstration zu versammeln. Die Polizei verfolgte die abrückenden Demonstranten und knüppelte auf sie ein. In der Dunkelheit war kaum noch auszumachen, wer Polizist, wer Zivilbeamter und wer Agent des persischen Geheimdienstes Savak war. Einer der Nichtuniformierten war der 39 Jahre alte Kriminalobermeister Karl-Heinz Kurras aus der Abteilung 1, Politische Polizei, der zusammen mit seinen Kollegen einen Greiftrupp bildete. Gegen 20.30 Uhr hielten sich die Beamten in der Nähe des Grundstücks Krumme Straße 66/67 auf. Auf der einen Seite stand eine Kette von Polizisten, ihnen gegenüber ein letzter Pulk von Demonstranten. Sie riefen »Mörder« und »Notstandsübung«. Steine flogen in Richtung der Polizisten. Einer der Beamten meinte, einen Rädelsführer zu sehen: Er trug einen Schnurrbart, ein rotes Hemd und Sandalen ohne Socken. Der Kriminalbeamte stürzte auf ihn zu. Karl-Heinz Kurras folgte seinem Kollegen. Sie stellten den Verdächtigen und rissen ihn zu Boden. Uniformierte Beamte kamen ihnen zur Hilfe. Demonstranten liefen dazu, umringten die Polizisten, es kam zum Handgemenge. Der niedergeworfene Student riss sich los, versuchte zu entkommen. Schutzpolizisten setzten nach, erreichten ihn, traktierten ihn mit Schlägen. Regungslos hing der Student in ihren Armen, sackte langsam zu Boden.

In diesem Augenblick war auch Karl-Heinz Kurras zur Stelle, in der Hand seine entsicherte Pistole vom Kaliber 7,65 Millimeter. Die Mündung war kaum einen halben Meter vom Kopf des Demonstranten entfernt, so jedenfalls erschien es Augenzeugen. Plötzlich löste sich ein Schuss. Die Kugel traf über dem rechten Ohr, drang in das Gehirn und zertrümmerte die Schädeldecke. Einer der Polizeibeamten hörte den Knall, drehte sich um und sah Kurras mit der Waffe in der Hand. »Bist du denn wahnsinnig, hier zu schießen?«, schrie er. Kurras antwortete: »Die ist mir losgegangen.«

Die Schlacht vor der Deutschen Oper wurde für unseren Film *Der Baader Meinhof Komplex* 2007 fast bildgenau nachgespielt. Dabei kam sogar der originale Wasserwerfer vom 2. Juni zum Einsatz, gesteuert von demselben Mann, der ihn auch 1967 gelenkt hatte.

Der Demonstrant wurde in das städtische Krankenhaus Moabit gebracht, die Wunde zugenäht und als Todesursache zunächst Schädelbruch diagnostiziert. Rechtsanwalt Horst Mahler übernahm noch in der Nacht die Vertretung der Witwe des toten Studenten. Am Morgen war er bei der Obduktion dabei: »Ich hab halt die Kugel in die Schale klicken hören, die da unter seiner Kopfschwarte stecken geblieben war. Also, es war klar: Das war ein Schuss.«

Der Name des Toten war Benno Ohnesorg, 26 Jahre alt, Student der Romanistik, ein Pazifist und aktives Mitglied der evangelischen Studentengemeinde. Er hatte das erste Mal in seinem Leben an einer Demonstration teilgenommen. Der 2. Juni 1967 wurde zum historischen Datum, zum Wendepunkt im Denken und Fühlen vieler.

Geschlagen, verzweifelt und voller Hass trafen sich viele der Demonstranten noch in der Nacht im Berliner SDS-Zentrum am Kurfürstendamm. Erregt wurde hin und her diskutiert, wie man auf den Tod Benno Ohnesorgs reagieren könnte. Eine junge Frau, schlank, mit langen blonden Haaren, weinte hemmungslos und schrie: »Dieser faschistische Staat ist darauf aus, uns alle zu töten. Wir müssen Widerstand organisieren. Gewalt kann nur mit Gewalt beantwortet werden. Dies ist die Generation von Auschwitz – mit denen kann man nicht argumentieren!« Es war Gudrun Ensslin, und neben ihr stand Bommi Baumann, später ein Mitglied der Terroristengruppe »Bewegung 2. Juni«. Er hörte damals auch, wie sie sagte: »Diesmal trifft's uns, darum müssen wir uns bewaffnen.« Jahre später schilderte er mir seine Erinnerungen in einem Interview.

Es war ein langer Weg der Tochter eines evangelischen Pfarrers aus der Ortschaft Bartholomä am Rande der Schwäbischen Alb. Gudrun Ensslin hatte kurz vor Beginn der Studentenbewegung das Pfarrhaus verlassen. Sie war eingetaucht in das Leben der revoltierenden Studenten – nicht anders als viele, für die die antiautoritäre Bewegung der Sechzigerjahre gleichbedeutend war mit Befreiung – politischer und persönlicher.

Niemand kam damals auf den Gedanken, dass der West-Berliner Polizeibeamte Karl-Heinz Kurras Agent des Ministeriums für Staatssicherheit in Ost-Berlin und dazu auch noch Mitglied der SED sein könnte. Das kam erst im Mai 2009, 42 Jahre nach dem Tod des Studenten Benno Ohnesorg, eher zufällig heraus. Weder bei den Ermittlungen zum Tod Benno Ohnesorgs noch bei den zwei Gerichtsverfahren gegen Kurras kam jemals der Verdacht auf, der Polizeibeamte könnte für den Osten gearbeitet haben. Kurras wurde wegen fahrlässiger Tötung angeklagt, eine Anklage wegen Mordes oder Totschlags nicht zugelassen. Auch bei einem zweiten Prozess konnten die Richter keine Anhaltspunkte für eine vorsätzliche Tötung Benno Ohnesorgs feststellen. Kurras wurde erneut freigesprochen.

Wenn damals klar gewesen wäre, dass Kurras als Agent für den Osten arbeitete, wäre der Prozess wahrscheinlich anders verlaufen. Vielleicht hätte sich die Geschichte der Studentenbewegung auch anders entwickelt, vielleicht wären manche den Weg vom Protest zum Widerstand, von der Gewalt auf der Straße zum Terrorismus nicht mitgegangen.

Die Militanz der studentischen Protestbewegung, die später in Gewalt und Terror umschlug, nahm an diesem Tag ihren Ausgang. Am Tage nach dem Tod Benno Ohnesorgs war Gudrun Ensslin dabei, als eine Gruppe von acht Studenten und Studentinnen auf dem Kurfürstendamm eine Protestaktion unternahm, obwohl ein generelles Demonstrationsverbot verhängt war. Peter Homann, der in Hamburg Kunst studierte und 1962 nach Berlin gezogen war, hatte eine Idee, wie das Verbot, Transparente zu zeigen, unterlaufen werden konnte. Er malte Großbuchstaben auf weiße T-Shirts. Jeder trug auf seinem Hemd einen Buchstaben. Nebeneinanderstehend ergab dies den Namen des Regierenden Bürgermeisters: A – L – B – E – R – T – Z, dazu ein Ausrufezeichen. Auf ein Signal hin drehten sich einige um die eigene Achse oder tauschten die Position. Jetzt setzten sich die Buchstaben zu dem Wort A – B – T – R – E – T – E – N zusammen. Am Abend wurde die Aktion bundesweit in den Fernsehnachrichten gezeigt: »Albertz abtreten!« Fotos erschienen in den Tageszeitungen. Gudrun Ensslin stand rechts außen, in Minirock und weißen Stiefeln.

Es war eine der ersten Begegnungen Peter Homanns mit Gudrun Ensslin.

Das Jahr 1968

1968 wurde für mich zum Lehrjahr. Viele politische und gesellschaftliche Strömungen der folgenden Jahre kamen durch das Jahr 1968 an die Oberfläche, obwohl sie ihren Anfang oft schon lange zuvor hatten: das Ende der Rassentrennung in den USA, Gleichberechtigung, die zumindest scheinbare Befreiung der Dritten Welt, aber auch Terrorismus und – das Sendungsbewusstsein der Nach-68er mit ihrem Hang zum moralischen Narzissmus, dem arroganten Blick derer, die sich für moralisch bessergestellt halten und dabei die Realität gern ausblenden.

Als eine Aktionsgruppe im Mai 1968 zum »Sternmarsch« nach Bonn aufrief, lieh mir *konkret*-Herausgeber Klaus Rainer Röhl seinen weißen Mercedes, und gemeinsam mit ein paar Journalistenkollegen, darunter Manfred Bissinger, machte ich mich auf den Weg zu der großen Demonstration. Vorsichtshalber hatten wir eine rote Fahne im Gepäck.

In Bonn lernte ich über eine gemeinsame Freundin, die Fotografin Karin Rocholl, den Berliner Kunstmaler Peter Homann kennen, der im Jahr zuvor mit Gudrun Ensslin und anderen die Aktion »Albertz abtreten« inszeniert hatte. Ich schlug Homann vor, einen Artikel für *konkret* zu schreiben – über einen kurzen Gefängnisaufenthalt, den er in Berlin in Zusammenhang mit einer Demonstration hatte absitzen müssen. Der Text kam pünktlich, wurde gedruckt, und Peter Homann war nun freier Mitarbeiter – mit weitreichenden Folgen. Es war eine Zeit, in der sich Biografien schlagartig änderten.

In ihrer Jugendstilvilla im Hamburger Nobelvorort Blankenese lebte der Herausgeber der linken Monatszeitschrift *konkret* immer noch mit seiner Ehefrau, der Kolumnistin und gut verdienenden Rundfunkautorin Ulrike Meinhof. Dass es in der Ehe kriselte, bekam ich schon mit. Manchmal, wenn ich zu später Stunde am Layout der neuen Ausgabe arbeitete, rief Ulrike erkennbar angetrunken in der Redaktion an und fragte, wo ihr Mann stecke.

1961 hatten Röhl und Ulrike Meinhof geheiratet. Ein linkes Erfolgspaar mit Eigenheim und Urlaubsreisen nach Sylt. 1962 bekam sie Zwillinge. Sie wurde prominent, eine der wenigen Frauen in der bürgerlichen Presselandschaft. Röhls alter Freund Peter Rühmkorf erkannte die Widersprüche in ihrem Leben und sagte mir später in einem Interview: »Sie war einerseits Teil dieser gehobenen, feinen Society, andererseits führte sie ihre Arbeit aber so tief in die Unteranstalten hinein, das heißt, sie kriegte Kontakt mit Fürsorgezöglingen, sie machte Berichte über Fließbandarbeit und lebte auf einmal wirklich in zwei Welten. Und auf einmal sah sie, dass diese zwei Welten nicht mehr zu vereinbaren waren – die Society und die Gesellschaft ganz unten, die sie beide gut kannte. Und das konnte sie nicht mehr vereinigen.«

Anfang 1968 ließ sich Ulrike Meinhof scheiden und ging mit ihren Kindern ganz nach Berlin. Sie hatte *konkret* verlassen und arbeitete vor allem für Hörfunk und Fernsehen. Ihre Themen nahm sie aus dem sozialen Bereich, Fürsorgeerziehung, Randgruppen, Arbeitswelt, Frauenfragen. In Berlin aber ging es vor allem um die Revolution – und damit um Gewalt. Auch SDS-Führer Rudi Dutschke propagierte sie: »Nun sind wir hier in den Metropolen dazu verpflichtet, wir, die wir ein bisschen Bewusstsein entwickeln dürfen, müssen gegen dieses System, was notwendigerweise zur Katastrophe drängt, müssen gegen das System mit aller Gewalt vorgehen. Wir dürfen aber von vornherein nicht auf eigene Gewalt verzichten, denn das würde nur einen Freibrief für die organisierte Gewalt des Systems bedeuten.« Hinter Dutschke an der Wand der Spruch aus einem Kommuneflugblatt: »Es brennt, es brennt, ein Kaufhaus brennt …« Das galt noch als makabrer Scherz.

Ende März 1968 war Rudi Dutschke von der Jugendkommission der Christlichen Friedenskonferenz (CFK) nach Prag eingeladen worden, um dort den »Prager Frühling« aus nächster Nähe zu besichtigen; der neue Generalsekretär der Kommunistischen Partei Alexander Dubček wollte einen »Sozialismus mit menschlichem Antlitz« schaffen. Der weltweite Aufbruch hatte jetzt auch den Ostblock erreicht.

Dutschke und seine Frau Gretchen steckten ihren Sohn Hosea-Che in eine Tragetasche und fuhren nach Ost-Berlin, um den Zug nach Prag zu nehmen. Auf dem Bahnhof trafen sie Clemens Kuby, Sohn des bekannten Publizisten Erich Kuby. In Prag angekommen, zogen sie gemeinsam in ein kleines Hotel. Am nächsten Tag stieß ich selbst dazu. Ich wollte für *konkret* eine Geschichte über den »Prager Frühling« schreiben, da passte es gut, im Schlepptau des bekannten Studentenführers die Aktivisten der dortigen Revolution kennenzulernen. Bis dahin hatte ich Rudi Dutschke nur flüchtig bei verschiedenen Demonstrationen und Teach-ins in Berlin getroffen. »Während der Woche in Prag«, so schrieb Gretchen Dutschke später in ihren Erinnerungen, »waren wir unzertrennlich.« Das hatte auch seinen guten Grund, denn Clemens Kubys Vater hatte für die tschechoslowakischen Ausgaben seiner Bücher einige Honorare auf dem Konto liegen, die nicht aus dem Land herausgebracht werden durften. So gingen wir regelmäßig in das luxuriöseste Hotel Prags, das »Esplanade«, und bestellten, wie Gretchen schrieb, »ein mehrgängiges Luxusessen, das die halbe Nacht dauerte«.

Rudi Dutschke, so schrieb ich damals in *konkret* über die gemeinsame Reise, wollte feststellen, ob das, was sich in der ČSSR abspielte, »Demokratisierung war oder nur die Liberalisierung einer kommunistischen Diktatur, ob rote Palastrevolution oder antiautoritäre Massenbewegung, ob Veränderung auf dem Boden des Sozialismus oder Rückkehr zum bürgerlich-liberalen kapitalistischen System«. Eine Woche lang diskutierte er mit Studenten und Journalisten, mit marxistischen Theoretikern und liberalen Pragmatikern. Ein Ohr am Telefon nach Frankfurt, wo zur selben Zeit der SDS tagte, in Sorge um »die Bewegung«, erläuterte er Studenten die Ziele der Außerparlamentarischen Opposition in der Bundesrepublik.

Auf einer Diskussion in der philosophischen Fakultät der Karlsuniversität wurde Dutschke mit jenen Vertretern des neuen Kurses in der ČSSR konfrontiert, die fasziniert auf die wirtschaftlichen Errungenschaften des kapitalistischen Westens starrten. »Sprechen Sie als Prophet oder als Politiker?«, fragten Leute, denen man den Hang zur Utopie in 20 Jahren Stalinismus systematisch ausgetrieben hatte. Es wäre Dutschke ein Leichtes gewesen, seine rhetorische Überlegenheit ins Feld zu führen und die Skeptiker in Grund und Boden zu diskutieren. Doch es kam ihm nicht auf einen Schaukampf an. Er war bemüht, redliche Antworten zu geben, Missverständnisse auszuräumen, er übte offene Selbstkritik, gab Unsicherheiten zu.

Rudi Dutschke redete ebenso eindrucksvoll wie verschachtelt. Es war bei ihm der Ton, der die Musik machte. Mit seiner heiseren Stimme brachte er einen theoretischen Text zum Leben, auch wenn der oft alles andere als logisch war – und manchmal auch alles andere als antiautoritär. Er redete von einer »Produzentendemokratie«, von »Selbstorganisation« und »temporären Führungen, die kontrolliert sind«, und verstieg sich nicht selten in totalitäre Anwandlungen. Er begann mit einer maßvollen Kritik des real existierenden »autoritären« Sozialismus als »Herrschaft einer zentralen monopolistischen Bürokratie, die unnotwendig und zusätzlich ist«. Dann sprach er von der »notwendigen Repression über die Menschen« und korrigierte sich im selben Satz umgehend: »Sagen wir es positiv, das Maß der möglichen Freiheit wurde nicht bestimmt durch die Bewusstheit und das Bewusstsein der Menschen selbst, sondern wurde bestimmt durch bürokratische Entscheidungen von oben.« Was in der Tschechoslowakei geschehe, sei seiner Ansicht nach »der erste notwendige Schritt« in Richtung Revolution. Auf der anderen Seite seien damit auch Gefahren verbunden. Es könne »eine Palastrevolution« von oben werden oder gar »zu einer Übernahme bürgerlicher demokratischer Modelle« kommen, etwa einem Mehrparteiensystem. Das erzählte er einem Auditorium, das in seiner Mehrheit wohl eher die Abschaffung als die innere Demokratisierung des kommunistischen Machtapparates im Sinn hatte.

Irgendwann, als wir durch die Prager Altstadt schlenderten, fragte ich Rudi: »Was willst du denn eigentlich politisch erreichen, was sind deine Ziele?« Dutschke antwortete in seinem gestelzten Soziologendeutsch, dass es ihm vor allem um die Freiheit des Menschen ging, um die Befreiung des Menschen von seiner selbst verschuldeten Unmündigkeit. Immer wieder kam er auf die Freiheit zu sprechen.

»Aha«, sagte ich, »so ähnlich wie die FDP?« Er lachte, widersprach aber nicht.

Nach einer guten Woche in Prag fuhren wir zurück, die Dutschkes nach Berlin, ich nach Hamburg, wo das nächste Heft von *konkret* fertiggestellt werden musste.

Als der Redaktionsschluss näher rückte und Rudis Text immer noch fehlte, nahm ich das Flugzeug nach Berlin und traf mich mit Dutschke und unserem Prager Reisebegleiter Clemens Kuby in einem italienischen Restaurant. Als wir uns verabschiedeten, versprach Rudi, seinen Text zügig fertigzuschreiben – er müsse nur noch ins SDS-Zentrum am Kurfürstendamm fahren, um Unterlagen für den Artikel abzuholen.

Das Attentat

Am nächsten Morgen, es war Gründonnerstag, der 11. April 1968, telefonierte ich noch einmal mit Rudi, und wir verabredeten uns für den kommenden Sonntag, um gemeinsam seine Prag-Geschichte zu redigieren. Strahlender Sonnenschein lag über Berlin. Über 100 000 Gäste hatten sich für die Ostertage angemeldet. Der Senat forderte über Rundfunk die Bevölkerung auf, Privatquartiere für Berlin-Besucher zur Verfügung zu stellen.

Morgens um 9.10 Uhr war der 24-jährige Anstreicher Josef Bachmann mit dem Interzonenzug aus München auf dem West-Berliner Bahnhof Zoo angekommen. Er war ein schmächtiger Bursche, blass und mit kurz geschnittenen, sorgfältig gescheitelten Haaren. Unter seiner hellbraunen Wildlederjacke steckte in einem Schulterhalfter eine Pistole. Er trug eine blaugrüne Tasche, darin eine zweite Waffe und Munition. In einem braunen Pappumschlag steckte ein Ausschnitt der rechtsradikalen *Deutschen Nationalzeitung* vom 22. März 1968. Die Schlagzeile lautete: »Stoppt Dutschke jetzt! Sonst gibt es Bürgerkrieg. Die Forderung des Tages heißt: Stoppt die linksradikale Revolution jetzt! Deutschland wird sonst das Mekka der Unzufriedenen aus aller Welt.« Auf der Titelseite, aufgereiht wie Fahndungsfotos: fünf Bilder von Rudi Dutschke.

Josef Bachmann versetzte in einem Geschäft für An- und Verkauf in der Nähe des Bahnhofs sein mitgebrachtes Kofferradio und erhielt dafür 32 Mark. Er kaufte sich Brötchen und Wurst und setzte sich zum Frühstück auf eine Bank. Dann lief er zum Einwohnermeldeamt und erkundigte sich dort nach der Adresse von Rudi Dutschke. Man teilte ihm mit, Dutschke sei in Berlin 31, Kurfürstendamm 140, gemeldet. Es war die Adresse des SDS-Zentrums. Mit dem Autobus fuhr Bachmann zurück zum Bahnhof Zoologischer Garten, bestellte sich einen Teller Linsensuppe und zwei Buletten. Dann machte er sich zu Fuß auf den Weg zum SDS-Zentrum.

Etwa zur selben Zeit unterbrach Rudi Dutschke die Arbeit an seinem Artikel für *konkret*. Der Text trug die Überschrift »Von der Liberalisierung zur Demokratisierung«. Er kam nicht über zwei Schreibmaschinenseiten hinaus. Dann schwang er sich auf sein rostrotes Fahrrad und fuhr in die Innenstadt zum SDS-Zentrum, um, wie er mir am Abend zuvor gesagt hatte, das Material für den Artikel zu holen. Er parkte sein Fahrrad am Kantstein und lief die zwei Treppen hinauf zum SDS-Zentrum.

»Rudi, da hat eben jemand nach dir gefragt«, sagte ein SDS-Genosse, den er auf der Treppe traf. »Okay, soll unten warten«, antwortete Dutschke. Dann rannte er weiter nach oben, erledigte noch etwas, packte wohl auch die Unterlagen für seinen Artikel ein und ging nach einer halben Stunde wieder zu seinem Fahrrad, um zu einer Apotheke zu fahren. Er wollte noch Nasentropfen für Hosea-Che holen, seinen zwölf Wochen alten Sohn. Er schnappte sich sein Fahrrad und wollte in Richtung Gedächtniskirche fahren. Es war jetzt 16.30 Uhr.

Als Bachmann ihn aus dem Haus Kurfürstendamm 140 kommen sah, lief er auf ihn zu, stellte sich vor ihn und fragte: »Sind Sie Rudi Dutschke?«

»Ja.«

»Du dreckiges Kommunistenschwein«, sagte Bachmann. Dann zog er seine Pistole.

Der erste Schuss traf Rudi Dutschke in die rechte Wange.

Ein paar Passanten drehten sich erstaunt um. Andere gingen weiter, weil sie den Schuss für die Fehlzündung eines Autos hielten. Bachmann zog Dutschke vom Fahrrad. Erbittert wehrte der sich. Eng umklammert taumelten beide auf die Mitte der Fahrbahn zu. Obwohl er schwer verletzt war, gelang es Dutschke, den Attentäter auf den Boden zu werfen. Dann fielen zwei weitere Schüsse. Einer traf Dutschke in die Schulter, einer seinen Hinterkopf. Dutschke brach zusammen. Blutüberströmt konnte er sich noch einmal aufrichten und taumelte in Richtung Bürgersteig. Bachmann flüchtete sich ein paar Hundert Meter weiter in den Keller eines Rohbaus. Rudi Dutschke schwankte auf das SDS-Zentrum zu und rief laut nach Vater und Mutter. »Ich muss zum Friseur, muss zum Friseur«, murmelte er noch, und: »Soldaten, Soldaten.« Dann brach er zusammen. Josef Bachmann wurde nach wenigen Minuten von der Polizei festgenommen. In seinem Kellerversteck hatte er 20 Schlaftabletten geschluckt. Im Krankenhaus konnte er gerettet werden.

Währenddessen war ich nichts ahnend zum Flughafen Tempelhof unterwegs, um die nächste Pan-Am-Maschine nach Hamburg zu nehmen. Als ich am Abflugschalter stand, dröhnte plötzlich mein Name durch den Lautsprecher: »Bitte sofort zur Information …« Dort reichte man mir einen Telefonhörer. Am anderen Ende der Leitung war Clemens Kuby: »Etwas Fürchterliches ist passiert. Jemand hat Rudi niedergeschossen. Er ist im Krankenhaus. Wir wissen nicht, ob er noch lebt. Komm sofort zum SDS-Zentrum. Ich kümmere mich inzwischen um Gretchen.«

Ich nahm das nächste Taxi. Am Kurfürstendamm 140 stand eine Menschenmenge, die aufgeregt diskutierte, Fernsehkameras liefen. Die Polizei sicherte Spuren. Auf dem Asphalt, nahe am Bordstein, zwei weiße Kreidekreise, in denen zwei Wildlederschuhe lagen, Dutschkes Schuhe. Daneben – große dunkelrote Blutflecken.

Ich ging die Treppe zum SDS-Zentrum hinauf und stieß dort auf Ulrike Meinhof. Wir gingen in den großen Versammlungsraum. Dort saßen ein paar Dutzend ratlose Genossen, einige Mädchen weinten. Leise, aufgeregte Stimmen. Jemand berichtete über eine Nachricht im Radio: Dutschke ist tot. Verzweiflung breitete sich auf den Gesichtern aus, alle waren wie gelähmt. Um 18.30 Uhr kam die

Nachricht, dass Rudi Dutschke lebte, seine Chancen stünden 50 zu 50, die Atmosphäre entkrampfte sich.

Die führenden Genossen des Berliner SDS tagten in einem geschlossenen Raum, Ulrike Meinhof und ich gingen mit hinein. Dann wurden Aktionen diskutiert, wieder verworfen. Soll man auf die Straße gehen? Die Auslieferung der Springer-Zeitungen verhindern? Den gesamten Straßenverkehr in Berlin lahmlegen? Die Zufahrtsstraßen an der Grenze zu West-Berlin blockieren? Auf keinen Fall, dann sei Bürgerkrieg! Das Rathaus besetzen? Sollte man zum aktiven Widerstand aufrufen? Gar nichts tun? Eine um 20 Uhr im Auditorium Maximum der Technischen Universität geplante Veranstaltung wurde »umfunktioniert« und zum Diskussionsforum über die nächsten Aktionen gemacht.

Ich verbrachte den Abend mit Ulrike Meinhof. Wir fuhren zur Technischen Universität, der Saal war überfüllt mit 2000 ratlosen, bedrückten, verzweifelten Menschen. Einige weinten. Mit Rudi Dutschke war eine Symbolfigur niedergeschossen worden, einer, den alle, über die verschiedenen Fraktionen hinweg, verehrt, geliebt hatten. Es war ein Anschlag auf sie selbst, auf alle, auf die gesamte außerparlamentarische Bewegung. Es war das blutige Ende einer außerparlamentarischen politischen Karriere, des charismatischen Sprechers der Berliner Studentenbewegung – und ein weiterer Meilenstein in der Eskalation der Gewalt der Sechzigerjahre. Und es war der tragische Ausgang einer gemeinsamen Reise in das Land, das einen »Sozialismus mit menschlichem Antlitz« schaffen wollte.

Gut zwanzig Jahre später hielt ich – damals Chefredakteur des *Spiegel* – einen Vortrag beim Goethe-Institut in Boston. Während ich sprach, sah ich Gretchen Dutschke in einer der vorderen Reihen sitzen. Ich unterbrach meine Rede und sagte: »Is it you, Gretchen?« Sie nickte, und wir verabredeten uns für später. Sie war gerade dabei, ihre und Rudis Geschichte aufzuschreiben. Eines wollte sie dafür unbedingt von mir wissen: »Warum ist Rudi eigentlich zum SDS-Zentrum gefahren? Was wollte er dort?« Auch nachdem er das Attentat überlebt hatte, konnte er sich an die Minuten vorher nicht mehr erinnern.

Ich sagte ihr: »Er wollte Material für die *konkret*-Geschichte holen, das er dort gebunkert hatte.«

Die Schüsse auf Rudi Dutschke lösten die bis dahin schlimmsten Straßenschlachten in der Geschichte der Bundesrepublik aus. Jemand gab bekannt, dass Springers Pressehaus an der Mauer in diesen Minuten mit Stacheldraht abgesichert werde. Ulrike Meinhof und ich fuhren mit ihrem kleinen blauen R4 zur Kochstraße. Vierzig bis fünfzig Demonstranten hatten sich dort schon versammelt und warteten auf das Eintreffen des großen Zuges. Einzelne parkten ihre Autos so, dass sie die Ausfahrt der Zeitungslastwagen blockierten. Die Studenten hatten die Parole ausgegeben: Heute darf keine Springer-Zeitung die Druckerei verlassen. Als wir an einem der Tore zum Verlagsgelände hielten, kam ein Student auf uns zu.

»Wir brauchen noch Autos«, sagte er und zeigte auf das Straßenstück vor dem Portal. »Wenn wir eine Reihe von Wagen dicht an dicht nebeneinanderstellen, kommt hier kein Springer-Auto mehr durch.« Er drehte sich um und sprach andere Autobesitzer an.

Ulrike blickte mich irritiert an: »Mein Auto? Mensch, das brauch ich doch. Nachher geht das kaputt.«

»Pass auf, ich hab eine Idee«, antwortete ich. »Stell das Auto da hinten hin, auf den Fußweg, ganz dicht an die Hauswand. Dann gehört es irgendwie zur Barrikade, aber es blockiert die Ausfahrt nicht direkt.«

Ulrike nickte. Sie stieg in den blauen R4, rumpelte über die Kante des Gehweges und parkte das Auto an der Wand. Sorgfältig schloss sie die Tür ab und kam wieder zu mir herüber. Gemeinsam beobachteten wir, wie die Barrikade langsam geschlossen wurde. Immer mehr Fahrzeuge wurden nebeneinandergestellt. Die Polizeibeamten, die an der Torausfahrt Posten bezogen hatten, griffen nicht ein. Diskutierend standen Studenten herum und wunderten sich, dass die Beamten seelenruhig dem Barrikadenbau zusahen. Plötzlich näherte sich von der Springer-Druckerei her ein Auslieferungsfahrzeug.

Blitzschnell rannten die Polizisten nach vorn, packten zu zehnt jeweils einen der Blockadewagen, kippten ihn um, zerbeulten ihn mit Fußtritten und Schlagstockhieben und schoben ihn kopfüber beiseite. Als die Straße freigeräumt war, jagte das Springer-Auto durch die Lücke. Ulrikes Auto blieb unversehrt stehen.

Später erhielt auch sie eine Strafanzeige wegen Nötigung. Im Prozess erklärte Meinhof, dass ihr Wagen zwar falsch geparkt, nicht aber Teil der Barrikade gewesen sei. Ich bestätigte das als Zeuge, doch ihr Verteidiger begründete in einer flammenden Rede die Notwendigkeit der Blockade. Dennoch plädierte der Staatsanwalt auf Freispruch. Das Gericht schloss sich dem an.

Gegen 22.30 Uhr traf der Demonstrationszug in der Kochstraße ein. Das Verlagsgebäude war von starken Polizeikräften umringt. Die Demonstranten, inzwischen weit über 1000, drängten auf das Eingangsportal zu. Steine flogen, Glasscheiben splitterten. Ulrike Meinhof und ich standen weit hinten in der Menschenmenge.

An diesem 11. April 1968 hatte der Verfassungsschutzagent Peter Urbach einen großen geflochtenen Weidenkorb dabei, vollgepackt mit zündfertigen Molotowcocktails. Er fand unter den Demonstranten bereitwillige Abnehmer für seine heiße Ware. Wenig später brannten die Auslieferungsfahrzeuge des Springer-Verlages, angesteckt mit Peter Urbachs Molotowcocktails. Die Fotos der lodernden Lastwagen gingen als Beleg für die Gewalttätigkeit der Berliner Studenten durch die Zeitungen.

Ulrike Meinhof erklärte einen Tag später auf einem Teach-in im Audimax der Technischen Universität: »Wirft man einen Stein, so ist das eine strafbare Handlung. Werden tausend Steine geworfen, ist das eine politische Aktion. Zündet man ein Auto an, ist das eine strafbare Handlung, werden Hunderte Autos angezündet, ist das eine politische Aktion.«

Die Radikalisierung

Ulrike Meinhof überschrieb ihre Kolumne in *konkret* nach dem Dutschke-Attentat: »Vom Protest zum Widerstand«. »Protest ist, wenn ich sage, das und das passt mir nicht. Widerstand ist, wenn ich dafür sorge, dass das, was mir nicht passt, nicht länger geschieht. Gegengewalt, wie sie in diesen Ostertagen praktiziert worden ist, ist nicht geeignet, Sympathien zu wecken, nicht, erschrockene Liberale auf die Seite der Außerparlamentarischen Opposition zu ziehen.« Noch schien sie die Gewaltentwicklung skeptisch zu sehen, noch hatte sie die Gefahren einer solchen Eskalation im Blick. Nachdenklich ergänzte sie: »Gegengewalt läuft Gefahr, zu Gewalt zu werden, wo die Brutalität der Polizei das Gesetz des Handelns bestimmt, wo ohnmächtige Wut überlegene Rationalität ablöst, wo der paramilitärische Einsatz der Polizei mit paramilitärischen Mitteln beantwortet wird …«

Die Redaktion von *konkret* war inzwischen vom Alten Steinweg in die Neue ABC-Straße direkt neben dem Hamburger Gänsemarkt umgezogen. Ich durfte die alte Redaktionswohnung übernehmen. Dort quartierte ich im Sommer 68 den Hamburger Studentenführer Karl Heinz Roth ein, der von der Polizei wegen Verletzung der Rathaus-Bannmeile anlässlich der Springer-Demonstrationen gesucht wurde. Unter höchst konspirativen Umständen hatten wir ihn zuvor irgendwo in Schleswig-Holstein getroffen und in einem Auto interviewt.

Nun wohnte er also bei mir in einem Hinterzimmer, hatte sich einen Bart wachsen lassen und ging nur nachts und unter Wahrung aller möglichen Sicherheitsvorkehrungen nach draußen, um von einer Zelle aus zu telefonieren. Sonst saß er zu Hause und schrieb an seinem Buch über die Geschichte der deutschen Arbeiterbewegung. Am Wochenende fuhren wir auch schon mal zu uns aufs Land, wo er sich den Bart abrasierte. Das abgeschottete Leben als Untermieter in meiner Wohnung am Alten Steinweg entsprach offenbar doch nicht seinen Vorstellungen vom Untergrundkampf. Da wollte er sich lieber stellen und wenigstens für kurze Zeit klassenkämpferisch in eine Zelle einziehen. Dazu hatte er seine Zahnbürste und einige Utensilien für den erwarteten Gefängnisaufenthalt eingepackt und suchte gemeinsam mit seinem Anwalt eine Polizeiwache auf. Doch der diensttuende Beamte fragte ihn nur, wo er denn jetzt wohne und zu erreichen sei. Dann durfte er – einigermaßen erleichtert, aber wohl auch etwas enttäuscht – wieder abziehen.

Im Herbst des turbulenten Jahres 1968 begann der Prozess gegen die Frankfurter Kaufhausbrandstifter. Gudrun Ensslin, Andreas Baader und andere spätere RAF-Mitglieder hatten in einer Nacht drei Brände in zwei Frankfurter Kaufhäusern gelegt. Gut gelaunt präsentierten sie sich der Öffentlichkeit. Gegen eine Klassenjustiz, in der die Rollen verteilt sind, erklärten sie, lohnt sich eine Verteidigung nicht. Erst am dritten Verhandlungstag bekannten Baader und Ensslin sich zum Brand in einem der beiden Kaufhäuser.

Nach der Urteilsverkündung interviewte Lutz Lehmann für *Panorama* den Vater der Brandstifterin: Dabei sagte Pfarrer Ensslin etwas, das deutlich machte, wie tief er – vielleicht ohne es zu wissen – in die Seele seiner Tochter geblickt hatte: »Für mich ist erstaunlich gewesen, dass Gudrun, die immer sehr rational und klug überlegt hat, fast den Zustand einer euphorischen Selbstverwirklichung erlebte, einer ganz heiligen Selbstverwirklichung, so wie geredet wird von heiligem Menschentum. Das ist für mich das größere Fanal als die Brandlegung selbst, dass ein Menschenkind, um zu einer Selbstverwirklichung zu kommen, über solche Taten hinweggeht.« Terrorismus als Selbstverwirklichung. Vielleicht hatte der evangelische Pfarrer damit den Kern erkannt.

Viele Jahre später war dieses Gespräch Teil des Spielfilms *Der Baader Meinhof Komplex.* Interviewer war damals der Schauspieler Volker Bruch, der die Rolle des *konkret*-Redakteurs »Stefan« spielte. Bernd Eichinger, der aus meiner Vorlage das Drehbuch schrieb, hatte sich die dichterische Freiheit genommen, mir das Interview zuzuschreiben. Hier sei klargestellt: nicht ich hatte die Fragen an Pastor Ensslin gestellt, sondern *Panorama*-Redakteur Lutz Lehmann.

Am 31. Oktober 1968 wurde das Urteil gegen die Kaufhausbrandstifter verkündet: je drei Jahre Zuchthaus. Bei den Linken war die Kaufhausbrandstiftung fast einhellig abgelehnt worden. Aber viele waren doch durchaus angetan von der »Tat an sich«, der »Konsequenz«, jenem Mythos im Denken vieler in jener Zeit. So auch die Kolumnistin der Zeitschrift *konkret,* Ulrike Meinhof, die Gudrun Ensslin im Gefängnis besucht hatte und, tief beeindruckt von der schwäbischen Pfarrerstochter, in einem Kommentar schrieb: »Das progressive Moment einer Warenhausbrandstiftung liegt nicht in der Vernichtung der Waren, es liegt in der Kriminalität der Tat, im Gesetzesbruch.«

Vor der Entscheidung über die Revision durften die Angeklagten das Gefängnis verlassen. Als der Bundesgerichtshof die Revision aber verwarf, hätten Baader und Ensslin sich stellen müssen. Doch sie entschlossen sich unterzutauchen, statt ins Gefängnis zu gehen.

konkret verkaufte sich gut, bis zu 140 000 Exemplare monatlich. Da musste Verleger Röhl auf den ebenso naheliegenden wie abenteuerlichen Gedanken kommen, das Heft zweimal im Monat erscheinen zu lassen. Das dürfte die Einnahmen verdoppeln, hatte man in einfacher Berechnung herausgefunden. Dazu mussten Leute eingestellt werden, am besten junge, die nicht viel kosteten. Ich richtete ein »Volontärskollektiv« ein, das »Voll-Koll«, wie es bald hieß. Fünf junge Journalisten sollten es sein. Einer war ein alter Schülerzeitungskollege aus Stade, einer kam von einer Studentenzeitung.

Unter den fünfen, das stellte sich später heraus, waren zwei Agenten der Stasi – allerdings erst angeworben, nachdem wir sie eingestellt hatten. Zusätzlich kam nun auch Wolfgang Röhl, der Bruder des Herausgebers, mit dem ich auch in Stade die *Wir* gemacht hatte. Auch eine Layouterin wurde eingestellt, sodass ich den Umbruch alle 14 Tage nicht mehr machen musste. Trotzdem gab es viel zu tun. In seinen Erinnerungen schrieb Röhl: »Es blieb viel ermüdende und zeitraubende Puzzlearbeit in der Redaktion und bei der Herstellung, die der noch nicht 21-jährige Stefan Aust mit sportlicher Bravour, allerdings auch für ein Gehalt von 3250,– Mark erledigte.« Das war in der Tat viel Geld für einen 21-Jährigen. Zum Glück hatte ich so viel zu arbeiten, dass ich kaum Zeit hatte, das Geld auszugeben. Aber es gab mir die Freiheit, irgendwann einfach aufzuhören.

Die Scheidung

Auch nach der Scheidung und ihrem Umzug nach Berlin schrieb Ulrike Meinhof weiterhin ihre *konkret*-Kolumnen. Für jeden Kommentar erhielt sie 1500 Mark, das waren 3000 Mark im Monat, denn das Blatt erschien ja inzwischen alle 14 Tage.

Im Dezember 1968 besuchte Röhl sie und die Zwillinge in Berlin. Ulrike Meinhof legte ihm einen Artikel vor: »Lies mal, Klaus. Ich bin gespannt, ob du den drucken wirst.« Röhl war entsetzt, denn Ulrike hatte sich die Zeitschrift selbst vorgenommen und sich mit ihrer eigenen Rolle als Kolumnistin kritisch auseinandergesetzt: »Was erwartet der Geldgeber von seinem Kolumnisten? Dass er sich ein eigenes Publikum erschreibt, möglichst eins, das ohne ihn die

Zeitung nicht kaufen würde. Das ist der Profitfaktor. Ein Kolumnist, der das nicht leistet, wird über kurz oder lang gefeuert. Die Kehrseite der Kolumnistenfreiheit ist die Unfreiheit der Redaktion.«

In ihrem Brief hatte sie auch eine hämische Bemerkung gemacht, die sich offenbar auf mich bezog. Es war darin von Mitarbeitern die Rede, die »das Profitinteresse des Verlegers verinnerlicht« hätten. Das stimmte auch in gewissem Sinne, denn mir war es tatsächlich immer um eine möglichst hohe Auflage von *konkret* gegangen. Dadurch galt ich für Ulrike als der Vertreter des »Illustriertenkurses« für das Blatt. Am liebsten, so hatte sie einmal gesagt, wäre es mir wohl, wenn *konkret* zu einer Mischung aus *stern* und *Spiegel* würde. Da hatte sie noch nicht einmal unrecht.

Mein politisches Sendungsbewusstsein hatte sich dagegen immer in Grenzen gehalten. Als Röhl mich abends zu Hause anrief und fragte, wie er denn meiner Ansicht nach mit Ulrikes Brief umgehen sollte, sagte ich ihm: »Ganz einfach – drucken!« Das taten wir dann auch, unter meiner Zeile auf der Titelseite: »Ulrike Meinhof: Ist *konkret* noch zu retten?« Ulrike schrieb auch danach weiter ihre Kommentare. Doch langsam zeichnete sich ein Ende der Zusammenarbeit ab. Röhl war häufig abwesend, ich musste in der inzwischen etwas größer gewordenen Redaktion die meisten Entscheidungen treffen, Titel und Titelüberschriften gestalten, das Layout beaufsichtigen, entscheiden, welche Geschichten ins Blatt kamen und welche nicht. Ich arbeitete viel und hart, oftmals, vor allem in der Woche vor dem Erscheinen des Magazins, bis tief in die Nacht.

Seitdem das Blatt alle 14 Tage erschien, war die Arbeitsbelastung noch beträchtlich gestiegen. Oft griff Röhl dann im letzten Moment ein und stellte alles auf den Kopf. Das war sein gutes Recht als Verleger und Herausgeber, aber als er dann die besonders dummerhafte Geschichte eines linken Schüleraktivisten von der Gymnasialfraktion des SDS auf den Titel heben wollte, hatte ich einfach genug.

Ich kündigte ihm an, die nächste Ausgabe noch fertig zu machen und dann zu gehen. Da ich nicht fest angestellt war und nur auf der Basis des – sehr guten – monatlichen Honorars gearbeitet hatte, konnte ich jederzeit aufhören. Röhl schob in seinen Erinnerungen die Schuld an meinem Weggang allein Ulrike und ihrer Kritik an *konkret* zu: »Kaum war der Artikel erschienen, teilte mir Aust, unser

Chef vom Dienst, unser geschäftsführender Redakteur, unser Mädchen für alles, Hansdampf in allen Gassen, unentbehrlicher Kritiker und unerbittlicher Vertreter eines nur auf Lesbarkeit bedachten Illustriertenkurses mit, er wolle nicht mehr. Wir kannten uns seit langem und mochten uns (auf Distanz) gut leiden, also sprach er offen. Ulrike hatte mit ihm diskutiert, vier Tage lang. Am Ende war er überzeugt: Er hätte, für fast 3500 Mark, nur das Interesse seines Unternehmers ›verinnerlicht‹. Er hätte nur ›Scheiße gebaut‹ und sei nun kaputt. Er müsse nur noch weg, irgendwohin, vielleicht nach Amerika. Er wolle zu keiner anderen Zeitung, er würde auch nicht weitermachen, wenn Ulrike die Macht hätte, er sei einfach fertig. Ich ließ ihn sofort gehen, ich war etwas verärgert, aber er ging in Frieden.«

Fertig war ich nicht. Ich hatte nur die Schnauze voll. Drei Jahre *konkret* waren deutlich mehr, als ich ursprünglich vorgehabt hatte. Und natürlich hatte Ulrike in einem recht gehabt, ich hatte wirklich das Profitinteresse des Unternehmers verinnerlicht. Nur war ich leider nicht der Unternehmer.

Röhl stand ziemlich ratlos da. Dann boten sich ihm ein Filmkritiker der *Zeit,* Uwe Nettelbeck, und der Kunstmaler Peter Homann, den ich vom Notstandsmarsch auf Bonn als freien Mitarbeiter geholt hatte, für eine feste Anstellung an. Röhl wusste nicht, wen er sich da in die Redaktion geholt hatte: »Wie sollte ich ahnen, dass der mir von Anfang an (bis heute) sympathische Homann, der stets freundlich, bereitwillig und geradezu beflissen auftrat, seit kurzem der Liebhaber von Ulrike war?« Er habe es ihm nicht gesagt. Aber Röhl hatte ihn auch nicht danach gefragt.

Der *konkret*-Verleger mutmaßte später, dass es eine Verschwörung von Ulrike Meinhof und dem SDS war, ausgeheckt in einem wegen des Winters leeren Strandcafé am Wannsee. Auch Nettelbeck, so mutmaßte er, sei bei dieser »Wannseekonferenz« dabei gewesen, wie Röhl sich nicht scheute zu schreiben. Was auf dieser Konferenz beschlossen wurde, so meinte er, sollte ihm für immer verborgen bleiben. Allerdings seien auf jener Wannseesitzung zwei sieben Jahre alte Beobachter dabei gewesen, seine Zwillingstöchter Bettina und Regine. Sie hätten nicht jedes Wort erfassen können, wohl aber den Sinn des Besprochenen. Beim nächsten Telefongespräch mit ihrem Vater hätten sie es unaufgefordert auf die Kurzformel gebracht: »Mami will machen, dass Uwe Nettelbeck und die anderen dir nicht mehr gehorchen.«

Plötzlich hatte das Magazin, das Röhl und ich drei Jahre lang praktisch zu zweit gemacht hatten, nicht nur eine, sondern gleich zwei Redaktionen, die gegeneinander arbeiteten. »Es herrschte die totale Anarchie, oder besser gesagt ein Partisanenkampf mit den Redaktionsräumen als revolutionäres Objekt«, schrieb Röhl. »Tags amtierten die Redakteure und ich, nachts herrschte eine ominöse ›Gegenredaktion‹ unter Führung von Ulrike, die plötzlich häufiger nach Hamburg kam, um die ›emanzipatorischen‹ Bestrebungen persönlich zu leiten.«

Damit hatte ich zum Glück nichts mehr zu tun. Bevor ich mit dem immer wieder geplanten Studium anfing, wollte ich noch eine längere Reise in die USA machen. Ich beantragte beim amerikanischen Konsulat in Hamburg ein Visum, wurde dort ausgiebig vernommen und durfte dann für drei Monate in die Vereinigten Staaten reisen.

EINSICHTEN

Aus Gesellschaft und Psychologie

Ursula Nuber
Der Bindungseffekt. Wie frühe Erfahrungen unser Beziehungsglück beeinflussen und wie wir damit umgehen können

Das Kind, das wir waren

Wenn Sie mit einem anderen Menschen eine Beziehung eingehen, hängt der Erfolg Ihrer Partnerschaft nicht nur von Ihnen, den beiden Erwachsenen, ab. Denn in Ihr »Beziehungshaus« ziehen zwei weitere Wesen mit ein: ein kleines Mädchen und ein kleiner Junge. Oder wenn Sie in einer homosexuellen Beziehung leben, gehören zwei Mädchen oder eben zwei Jungen zu Ihrer Gemeinschaft. Wer sind die Kleinen? Eigentlich müssten Sie sie kennen. Denn bei den unsichtbaren Mitbewohnern handelt es sich um das Kind, das Sie und Ihr Partner oder Ihre Partnerin früher einmal waren. »Da jeder von uns ein ›Kind von früher‹ in sich beherbergt, müssen sich in der Ehe vier Personen miteinander arrangieren«, schreibt der Autor Whitney Hugh Missildine, »zwei Erwachsene, die sich in der Gegenwart bewegen, und zwei Kinder, die sich in ihrem je eigenen Familienmilieu tummeln.«

Manchmal machen diese Kleinen keinerlei Schwierigkeiten, aber meist sind sie eher Störenfriede. Engagiert und unaufgefordert mischen sie sich munter in Ihre erwachsenen Angelegenheiten ein. Das ist so lange kein Problem, solange diese Kinder eine glückliche Kindheit hatten und in ihrer ersten Liebesbeziehung mit den Eltern positive Bindungserfahrungen sammeln konnten. Ihre Einmischungen ins Leben der Erwachsenen sind daher eher harmlos. Möglicherweise schmollen sie, wenn etwas nicht so läuft, wie sie es erwarten, manchmal haben sie Heißhunger auf mindestens zwei Stück Kuchen, weil der Erwachsene sich über etwas geärgert hat, manchmal kommen sie morgens nicht aus dem Bett, weil sie keinen Bock auf Arbeit haben.

Waren die Erfahrungen der »Kinder« mit ihren frühen Liebespartnern, den Eltern, dagegen negativ und belastend, dann sind die beiden wahrscheinlich eine ernsthafte Herausforderung für die erwachsene Beziehung. Sie melden dann penetrant Wünsche und Bedürfnisse an, möchten Aufmerksamkeit, wollen nicht allein gelassen werden und reagieren eifersüchtig auf Konkurrenz. Die Kinder wollen bestimmen, wie viel Nähe erträglich ist oder wie viel Distanz eingehalten werden muss. Sie fürchten sich vor Einsamkeit oder davor, bevormundet zu werden.

Einig sind sich die beiden dabei selten. Das eine Kind will oft etwas anderes als das andere – und umgekehrt. So gut wie nie haben sie Verständnis für die Anliegen des anderen. Meist kämpfen sie erbittert miteinander um Aufmerksamkeit und Zuwendung. Mit aller Macht wollen sie verhindern, dass das andere Kind die Oberhand gewinnt. Es liegt auf der Hand, dass das Leben mit den Kindern, die sich belastet von frühen negativen Erfahrungen in Ihre Beziehung einmischen, für Sie alles andere als erfreulich ist.

Das chaotische Leben zu viert

Viele Beziehungskonflikte resultieren aus der störenden »Einmischung des ›inneren Kindes‹ von früher«, schreibt Whitney Hugh Missildine. Diese Einmischung »ist vielfach die primäre Ursache von Eheproblemen, auch wenn es dabei vordergründig um Sex, Geld, Eifersucht oder einen ständig nörgelnden Partner geht«. Dieses einflussreiche Wirken des jeweiligen Kindes ist Ihnen, den Erwachsenen in diesem Quartett, in der Regel nicht bewusst. Seine Störsignale sind nicht leicht zu identifizieren. Es fällt schwer, die Aktivitäten des eigenen inneren Kindes zu bemerken, und noch schwerer ist es, das kleine Mädchen, den kleinen Jungen im Partner oder der Partnerin zu entdecken. Denn das Kind, das Sie früher waren, ist ziemlich geschickt. Es kann seine Wünsche so gut tarnen, dass Sie glauben, es seien Ihre eigenen Wünsche. Das führt dann manchmal dazu, dass Sie als erwachsene Frau, als erwachsener Mann sich in Konfliktsituationen »wie ein Kind« verhalten, um auf sich, Ihre Ängste, Bedürfnisse und Wünsche, aufmerksam zu machen. Dann kann es vorkommen, dass Sie heftiger als nötig weinen, hilflos den anderen anschreien, sich stumm in sich zurückziehen, voller Wut etwas an die Wand werfen, sich verzweifelt an den Partner klammern, ärgerlich mit dem Fuß aufstampfen – und damit meist alles nur noch schlimmer machen.

Vielleicht aber empfiehlt Ihr »inneres Kind« auch eine indirekte Methode, wenn es um Aufmerksamkeit und Zuwendung kämpft. Wenn das der Fall ist, bleiben Sie scheinbar erwachsen und verpacken Ihre Bedürfnisse in »vernünftige« Argumente oder »sachliche« Kritik: Sie beklagen sich beim anderen über sein mangelndes Engagement im Haushalt. Sie reagieren gereizt, wenn der Partner zu viel Zeit mit der Arbeit oder seinen Freunden verbringt. Sie kritisieren die Partnerin wegen ihres ständigen Zuspätkommens. Sie werfen dem anderen vor, dass er nie zuhört und immer nur Sex will. Sie bleiben vorgeblich aus Sorge bis spät in die Nacht auf, wenn Ihre Partnerin ohne Sie auf einer Party feiert. Sie rechnen dem anderen vor, dass Sie mehr in die Haushaltskasse einzahlen als er. Sie kritisieren, dass immer Sie sich um die Kontakte zu Freunden und Geburtstagsgeschenke kümmern müssen. Sie werfen der Partnerin vor, dass sie jeden Tag mit ihrer Mutter telefoniert, sich aber nicht genug um Ihre Eltern kümmert.

Wie angebracht Ihnen diese Vorwürfe auch erscheinen und wie vernünftig Ihre Begründungen dafür auch ausfallen, die dahinterliegenden Motive haben oft mit der Realität wenig zu tun. Vielmehr kämpfen Sie in vielen Fällen auf diese Weise um die Erfüllung kindlicher Bedürfnisse – Ihrer kindlichen Bedürfnisse, denen in der Kindheit zu wenig Beachtung geschenkt worden ist. War Ihr Zuhause zum Beispiel für Sie als Kind kein sicherer Ort, interessierten sich die Erwachsenen nicht für Ihre Ängste und Wünsche, dann haben Sie gelernt: »Was ich wirklich fühle, will keiner wissen.« Deshalb wagen Sie es auch heute nicht, Ihrem Partner offen zu zeigen, wie es Ihnen geht. Würden Sie dem anderen ehrlich gestehen: »Ich brauche dich! Kümmere dich um mich!«, »Ich fühle mich so allein«, käme das für Sie mit Ihrer Kindheitsgeschichte einer Bankrotterklärung gleich. Deshalb folgen Sie dem »Rat« Ihres inneren Kindes und verstecken Ihre wahren Wünsche hinter Kritik, »Quengeleien« und pseudosachlichen Argumenten.

Natürlich wissen Sie all das nicht. Sie spüren meist nicht, dass Sie sich alleingelassen und einsam fühlen, dass Sie Trost und Unterstützung vom anderen brauchen – weil Sie am Arbeitsplatz gekränkt worden sind, weil Sie sich überfordert fühlen oder etwas anderes Ihnen schwer auf der Seele liegt. Was Sie spüren, ist, dass Sie beim Partner, bei der Partnerin Schutz finden wollen, dass der andere Ihre innere Not lindern soll. Doch dieses Bedürfnis äußern Sie nicht offen, sondern meist auf denkbar ungünstige Weise. Das, was Sie sich wünschen, mehr Nähe, mehr Verständnis, mehr Unterstützung, bekommen Sie durch Ihre indirekten Signale allerdings meist nicht.

Das Kind weiß es nicht besser!

Das Kind, das Sie mal waren, steht Ihnen also ziemlich im Weg. Es glaubt zu wissen, wie Sie am besten bekommen, was Sie sich wünschen. Und es glaubt zudem, dass Sie nicht zu offenherzig sein dürfen und dass Vorsicht die Mutter der Porzellankiste ist. Das Beziehungsmodell Ihres inneren Kindes entscheidet, wie Sie heute mit Ihrem Partner, Ihrer Partnerin am besten umgehen sollten. Das Kind weiß es nicht besser: Seine Erfahrungen sind eindeutig, es kann nur auf der Basis des Erlebten fühlen und handeln. Solange Sie dieses Kind ignorieren oder gar nichts von seiner Existenz wissen oder wissen wollen, sind Sie ihm ausgeliefert. Das Kind darf dann ungehindert dazwischenfunken und Ihnen das Beziehungsleben schwer machen. Solange Sie nicht merken, dass sich das Kind, das Sie einst waren, in Ihre gegenwärtigen Probleme einmischt, suchen Sie die Ursachen und Lösungen dafür am falschen Ort. Sie arbeiten sich dann immer wieder an denselben Konflikten ab, räumen immer wieder dieselben Missverständnisse aus dem Weg, sind immer wieder vom Miteinander und von sich selbst enttäuscht. Und immer wieder beschleicht Sie das Gefühl, dass Sie und Ihr Partner zwei ganz verschiedene Sprachen sprechen.

Wüssten Sie aber, dass das Kind, das Sie einst waren, für Störungen in Ihrer aktuellen Beziehung oder in Ihrem Liebesleben allgemein sorgt, könnten Sie so manche Ihrer »seltsamen« Verhaltensweisen besser verstehen und Antworten finden auf Fragen wie zum Beispiel diese:

- Warum habe ich mit meiner Partnerin, meinem Partner die immer gleichen Konflikte?

- Warum kommt es zwischen mir und meiner Partnerin, meinem Partner so häufig zu Missverständnissen?
- Warum beschleicht mich immer wieder das Gefühl, dass der Mensch an meiner Seite eine andere Sprache spricht?
- Weshalb schaltet mein Partner, meine Partnerin ab und zieht sich zurück, sobald ich mit ihm oder ihr über meine Gefühle und unsere Beziehung sprechen will?
- Weshalb überlege ich immer wieder, die Beziehung zu beenden?
- Warum scheitern meine Beziehungen mit schöner Regelmäßigkeit?
- Warum verliebe ich mich immer wieder in einen Menschen, von dem ich glaube, dass er prima zu mir passt, zu dem ich dann aber dennoch keine feste, dauerhafte Verbindung herstellen kann?
- Weshalb kann ich nach der Arbeit nicht in Ruhe ein Bier mit Kollegen trinken, ohne von einer schlecht gelaunten Partnerin, einem schlecht gelaunten Partner empfangen zu werden?
- Weshalb sehnt sich mein Mann, meine Frau unendlich nach mir, wenn ich verreist bin, empfängt mich dann aber kühl und distanziert, sobald ich zu Hause bin?
- Warum eskalieren unsere Auseinandersetzungen immer wieder?
- Weshalb möchte ich manchmal am liebsten aus dem Haus laufen – ganz weit weg?
- Warum fühle ich mich so einsam und depressiv, wenn in meiner Beziehung mal etwas nicht so glatt läuft, wie ich es erwarte?
- Weshalb bin ich so abhängig davon, dass mein Partner, meine Partnerin mir Anerkennung und Lob gibt?
- Weshalb wird es mir in einer Beziehung schnell zu eng?
- Warum bin ich immer nur der oder die Gebende, und der andere nimmt nur von mir?
- Bin ich überhaupt beziehungsfähig?
- Ist mein Partner, meine Partnerin überhaupt beziehungsfähig?

In der Kindheit liegt der Schlüssel für die Lösung so mancher Ihrer Beziehungsprobleme in der Gegenwart. Es lohnt sich also nachzufragen: Welche Erfahrungen haben Sie als Kind konkret mit der Liebe gemacht? Welche Schlüsse haben Sie aus diesen Erfahrungen gezogen? Was haben Sie über Beziehungen gelernt?

So geht Beziehung. Oder?

Woher wissen wir eigentlich, wie man Beziehungen führt? Wer hat uns das beigebracht? Und: Hatten wir wirklich gute Lehrer und Lehrerinnen? Zweifel sind angebracht.

Annalena und Tom

Annalena hatte keine glückliche Kindheit. Aufgewachsen auf einem Bauernhof als ältestes von acht Kindern, bekam sie wenig Aufmerksamkeit. Alle Kinder mussten mithelfen, die Eltern hatten keine Zeit, sich um die Kleinen zu kümmern. Vor allem Annalena als Älteste wurde sehr in die Pflicht genommen. Schon früh lernte sie, dass es am besten für sie ist, möglichst nicht aufzufallen. Ein wenig Anerkennung fiel für sie ab, wenn sie der Mutter im Haushalt zur Hand ging. Krank war sie eigentlich nie. Nur einmal war sie so schwer gestürzt, dass sie sich das Handgelenk und die Schulter brach. Sie war sechs, gerade in die Schule gekommen. Der Vater ließ sie von einem Erntehelfer in die Klinik fahren. »Der war zwar ganz nett, aber völlig überfordert. Ich weinte die ganze Zeit und hatte Angst vor dem Krankenhaus«, erinnert sich Annalena. Ihre frühen Erfahrungen haben dazu geführt, dass sie möglichst wenig von anderen erwartet und versucht, ihre Probleme mit sich allein auszumachen.

Als sie jedoch vor wenigen Wochen nach einer Routinemammografie erfuhr, dass Verdacht auf Brustkrebs besteht, und der Arzt eine Biopsie anordnete, wünschte sie sich, dass ihr Lebensgefährte Tom sie zur Untersuchung begleitet und ihr zur Seite steht. Allerdings bot er ihr seine Hilfe nicht von sich aus an. Nun war sie gezwungen, ihren Wunsch klar und deutlich zu äußern. Das aber gelang ihr nicht wirklich. Sie war ungeübt im Wünschen. Statt ihm ihr Bedürfnis und ihre Ängste mitzuteilen, griff sie ihn an: »Du bist nie für mich da, wenn ich dich brauche. Ich kann eigentlich gleich alleine leben, wenn ich dich nicht interessiere.« Tom fiel aus allen Wolken, fühlte sich ungerecht behandelt und schlug mit Vorwürfen zurück. Ein heftiger Streit entbrannte, den sie nicht richtig beilegen konnten. Obwohl Tom dann seine Begleitung anbot, ging Annalena allein zur Untersuchung. Sie wollte ihn nicht mehr dabeihaben. »Wenn er nur mitgeht, weil ich ihn gezwungen habe«, meinte sie, »ist das doch nichts wert.«

Annalena lernte von klein auf, sich auf die Menschen einzustellen, auf die sie angewiesen war. Sie registrierte, was sie von ihnen erwarten durfte und wie sie sich verhalten musste, um zu bekommen, was sie dringend brauchte: Liebe und Zuwendung. Annalena prüfte genau: Wie reagiert die Mutter, wenn ich Krawall schlage? Mag sie es lieber, wenn ich still bin und sie nicht störe? In welchen Situationen werde ich gesehen, in welchen übersehen? Werde ich getröstet, wenn ich Kummer habe? Merkt überhaupt jemand, dass ich Hilfe brauche? Die Antworten, die Annalena auf diese Fragen erhielt, förderten nicht ihr Vertrauen und ihre Sicherheit.

Unser Bindungsstil ist eine Anpassungsleistung

Vom ersten Tag unseres Lebens an haben wir ein biologisches Bedürfnis nach Bindung. Wir suchen die Nähe zu den Menschen, die für uns sorgen und uns beschützen sollen. Mithilfe unseres angeborenen »Bindungssystems« sorgen wir dafür, dass unsere physiologischen und psychischen Bedürfnisse gestillt werden. Das heißt, wir machen die Erwachsenen durch »Bindungssignale« auf uns aufmerksam. Plagen uns Hunger oder Durst, sind wir müde und können nicht einschlafen, fühlen wir uns schrecklich allein – dann ist es existenziell wichtig, dass jemand auf unsere Rufe, unser Weinen, unsere Ängste angemessen reagiert. Wie erleichternd und unendlich beruhigend ist es, wenn wir spüren: »Es ist jemand für mich da!«

Schon als Baby lernen wir also, ob wir uns sicher fühlen können oder ob die Zuwendung der Erwachsenen alles andere als selbstverständlich ist. Wir lernen, ob die Menschen, die für uns sorgen, eine sichere Basis bieten, wenn sich in uns dicke Gewitterwolken sammeln und ein Sturm aufzieht. Dieses frühe Sicherheitsgefühl ist ein verlässlicher Schutz gegen die Unbilden des Lebens, mit denen wir bereits als Kleinkind konfrontiert sind. Die sichere Basis hat aber noch eine weitere wichtige Funktion. Wir brauchen sie, um mutig die Welt zu erkunden und zu erobern. Ausflüge zu anderen Kindern auf dem Spielplatz oder in die Arme einer wenig vertrauten Person wagen wir nur, wenn unsere Bindungsperson uns verlässlich im Blick hat.

In unseren ersten Lebensjahren sollten wir die Gewissheit erwerben, in Zeiten großer und kleiner Turbulenzen, mit denen schon ein Kind zu kämpfen hat, nicht halt- und orientierungslos zu sein. Und wir sollten wissen, dass die Eltern unsere Wege in die »Fremde« begrüßen und verlässlich begleiten. Gute Bindungspersonen sind für kleine Kinder ein »sicherer Hafen«, sagen Bindungsforscher: ein Hafen, den sie verlassen können, um furchtlos mit fremden Kindern zu spielen oder erste Schritte allein durchs Zimmer zu machen. Ein Hafen, in den sie zurückkehren können, wenn ihnen mulmig wird und sie Schutz brauchen.

Diese wertvollen Erfahrungen – »Ich habe eine sichere Basis und einen sicheren Hafen« – bilden die Stützpfeiler unserer seelischen Sicherheit: Sind beide stabil, fühlen wir uns sicher und geborgen und entwickeln einen sicheren Bindungsstil.

Doch leider sind die Stützpfeiler nicht in jedem Kinderleben vorhanden. Manchmal sind sie instabil und wackelig, manchmal sind sie so gut wie gar nicht vorhanden. Für ein Kind ist das eine schwierige, herausfordernde Situation. Um nicht in Angst zu erstarren und um die Unsicherheit ertragen zu können, braucht das Kind eine hilfreiche Strategie: Es passt sich, so gut es kann, an die unsichere Lage an. Im Extremfall kann das bedeuten:

- Um nicht immer wieder die angstbesetzte Erfahrung machen zu müssen, »Ich bin hier nicht sicher«, meidet das Kind die Nähe wichtiger Bezugspersonen.
- Um nicht ständig erleben zu müssen, dass sich niemand für seine Bedürfnisse interessiert, unterdrückt es diese und tut so, als hätte es keine.

- Weil es nicht weiß, wie sich wahre Liebe anfühlt, interpretiert das Kind das Verhalten der Erwachsenen als Liebe – selbst wenn dieses Verhalten ihm schadet.

Diese Anpassungen an die familiäre Umwelt fallen unterschiedlich stark aus – je nachdem, welche Erfahrungen das Kind macht. Immer aber formen sie den Bindungsstil eines Kindes. Alles, was es über Vertrauen, Sicherheit und Zuwendung oder über Misstrauen, Unsicherheit und Vernachlässigung lernt, lässt ein Beziehungsmodell entstehen, welches sein Verhalten in der Kindheit steuert und auch später im Erwachsenenleben Handlungsanweisungen gibt. In diesem Modell sind nicht nur alle Lektionen gespeichert, die ein Kind im Laufe seines Heranwachsens zum Thema »Was ist Liebe? Wie geht Beziehung?« bekommt; dieses Modell enthält auch Informationen über das eigene Selbst: Wie wertvoll bin ich für andere? Wie wichtig nehmen sie mich? Wie liebevoll verhalten sie sich mir gegenüber? Lieben sie mich bedingungslos, akzeptieren sie mich? Oder wollen sie, dass ich ein anderes Kind werde, eines, das sie eher lieben können? Sind sie an mir interessiert, stehen sie an meiner Seite?

Die frühen Überzeugungen, die in diesem Beziehungsmodell gespeichert sind, bleiben unser Leben lang aktiv. Jede neue Bindungserfahrung gleichen wir mit den im Modell gespeicherten Erfahrungen ab und holen uns Rat: Wie verhalten wir uns am besten: Sollen wir auf Distanz gehen, uns einlassen, vertrauen, misstrauen? Je nach den im Modell vorhandenen Daten bekommen wir entsprechende Anweisungen, wie wir uns in Beziehungen am besten verhalten sollen.

Annalena hat in ihrer Kindheit wenig Sicherheit erfahren. Im Gegenteil: Ihre Bindungserfahrungen sagen ihr, dass sie von den Menschen, die sie liebt, nicht viel erwarten darf. Sie, die als Kind funktionieren musste und wenig Aufmerksamkeit bekam, rechnet auch als Erwachsene nicht damit, dass ihre Bedürfnisse wirklich zählen. Sie erwartet keine Unterstützung – obwohl sie sich diese natürlich sehnlichst wünscht. So wenig wie ihre Familie für sie als Kind ein sicherer Ort war, so wenig empfindet sie ihre Beziehung zu Tom als sicher. In dieser Partnerschaft befindet sie sich auf schwankendem Boden, sie kann kein stabiles Gefühl von Sicherheit und Verlässlichkeit entwickeln. Bis zur beunruhigenden Diagnose kam sie einigermaßen gut mit dieser Situation zurecht. Nun aber leidet sie darunter, dass sie Tom nicht als verlässlichen Partner sehen kann.

Annalenas Bindungsmuster beantwortet die Frage »Wie geht Beziehung?« auf negative und pessimistische Weise. Sie hat einen Bindungsstil, der zum einen von Misstrauen und Unsicherheit geprägt ist und der zum anderen ausgerechnet jene Menschen für sie als Beziehungspartner interessant macht, die ähnlich wie ihre frühen Bindungspersonen agieren. Mit Tom hat Annalena einen Partner gewählt, der aufgrund seiner frühen Erfahrungen ein Beziehungsmodell entwickelt hat, das ihn vor zu engen Bindungen warnt und es ihm seinerseits schwer macht, der aufmerksame, einfühlsame und engagierte Partner zu sein, den Annalena bräuchte.

Tom hat eine ähnliche Geschichte wie Annalena. Er war ein »herumgeschubstes« Kind. Seine Mutter musste aus finanziellen Gründen gleich nach seiner Geburt wieder arbeiten gehen, der Vater war viel auf Montage. Deshalb wuchs Tom abwechselnd mal bei den Eltern seiner Mutter und den Eltern seines Vaters auf. Wohl fühlte er sich nirgends. Er hatte das Gefühl, dass für ihn weder Raum noch Zeit zur Verfügung standen. Er lief so mit. Am besten war es, so lernte er früh, wenn er nicht weiter auffiel und sich mit sich selbst beschäftigte. Nur am Wochenende und später in den Ferien sah er seine Eltern für einen längeren Zeitraum. Auch Tom hat ein Beziehungsmodell, das ihn vor zu viel Nähe und Abhängigkeit warnt. Wie Annalena vermeidet er alles, was Gefühle von Abhängigkeit und Bedürftigkeit hervorrufen könnte. Annalenas plötzlicher Wunsch nach Nähe überfordert ihn.

Annalena und Tom wissen nichts von der Existenz ihrer einflussreichen Bindungsstile. Sie haben keine Ahnung, welche Bindungserfahrungen sie in der Kindheit machen mussten und wie diese heute ihre Zweisamkeit beeinflussen. Und so wie diesem Paar geht es mit hoher Wahrscheinlichkeit auch vielen anderen: Auch sie kennen ihren Bindungsstil nicht und merken nicht, wann und wie er sich bemerkbar macht.

Das ist fatal. Denn durch diese Unkenntnis bleibt der tiefe Wunsch nach Bindung und Verbundenheit unerfüllt, den jeder Mensch verspürt. Gleichgültig, wie alt er ist.

Sehnsucht nach Bindung – ein Leben lang

Das Bedürfnis nach einer sicheren Bindung begleitet uns ein Leben lang. Wir sind Bindungswesen von der »Wiege bis zur Bahre«, wie der englische Psychoanalytiker John Bowlby, der Begründer der Bindungstheorie, es ausdrückt. Wir sehnen uns nicht nur als Kleinkind nach einem Menschen, auf den wir uns blind verlassen können und der uns sicher führt; wir wünschen uns auch als erwachsener Mensch eine Person, die uns emotionale Sicherheit vermittelt und gleichzeitig ermutigt, in die Welt hinauszugehen. Vor allem in einer Liebespartnerschaft, die in ihrer Exklusivität und Intimität der frühen Eltern-Kind-Beziehung sehr nahe kommt, tauchen dieselben Bedürfnisse und Sehnsüchte auf, wie wir sie früher als Säugling und Kleinkind hatten.

Auch wenn es uns zunächst irritieren und vielleicht sogar Abwehr hervorrufen mag – die Gemeinsamkeiten zwischen unserem Verhalten und Erleben als Kleinkind und unserem Verhalten als erwachsene Frau oder als erwachsener Mann sind frappierend:

Wie Kinder fühlen auch wir uns sofort sicherer und haben ein größeres Vertrauen in uns selbst, wenn ein vertrauter Mensch (Partner, Mutter, Vater, bester Freund) an unserer Seite ist.

Wie Kinder können auch wir Erwachsene mit Belastungen besser umgehen, sind geduldiger und ausdauernder, wenn wir wissen, dass wir uns auf den Beziehungspartner verlassen können.

Gleichgültig, wie alt wir sind: Wir reagieren ängstlich, nervös und ungeduldig, wenn sich unsere wichtige Bindungsperson desinteressiert zeigt, sich abwendet oder zurückweisend verhält.

Ähnlich wie Kindern fällt es auch uns Erwachsenen schwer, uns auf eine Sache, eine Aufgabe zu konzentrieren, die Umwelt freudig zu erkunden und uns für Neues zu interessieren, wenn der nächste andere nicht verfügbar erscheint.

Wie die Kleinen suchen auch wir »Großen« durch körperliche Nähe Kontakt zum wichtigen anderen. Zärtlichkeiten, Streicheln, Umarmungen, Im-Arm-Halten, Küssen sind Bindungszeichen, die sowohl Eltern-Kind-Beziehungen als auch Liebesbeziehungen kennzeichnen.

Es ist also nicht nur in unserer Kindheit von enormer Bedeutung, dass wir bei den Menschen, die wir lieben, ausreichend Sicherheit finden. Auch als Erwachsene brauchen wir »tapfere Gefährten«, wie John Bowlby es formulierte, die uns zur Seite stehen, denen wir vertrauen können, die uns in kritischen Momenten beruhigen und zeigen, dass sie uns wertschätzen. Diese Gefährten sollten uns eine sichere Basis bieten, sie sollten uns in guten wie in schlechten Zeiten unterstützen, und sie sollten Weiterentwicklung ermöglichen, uns wohlwollend bei unseren Plänen unterstützen und es aushalten, dass jeder auch mal eigene Wege geht.

Ob wir solche Gefährten und Gefährtinnen finden – und ob wir selbst anderen Sicherheit geben können –, hängt von unseren frühen Bindungserfahrungen ab. Also davon, welche Antworten wir auf die Fragen »Was ist Liebe?« und »Wie geht Beziehung?« als Kind gefunden haben. Abhängig davon, wie unsere Lektionen in Liebe ausfielen, verhilft uns das früh erworbene Beziehungswissen zu Lebenszufriedenheit und Beziehungsglück. Oder bewirkt das Gegenteil: Dann stehen wir uns selbst im Weg, das Leben fühlt sich eher beschwerlich an, und enge Beziehungen zu anderen fallen schwer. Sollte das der Fall sein, dann muss das zum Glück nicht so bleiben: Denn der Bindungsstil ist kein Schicksal. Wir können seinen Einfluss begrenzen. Dazu aber müssen wir ihn gut kennen. Je besser wir über das eigene Bindungsmuster Bescheid wissen, desto effektiver können wir gegensteuern.

Sicher oder unsicher: Wie ist die Bindung?

Sie mögen es, wenn Ihr Mann beim Spaziergang Ihre Hand nimmt und Sie beide wie zwei frisch Verliebte redend oder auch schweigend eine Wegstrecke gehen.

Wenn Ihre Partnerin abends vor dem Fernseher an Ihre Seite rückt und ihren Kopf auf Ihre Schulter legt, ist das für Sie der schönste Moment des Tages.

In größeren Gesellschaften fühlen Sie sich unwohl. Ihr Mann weiß das. Deshalb sucht er, so oft er kann, Ihren Blick. Sofort fühlen Sie sich weniger allein.

Nach einem Streit können Sie erst einschlafen, wenn Sie sich mit Ihrer Frau wieder versöhnt haben.

Ist Ihr Partner mit dem Auto unterwegs, dann sind Sie ihm dankbar, wenn er Ihnen Verspätungen mitteilt.

Auf Dienstreisen wird das Handy für Sie zur Nabelschnur. Sie melden dem Partner, der Partnerin, ob der Zug Verspätung hat, dass Sie gut angekommen sind, und sagen selbstverständlich Gute Nacht.

Obwohl alles ganz gut läuft zwischen Ihnen, haben Sie immer mal wieder Angst, dass Sie verlassen werden. Sie machen sich dann Sorgen, ob Sie wirklich geliebt werden.

Solche Situationen sind Ihnen eher fremd? Dann sind Ihnen diese möglicherweise vertrauter:

Sie fühlen sich unwohl, wenn Ihnen jemand allzu nahe kommt. Ständiges Händchenhalten oder Umarmungen sind nicht Ihre Sache. Es ist Ihnen unangenehm, wenn der Partner, die Partnerin mehr Intimität wünscht, als Ihnen lieb ist.

Sie brauchen viel Zeit für sich allein und verstehen nicht, wenn der andere dafür kein Verständnis hat.

Es stört Sie, wenn Sie glauben, über jeden Ihrer Schritte Rechenschaft ablegen zu müssen.

Auch Beziehungsgespräche sind nicht Ihre Sache. Es fällt Ihnen schwer, über sich und Ihre Gefühle zu sprechen, weil Sie fürchten, dann verletzt zu werden. Deshalb verfallen Sie meist in abwehrendes Schweigen, wenn Ihre Partnerin oder Ihr Partner über Sie, über sich oder einen Konflikt sprechen möchte.

Sie können sich stundenlang mit Ihrer Arbeit oder Ihrem Hobby beschäftigen und wundern sich, wenn der Mensch an Ihrer Seite irgendwann ungeduldig und unleidlich wird.

Das sind sehr unterschiedliche Szenarien. Sie haben jedoch eine Gemeinsamkeit. Ob Sie die Hand Ihres Partners beim Spaziergang suchen oder körperliche Nähe meiden, ob Sie Ihrer Partnerin gern Ihre Gedanken und Gefühle mitteilen oder ob Sie eher der schweigsamen Fraktion angehören, ob Sie Trennungen (gleichgültig, ob kurz oder lang) nur schwer aushalten oder ob Sie immer wieder Distanz suchen – in allen Situationen geht es um *Bindung*.

Bindung suchen, Bindung vermeiden

Kommen Ihnen die ersten Szenen bekannt vor? Dann wollen Sie *Bindung herstellen*. Sie signalisieren dem anderen, dass Sie seine Zuwendung wünschen oder dass Sie Unterstützung und Sicherheit brauchen. Sie wünschen sich beruhigende Nähe, Sie haben kein Problem damit, in solchen Situationen dem anderen deutlich zu zeigen, dass Sie ihn brauchen. Ihr Bindungswunsch kann sich konkret ganz unterschiedlich auswirken: Vielleicht suchen Sie, so oft es geht, körperliche Nähe. Sie berühren den anderen gern und wollen auch selbst berührt, in den Arm genommen, mal zwischendurch geküsst werden. Oder Sie lieben es, gemütlich mit dem Partner, der Partnerin zusammenzusitzen und über »Gott und die Welt«, aber auch sich selbst und die Beziehung reden zu können. Es ist für Sie selbstverständlich, wenigstens einmal am Tag in irgendeiner Form mit dem Partner, der Partnerin Kontakt aufzunehmen – sei es telefonisch, per E-Mail oder per WhatsApp.

Sie erkennen sich in den anderen Beispielen wieder? Dann ist Ihr Thema die *Bindungsvermeidung*. Sie gehen auf Abstand, wenn ein anderer Mensch Ihnen zu nahe rückt. Und Sie reagieren abwehrend, sobald Ihr Partner oder Ihre Partnerin zu viel Aufmerksamkeit und Zuwendung von Ihnen erwartet. Wahrscheinlich gehören Sie zu jenen Menschen, die lieber vor dem Computer sitzen oder in Haus und Garten werkeln, als gemütlich auf der Couch mit dem Partner oder der Partnerin zu kuscheln oder Gedanken über die Beziehung auszutauschen. Zu große Nähe und Intimität wecken bei Ihnen unangenehme Erinnerungen und Gefühle. Deshalb achten Sie auf ausreichend Abstand und verteidigen Ihre Autonomie und wollen auf keinen Fall, dass andere sich von Ihnen oder gar Sie sich von anderen abhängig fühlen.

So weit, so gut. Sowohl die Bedürfnisse des Bindungssuchenden als auch die des Bindungsvermeiders sind nachvollziehbar. Schwierig aber wird es, wenn eine bindungswillige Person auf eine bindungsvermeidende trifft. Die sehr unterschiedlichen Bindungswünsche lassen sich nur schwer unter einen Hut bringen. Konflikte sind dann unvermeidlich.

Gehören Sie beispielsweise zur Gruppe der Bindungs*sucher*, dann haben Sie dem Partner oder der Partnerin sicher schon Sätze gesagt wie: »Du liebst mich nicht«, »Ich weiß nie, was du denkst«, »Du hast keine Gefühle«, »Ich kann mit dir überhaupt nicht reden«, »Du denkst nur an dich«, »Du kümmerst dich zu wenig um meine Wünsche«.

Sind Sie eher ein *bindungsvermeidender* Mensch, haben Sie dem Bindungswilligen an Ihrer Seite wahrscheinlich schon mal Sätze an den Kopf geworfen wie: »Du klammerst, du lässt mir keinen Freiraum«, »Sei doch nicht so unselbstständig«, »Mach doch mal was für dich allein«, »Ich brauche mehr Zeit für mich«. Möglicherweise haben Sie eine Reihe von Strategien auf Lager, um den Nähesuchenden auf Abstand zu halten. Sie arbeiten viel und machen Überstunden oder haben ein zeitaufwendiges Hobby wie Golfspielen oder Rennradfahren. Auch politisches und soziales Engagement, Weiterbildungen und Workshops aller Art können unter Umständen dazu dienen, die Bindung zum Partner oder der Partnerin nicht zu eng werden zu lassen.

Die Partnerschaft zwischen einem Bindungswilligen und einem Bindungsvermeider ist selten konfliktfrei. Aufgrund der unterschiedlichen Bindungsvorstellungen können Situationen schnell eskalieren. Je mehr der Bindungswillige sich zurückgewiesen fühlt, desto verzweifelter klammert er sich an den Bindungsdistanzierten, der wiederum immer mehr in Abwehrstellung geht. Ihm wird es zu nah, zu eng, zu klammernd, und er kann sich dann tierisch über das »irrationale«, »unreife«, »kindische« Verhalten des anderen aufregen: »Das ist doch nicht normal, dass ein erwachsener Mensch so anhänglich und bedürftig ist. Du bist doch kein Kind mehr!«

Das stimmt natürlich. Und doch haben alle geschilderten Situationen – die Bindungssuche wie die Bindungsvermeidung – mit dem Kind zu tun, das Sie einmal waren. Ob Sie bindungswillig sind, Nähe wünschen und gut zulassen können oder ob Sie Bindungen eher meiden und schnell Beklemmungen verspüren, wenn ein anderer Mensch Ihnen zu nahe kommt – das eine wie das andere hat mit dem Bindungsstil zu tun, den Sie aufgrund Ihrer Kindheitserfahrungen entwickelt haben. Das, was Sie über Beziehungen in Ihren frühen Jahren lernten, ist nicht, wie so manch anderer Lernstoff, verblasst, sondern beeinflusst sehr aktiv Ihre heutigen erwachsenen Beziehungen.

Das ist vor allem dann der Fall, wenn ein anderer Mensch für Sie sehr wichtig wird und Bindungswünsche entstehen. Dann tauchen Erinnerungen an ähnliche Situationen in Ihrer Kindheit auf. Je nachdem, ob diese Erinnerungen positiv oder negativ sind, haben Sie kein Problem damit, Bindungswünsche entweder klar und deutlich zu zeigen, oder es tauchen zweifelnde Fragen auf: »Kann ich diesem Menschen vertrauen? Meint er das alles so, wie er es sagt? Bin ich interessant, liebenswert genug? Ganz sicher wird er mich bald enttäuschen.« Das gilt für Freundschaften, für Beziehungen am Arbeitsplatz oder die Kontakte zu nahen Verwandten.

Am stärksten und intensivsten sind Sie mit Ihren frühen Bindungserfahrungen konfrontiert, wenn Sie eine Liebesbeziehung eingehen oder sich eine verlässliche Partnerschaft wünschen. Denn wie schon erwähnt, ist die Person, in die Sie sich verlieben, Ihnen ähnlich nahe, wie es am Beginn Ihres Lebens Ihre Eltern gewesen sind. Durch diese Nähe werden auch die Bindungslektionen aus der Kindheit lebendig, die bislang wie »Schläfer« auf ihren Einsatz gewartet haben. Diese funken nun mit Ratschlägen, Warnungen, Bedenken, schönen oder schlechten Erinnerungen in Ihre geplante, erhoffte oder schon bestehende Liebesbeziehung hinein.

Die wichtige Frage ist also: Wie sehen Ihre Beziehungslektionen aus? Sind es Sicherheit stiftende oder eher verunsichernde? Haben Sie einen Nähe suchenden Bindungsstil, oder gehören Sie zu den Vermeidern?

Doris Reisinger, Christoph Röhl

Nur die Wahrheit rettet. Der Missbrauch in der katholischen Kirche und das System Ratzinger

Dieser Beitrag ist anders als alle Bücher über Joseph Ratzinger/Papst Benedikt XVI. Er will nicht so sehr den Menschen Joseph Ratzinger beschreiben, sondern vielmehr hartnäckig einer Frage nachgehen: Welche Rolle spielte dieser Mann, der über ein Vierteljahrhundert die katholische Kirche entscheidend prägte, in ihrem Versagen in der Missbrauchskrise? Dabei versuchen wir, so nah an Joseph Ratzinger/Benedikt XVI. zu sein wie möglich und seine ureigensten Beweggründe nachzuvollziehen: Was wusste er? Was hätte er tun können? Was tat er? Was tat er nicht und, vor allem, warum? Warum beispielsweise ließ Ratzinger Missbrauchstäter im Priesteramt jahrelang unbehelligt, während er vermeintliche Abweichler in der Doktrin gnadenlos verfolgte? War er sich der Widersprüche seines Handelns bewusst?

Dieser Beitrag beschränkt sich nicht auf einzelne isolierte Fälle. Er möchte ein größeres Bild zeichnen. Dafür bleiben – mangels Zeit und Raum – nur wenige Pinselstriche. Unsere Methode ist einfach: Wir betrachten Ratzinger als eine Figur in einem komplexen kirchlichen System. Wir bringen seine Biografie in Kontakt mit Ereignissen und Fakten, die zwar längst öffentlich, aber erstaunlich wenig bekannt sind. Wir stellen Ereignisse, Daten und Namen nebeneinander, führen Handlungsfäden zusammen, die uns immer wieder zu Ratzinger führen, die seinen Charakter erhellen, die sein Handeln in neuem Licht erscheinen lassen, die manche Fragen klären und viele andere aufwerfen. So entsteht Seite für Seite ein Bild von diesem Mann, das ganz anders ausfällt als jenes vom schüchternen Gelehrten, vom stillen Helden, vom »Panzerkardinal« oder vom »Mozart der Theologie«. Letztlich wirkt nicht nur das Scheitern seines Pontifikats vor diesem Hintergrund als unvermeidlich, sondern womöglich sogar das Scheitern seiner Kirche.

Auch wenn die Auseinandersetzung mit der Missbrauchskrise bisher kein Schwerpunkt seines Pontifikats war, war das Thema zu Beginn des Jahres 2010 nicht völlig von Benedikts Agenda verschwunden. Das ging auch gar nicht, und zwar mindestens aus zwei Gründen. Erstens machten die seit 2001 an der Glaubenskongregation (Congregatio pro doctrina fidei, CDF) eingehenden Missbrauchsfälle die Unzulänglichkeiten des kirchlichen Strafrechts nur allzu deutlich, sodass der Päpstliche Rat für die Gesetzestexte schließlich eine generelle Revision des sechsten Buches des CIC, also der »Strafbestimmungen in der Kirche«, andachte. Benedikt erteilte den Auftrag dazu im September 2007[49] (die Ergebnisse dieser Revision sind bis jetzt, Stand November 2020, noch nicht promulgiert). Zweitens hatten Enthüllungen des *Boston Globe* Anfang 2002 eine neue Phase der Krise eingeläutet, vor allem in den USA und der englischsprachigen Welt, aber auch darüber hinaus. Immer mehr Betroffene gingen mit ihren Geschichten an die Öffentlichkeit. Zugleich gruben die Medienleute, die sich ihrer Fälle annahmen, immer tiefer. Im Vordergrund standen nun nicht mehr nur Geschichten von Opfern und Tätern, sondern die kirchliche Architektur hinter diesen Geschichten, das System, ohne das es keine jahrzehntelange Vertuschung dieser Fälle hätte geben können. Vor allem standen nun immer öfter auch die Namen der Bischöfe im Fokus, die sich dieses Systems bedient hatten. Tom Doyle bringt den Effekt der *Boston-Globe*-Artikel so auf den Punkt: »Boston zeigte der Welt, (…) dass das Hauptproblem nicht sosehr die Priester waren, die Kinder und unschuldige oder verletzliche Menschen vergewaltigten. Das Hauptproblem waren die Doppelmoral und die Unehrlichkeit der Hierarchie, der Bischöfe, die es vertuschten und dann darüber logen.«[50]

Eine unmittelbare Folge der Recherchen war der Rücktritt von Kardinal Bernard Law als Erzbischof von Boston. Nur wenige

---

[49] Juan Ignacio Arrieta: »Linflusso del Cardinale Ratzinger nella revisione del sistema penale canonico«, in: Civiltà Cattolica 161, IV (4. Dezember 2010), S. 430–440. Deutsch unter: http://www.vatican.va/resources/resources_arrieta-20101204_ge.html (abgerufen am 28.9.2020)

[50] Interview mit Tom Doyle am 17.11.2016.

Wochen später zog er nach Rom um. Papst Johannes Paul II. ernannte ihn zum Erzpriester von Santa Maria Maggiore, einer der vier wichtigsten Basiliken der Ewigen Stadt. Dass es sich dabei eher um eine kirchliche Vorsichts- als um eine Strafmaßnahme handelte, wird offensichtlich, wenn man sich vor Augen führt, dass Law in den folgenden Jahren in Rom ein höchst aktives Mitglied mehrerer kurialer Behörden war, unter anderem der Kleruskongregation, der Religiosenkongregation, der Bischofskongregation und der Bildungskongregation. Er wurde in diesen Kongregationen sogar noch einflussreicher, denn seit er in Rom wohnte, konnte er an allen ihren Versammlungen teilnehmen. Das tat er selbstverständlich auch nach Benedikts Wahl zum Papst.[51] In den USA entfaltete sich nach Boston derweil eine neue, diesmal wesentlich stärkere Welle der Empörung, Vernetzung, Aufdeckung und Solidarisierung. Diesmal erfasste sie mehr Betroffene und rief mehr Menschen in Kirche, Medien, Politik und Justiz auf den Plan als die Berichte aus den 1980er- und 1990er-Jahren.

Als Benedikt im April 2008 in die USA reiste, war also klar, dass er um das Thema nicht herumkam. In seiner Ansprache an die amerikanischen Bischöfe widmete er dem sexuellen Missbrauch fünf ganze Absätze und bezeichnete ihn als »böse« und »Sünde«. Er gab sogar Kardinal Francis George, dem Präsidenten der Bischofskonferenz der Vereinigten Staaten, recht und schloss sich dessen Aussage an, dass die Krise »manchmal sehr schlecht gehandhabt« worden wäre. Dennoch bezichtigte er an keiner Stelle sich selbst des Missmanagements. Dafür forderte er alle amerikanischen Gläubigen dazu auf, »alles zu tun, was in eurer Macht steht, um Heilung und Versöhnung zu fördern und denen zu helfen, die verletzt wurden«.[52]

---

[51] Stephanie Kirchgaessner und Amanda Holpuch: »How cardinal disgraced in Boston child abuse scandal found a Vatican haven«, in: *The Guardian,* 6. November 2015, unter: https://www.theguardian.com/world/2015/nov/06/cardinal-bernard-law-disgraced-boston-child-abuse-scandal-vatican-haven-spotlight (abgerufen am 28.9.2020).

[52] »Vesper und Begegnung mit den Bischöfen der USA. Ansprache von Benedikt XVI.«, Nationalheiligtum der Unbefleckten Empfängnis in Washington, D.C., 16.4.2008. http://www.vatican.va/content/benedict-xvi/de/speeches/2008/april/documents/hf_ben-xvi_spe_20080416_bishops-usa.html.

Außerdem tat er etwas noch nie Dagewesenes: In der Washingtoner Nuntiatur traf er »in einem unerwarteten und im Wesentlichen beispiellosen Schritt (…) in aller Stille mit fünf Opfern klerikalen sexuellen Missbrauchs zusammen«.[53] Es war das erste Mal, rund dreißig Jahre nach Beginn der Krise.

Dieselbe Geste wiederholte Benedikt einige Monate später, im Juli 2008, auf seiner Reise nach Australien, wo er mit vier Betroffenen sprach. »Er hörte sich ihre Geschichten an und bot ihnen Trost«, hieß es in einer Erklärung des Vatikans. »Er versicherte sie seiner geistlichen Nähe und versprach, weiterhin für sie, ihre Familien und alle Opfer zu beten.« Und: »Durch diese väterliche Geste wollte der Heilige Vater erneut seine tiefe Besorgnis für alle Opfer sexuellen Missbrauchs zum Ausdruck bringen.«[54] Es handelte sich um eine reine PR-Aktion, kommentierte Bernard Barrett von Broken Rites. Schließlich seien die Opfer, die der Papst traf, von der Kirche sorgfältig ausgewählt worden. Man wollte Menschen, die keinen Ärger machten. Doch das reichte nicht. Das änderte nichts, im Gegenteil: Barrett nannte diese Begegnung »reine Öffentlichkeitsarbeit« und »eine zynische Geste«.[55]

Wenn man Benedikts Umgang mit der Missbrauchskrise in diesen Jahren dagegen mit Wohlwollen beurteilen möchte, dann muss man davon ausgehen, dass er es ernst meinte. Und wenn man seinem kindlichen Gemüt Rechnung trägt, mag man damit richtigliegen. Es ist nicht ausgeschlossen, dass er ehrlich glaubte, seine Gebete und Appelle und die demnächst anlaufende Strafrechtsreform würden Wunden heilen und ausreichen, um die Krise zu beenden. Allerdings beschränkte sich sein Mitleid vorerst auf englischsprachige Länder. Auf seinen Reisen in Italien, nach Österreich, Frankreich, Tschechien, Israel, Kamerun und Angola war klerikaler Kindesmissbrauch kein Thema. Er traf weder die Opfer von Hans Hermann

[53] John L. Allen: »Pope Benedict meets with victims of clerical sexual abuse«, in: *National Catholic Reporter,* 17.4.2008, unter: https://www.ncronline.org/news/pope-benedict-meets-victims-clerical-sexual-abuse (abgerufen am 28.9.2020).

[54] »Pope Meets With Australian Sex Victims«, CBS News, 20.7.2008, unter: https://www.cbsnews.com/news/pope-meets-with-australian-sex-victims/ (abgerufen am 28.9.2020).

[55] Ebd.

Groër noch die von Gino Burresi noch jene Hunderte gehörlose Kinder, die über Jahrzehnte am Istituto Antonio Provolo in Verona von katholischen Priestern missbraucht worden waren,[56] noch die Opfer des italienischen Priesters Lelio Cantini, dessen Verbrechen 2007 in Florenz für Aufsehen gesorgt hatten. Er nahm sich auch nicht den florentinischen Bischof Ennio Antonelli und dessen Administration zur Brust, die spätestens seit 2004 über Cantinis »mehrfache und fortgesetzte sexuelle Übergriffe auf Minderjährige« Bescheid wussten.[57] Stattdessen hatte er Antonelli 2008 zum Präsidenten des Päpstlichen Rates für die Familie ernannt.

Und als er im März 2009 den afrikanischen Kontinent bereiste, schien er völlig vergessen zu haben, dass es hier Ordensfrauen und Ex-Ordensfrauen gab, die aufs Übelste von Priestern und Bischöfen der katholischen Kirche missbraucht wurden, die ungewollte Schwangerschaften und Abtreibungen durchlitten und die seit knapp zwei Jahrzehnten vergeblich auf Gerechtigkeit und Hilfe aus Rom hofften, während die exkommunizierten Täter im Klerikerstand weiter ihre Ämter versahen. Er hatte kein Wort der Entschuldigung und des Trostes für sie, weder öffentlich noch »im Stillen«. Wer Benedikts Handeln wohlwollend beurteilen möchte, muss davon ausgehen, dass er diese Frauen ohne jede böse Absicht vergessen hatte. Andernfalls müsste man zugestehen, dass die Worte, die er bei seinem Staatsbesuch in Angola äußerte, zynisch klangen, denn da sagte er:

> Besonders beunruhigend ist das bedrückende Joch der Diskriminierung, das auf Frauen und Mädchen lastet, ganz zu schweigen von jener unsäglichen Praxis der Gewalt und der sexuellen Ausbeutung, die bei ihnen so viele Erniedrigungen und Traumata hervorruft. (…) Die Kirche, meine Damen und Herren, werden Sie – gemäß dem Willen ihres göttlichen Gründers – stets bei den Ärmsten dieses Kontinents finden. Ich kann Ihnen versi-

---

[56] Paolo Tessadri: »Noi vittime die preti pedofili«, in: *L'Espresso,* 22.1.2009, unter: https://espresso.repubblica.it/palazzo/2009/01/22/news/noi-vittime-dei-preti-pedofili-1.11787 (abgerufen am 28.9.2020).

[57] Franca Selvatici: »Don Lelio Cantini sotto inchiesta«, in: *La Repubblica Firenze,* 12.4.2007, unter: https://firenze.repubblica.it/dettaglio/don-lelio-cantini-sotto-inchiesta/1287669?refresh_ce (abgerufen am 28.9.2020).

chern, dass sie (...) auch weiterhin alles tun wird, was in ihrer Macht steht, um (...) die Gleichheit der Würde von Mann und Frau auf der Grundlage harmonischer gegenseitiger Ergänzung zu fördern.[58]

Aber es war in der Tat nicht so, dass Benedikt die Missbrauchsthematik nicht zu schaffen machte. Wenn man Charles Scicluna zuhört, gab es vor allem einen Aspekt, der ihn besonders quälte, und das war »seine Frustration darüber, wie Menschen das Priestertum und die Heiligkeit der Berufung verraten konnten (...) Man konnte dieses Leiden auch in der Art und Weise spüren, wie er auf Erzählungen reagierte, und man konnte es auch in seinen Augen sehen.«[59] Benedikt hatte eine sehr bestimmte Vorstellung davon, wie ein Priester sein und leben sollte, und es bereitete ihm echten Schmerz, wenn er mitbekam, dass es in der Realität oft anders aussah. Dabei ging es ihm nicht nur um Fälle klerikalen Kindesmissbrauchs, sondern auch um liturgische Missbräuche und Delikte gegen den Glauben und die Sakramente. Es muss diese Sorge gewesen sein, aus der heraus er das »Priesterjahr« ausrief.

Das Priesterjahr

In seinem Schreiben zum Beginn des Priesterjahres vom 16. Juni 2009 erwähnte er ausdrücklich »Situationen, die nie genug beklagt werden können, in denen es die Kirche selber ist, die leidet, und zwar wegen der Untreue einiger ihrer Diener«. Mehr noch: Auch »die Welt findet dann darin Grund zu Anstoß und Ablehnung«. Was angesichts solcher Missstände »der Kirche am hilfreichsten sein kann, ist« – in Benedikts Worten – »weniger die eigensinnige Aufdeckung der Schwächen ihrer Diener als vielmehr das erneute und frohe Bewusstsein der Größe des Geschenkes Gottes, das in leuch-

[58] Benedikt XVI.: »Ansprache bei der Begegnung mit den politischen und zivilen Autoritäten und dem diplomatischen Korps im Ehrensaal des Präsidentenpalastes von Luanda«, 20.3.2009, unter: http://w2.vatican.va/content/benedict-xvi/de/speeches/2009/march/documents/hf_ben-xvi_spe_20090320_autorita-civili.html (abgerufen am 28.9.2020).

[59] Interview mit Charles Scicluna am 28.11.2017.

tender Weise Gestalt angenommen hat in großherzigen Hirten«. Das Vorbild, das er allen Priestern der katholischen Kirche in leuchtenden Farben vor Augen stellte, war der heilige Pfarrer von Ars, Jean-Marie Vianney, ein Landpfarrer aus dem Frankreich des 19. Jahrhunderts und zugleich der Inbegriff einer unübertroffenen kindlich-romantischen Überhöhung des Priestertums. »Oh, wie groß ist der Priester! ... Wenn er sich selbst verstünde, würde er sterben ... Gott gehorcht ihm: Er spricht zwei Sätze aus, und auf sein Wort hin steigt der Herr vom Himmel herab und schließt sich in eine kleine Hostie ein«, zitierte Benedikt Jean-Marie Vianney.[60]

Wenige Tage später sagte er in seiner Predigt bei der Eröffnung des Priesterjahres, nichts ließe »die Kirche, den Leib Christi, so sehr leiden wie die Sünden ihrer Hirten«. Dabei dachte Benedikt ausdrücklich nicht nur an sexuellen Missbrauch, sondern nannte auch Priester, die sich Gläubigen gegenüber schuldig machten, »weil sie sie mit ihren privaten Lehren vom Weg abbringen«. Und er fügte hinzu: »Auch für uns, liebe Priester, gilt die Mahnung zur Umkehr und zur Zuflucht zur Göttlichen Barmherzigkeit, und gleichermaßen müssen wir in Demut die tief empfundene und unablässige Bitte an das Herz Jesu richten, dass er uns vor der schrecklichen Gefahr bewahre, jenen Schaden zuzufügen, die zu retten unsere Pflicht ist.«[61]

Sollte es Benedikts Hoffnung gewesen sein, durch das Priesterjahr eine spirituelle Erneuerung des Klerus zu erreichen und dadurch weiteren Missbrauchsfällen, Schlagzeilen und öffentlicher Empörung zuvorzukommen, ging der Plan nicht auf. Sein Sekretär Georg Gänswein sagt rückblickend: »In der Tat, es war diabolisch, dass im Jahr des Priesters tatsächlich gerade (...) das Miserabelste, das Tiefste und das Widerwärtigste dann aufgedeckt worden ist, nämlich

---

[60] »Schreiben von Papst Benedikt XVI. zum Beginn des Priesterjahres anlässlich des 150. Jahrestages des ›Dies Natalis‹ von Johannes Maria Vianney«, 16. 6. 2009, unter: http://www.vatican.va/content/benedict-xvi/de/letters/2009/documents/hf_ben-xvi_let_20090616_anno-sacerdotale.html (abgerufen am 28. 9. 2020).

[61] Predigt von Benedikt XVI.: »Zweite Vesper am Hochfest des Heiligsten Herzens Jesu, Eröffnung des Priester-Jahres anlässlich des 150. Todestages des Hl. Johannes Maria Vianney«, 19. 6. 2009, unter: http://www.vatican.va/content/benedict-xvi/de/homilies/2009/documents/hf_ben-xvi_hom_20090619_anno-sac.html (abgerufen am 28. 9. 2020).

der Missbrauch von Kindern. (…) Und das gerade in dem Jahr, in dem eben das Priestertum in besonderer Weise der Kirche und der Welt vor Augen geführt worden ist.«[62]

Der Ausbruch der Krise in Deutschland

Was war geschehen? Mitten im Priesterjahr, im Januar 2010, hatte die Krise die katholische Kirche im Heimatland des Papstes erreicht. Einige ehemalige Schüler des Canisius-Kollegs, einer renommierten Jesuitenschule in Berlin, hatten sich an den Rektor der Einrichtung gewandt, um ihm von den sexuellen Übergriffen zu berichten, die sie dort durch Jesuiten erlebt hatten. Der Rektor, Klaus Mertes, auch er ein Jesuit, wimmelte die Ex-Schüler nicht ab, sondern glaubte ihnen und schrieb obendrein einen Brief an ehemalige Schüler, mit der Bitte, diejenigen, denen solche Gewalt angetan wurde, sollten sich melden. Er schrieb ausdrücklich: »Wir glauben Ihnen!«

Was dann geschah, als dieser Brief an die Presse weitergeleitet wurde, hatte niemand vorhergesehen. Binnen kürzester Zeit war die gesamte Hauptstadtpresse vor den Toren der Schule versammelt. Zeitgleich gab es Schlagzeilen über klerikalen Kindesmissbrauch am Internat des bayerischen Benediktinerklosters Ettal, und spätestens ab Anfang Februar 2010 bestimmte das Thema die deutsche Medienlandschaft. Betroffene traten vor die Kamera und wurden in Talkshows eingeladen. Bischöfe wurden um Stellungnahmen gebeten und wirkten völlig überfordert. Ende Februar warf die deutsche Justizministerin Sabine Leutheusser-Schnarrenberger dem Vorsitzenden der Deutschen Bischofskonferenz, Erzbischof Robert Zollitsch, mangelnde Kooperation mit den Strafverfolgungsbehörden vor. Sie sagte in einem Interview, sie halte »es nicht für ausreichend, dass erst in erwiesenen Fällen sexuellen Missbrauchs eine Aufforderung zur Selbstanzeige erfolge«.[63] Darauf reagierte Zollitsch empört: Es hätte noch nie eine »ähnlich schwerwiegende Attacke auf die katholische Kirche gegeben«, und er beschwerte

---

[62] Interview mit Georg Gänswein am 9.5.2017.

[63] »Merkel vermittelt zwischen Leutheusser und Zollitsch«, ZEIT Online, 24.2.2010, unter: https://www.zeit.de/wirtschaft/2010-02/zollitsch-merkel-missbrauch (abgerufen am 28.9.2020).

sich per Telefon direkt bei Bundeskanzlerin Angela Merkel, die sich schließlich vermittelnd einschaltete.[64] Kurz: Die Krise hatte 2010 endlich auch in Deutschland jenes Level öffentlicher Sichtbarkeit erreicht, das es in anderen Ländern schon seit mehr als zwanzig Jahren hatte. Für Benedikt konnte das bedrohlich werden.

Im März erreichten die Missbrauchsschlagzeilen auch die Regensburger Domspatzen. Der weltberühmte Kinderchor war über dreißig Jahre lang von Benedikts Bruder, Georg Ratzinger, geleitet worden. Jahre später würde eine Untersuchung ergeben, dass dort zwischen 1945 und 1992 rund 500 Jungen Opfer körperlicher und 67 Opfer sexueller Gewalt wurden. »Der Bericht beschreibt geradezu Stasi-Methoden: Hygienekontrolle, Schrankkontrolle, Briefkontrolle, Bettenkontrolle. Ständig herrschte die Angst, etwas falsch zu machen – Fehler bedeuteten oft Prügel und Erniedrigung. Die Auswahl der Opfer sei ›vielfach willkürlich‹ gewesen, die Strafen unverhältnismäßig.«[65] Es gab insgesamt 49 Beschuldigte, und auch von ihnen lieferte der Bericht ein deutliches Bild, etwa von Georg Ratzinger, der als »Teil des Gewaltsystems« bezeichnet wurde. Mehrere Opfer erzählten, dass er Stühle nach den Kindern geworfen hätte, sodass es zu »blutenden Platzwunden« gekommen wäre. Georg Ratzinger hätte »in vielen Fällen« Gewalt angewendet, und zwar auch, nachdem das gesetzliche Züchtigungsverbot von 1980 in Kraft getreten war. Auch Georg Ratzingers Nachfolger, Domkapellmeister Roland Büchner, erhob schwere Vorwürfe: »Es herrschte ein System der Angst«, Georg Ratzinger war als Chorleiter »impulsiv, ja fanatisch, wenn er seine Vorstellungen von musikalischer Qualität durchsetzte«. Der Bericht nannte auch ein Hauptmotiv: »Das nahezu perfekte System der Furcht, Gewalt und Unterdrückung war darauf angelegt, den Einzelnen ›zu brechen‹, um den Chor als Gesamtheit ›durch maximale Disziplin‹ auf Linie zu brin-

64 Ebd.

65 Andreas Glas: »Georg Ratzinger war Teil des Gewaltsystems bei den Regensburger Domspatzen«, in: *Süddeutsche Zeitung*, 19.7.2017, unter: https://www.sueddeutsche.de/bayern/katholische-kirche-georg-ratzinger-war-teil-des-gewaltsystems-bei-den-regensburger-domspatzen-1.3594702–0#seite-2 (abgerufen am 28.9.2020).

gen. Alles wurde dem Erfolg des Chors untergeordnet – auch die körperliche und seelische Gesundheit der Buben.«[66]

Nicht nur Georg Ratzinger selbst wollte von diesen Vorwürfen und Untersuchungen nichts wissen und bezeichnete sie als »Irrsinn«,[67] auch der Regensburger Bischof Gerhard Ludwig Müller reagierte ungehalten. In einer Predigt, die er im März 2010 im Regensburger Dom hielt, nannte er die Berichterstattung über klerikalen Kindesmissbrauch eine »Kampagne gegen die Kirche«, zog Vergleiche zur kirchenfeindlichen Haltung des Naziregimes und fügte hinzu: »Solche, die um jeden Preis die katholische Kirche um ihren guten Ruf bringen wollen, haben sich die ›Regensburger Domspatzen‹ als Opfer ausgesucht. Ein Glanzstück des Bistums Regensburg soll in den Dreck gezogen werden.«[68] Soweit wir wissen, hat Papst Benedikt XVI. sich nie öffentlich zu den Missbrauchsfällen bei den Regensburger Domspatzen oder zur Verantwortung seines Bruders geäußert, dem er sehr eng verbunden war. Aber gut zwei Jahre später, im Juli 2012, ernannte er Gerhard Ludwig Müller zum Präfekten der Glaubenskongregation und legte ihm damit die Leitung jener Zentralbehörde in die Hand, die für die Ermittlung klerikaler Kindesmissbrauchsfälle weltweit zuständig war.

Ebenfalls im März 2010 machte ein Missbrauchsfall Schlagzeilen, der in Ratzingers Zeit als Erzbischof von München und Freising fiel. Es war eine kurze Zeitspanne von 1977 bis 1982, und sie lag lange zurück, aber nun interessierte es die ganze Welt, ob auch der damalige Münchner Erzbischof Joseph Ratzinger Missbrauchstäter im Priesteramt gedeckt und stillschweigend weiterversetzt hatte, wie es bekannterweise viele seiner Bischofskollegen getan hatten. Es war der 12. März 2010, als zunächst die *Süddeutsche Zeitung* über die Geschichte des Priesters H. berichtete, dann griffen sie Medien

---

[66] Ebd.

[67] Andreas Glas: »Ratzinger nennt Aufarbeitung des Missbrauchsskandals ›Irrsinn‹«, in: *Süddeutsche Zeitung*, 12. 1. 2016, unter: https://www.sueddeutsche.de/bayern/regensburger-domspatzen-ratzinger-nennt-aufarbeitung-des-missbrauchs-skandals-irrsinn-1.2814560 (abgerufen am 28. 9. 2020).

[68] »Bischof beklagt angebliche Kampagne gegen die Kirche«, Welt.de, 21. 3. 2010, online: https://www.welt.de/News/article102590600/Bischof-beklagt-angebliche-Kampagne-gegen-die-Kirche.html (abgerufen am 28. 9. 2020).

weltweit auf:[69] Der Kaplan der Diözese Essen war im September 1979 aus dem Dienst genommen worden, nachdem er gegenüber seinen Vorgesetzten zugegeben hatte, Jungen missbraucht zu haben. Im Dezember 1979 telefonierte der Personalchef des Bistums Essen mit seinem Kollegen Friedrich Fahr in München: Ob H. nach München kommen könnte? Er sollte dort eine Therapie machen. Beiden Männern war klar, dass es um sexuelle Übergriffe ging, dass H. eine Gefahr für Kinder darstellte und deswegen aus dem Dienst entfernt worden war. Am 15. Januar 1980 traf sich der Diözesanrat unter Leitung des Erzbischofs, Joseph Ratzinger. Auf der Tagesordnung stand auch die Frage nach dem jungen Essener Priester. Im Sitzungsprotokoll jenen Tages finden sich keine Angaben über eine Diskussion zur Frage, dort heißt es lediglich, die Bitte aus Essen werde angenommen.

H. kam in eine Münchner Pfarrei. Am 1. Februar 1980 begann er seine priesterliche Arbeit und missbrauchte in den folgenden Jahren wieder Kinder. 1984 zeigten ihn Eltern eines missbrauchten Jungen an, und schließlich ermittelte die Staatsanwaltschaft wegen sexuellen Missbrauchs von zwölf Jungen. 1986 wurde H. verurteilt, er erhielt eine Bewährungsstrafe von 18 Monaten und eine Geldstrafe. Das Bistum versetzte ihn in eine andere Pfarrei. Ratzinger war zu diesem Zeitpunkt schon in Rom, dennoch ist unbestreitbar, dass er formal die Verantwortung für den Einsatz von H. im Bistum München trug, und zwar ganz unabhängig davon, ob er so genau wusste, was er tat, oder nicht. Zudem waren ihm Informationen über H.s Taten unbestreitbar zugänglich, und er hätte sie ohne Weiteres zum Anlass nehmen können, H. nicht in den seelsorglichen Dienst seiner Diözese aufzunehmen. Nicht nur die *New York Times* fragte also im

---

[69] Siehe u. a.: A. Ramelsberger/K. Prummer/D. Stawski: »Pädophiler Pfarrer in Ratzingers Bistum«, in: *Süddeutsche Zeitung,* 12. 3. 2010, unter: https://www.sueddeutsche.de/politik/missbrauch-in-der-katholischen-kirche-paedophiler-pfarrer-in-ratzingers-bistum-1.14013; Nicholas Kulish und Katrin Bennhold: »Memo to Pope Described Transfer of Pedophile Priest«, in: *The New York Times*, 25. 3. 2010, unter: https://www.nytimes.com/2010/03/26/world/europe/26church.html; CORRECTIV: »Ratzinger & der pädophile Priester«, aktualisiert am 19. 2. 2020, unter: https://correctiv.org/top-stories/2020/02/18/ratzinger-und-der-paedophile-priester/ (alle Artikel abgerufen am 28. 9. 2020).

März 2010, wie H. »von der Schande und Suspendierung von seinem Dienst in Essen zur uneingeschränkten Arbeit als Priester in München« gelangen konnte, »obwohl er in dem Brief, in dem seine Versetzung beantragt wurde, als eine potenzielle ›Gefahr‹ beschrieben wurde«.[70]

Als Erstes reagierte das Bistum München und Freising auf die Schlagzeilen. Binnen weniger Tage wurde H., der immer noch als Priester im Bistum tätig war und dabei Kontakt mit Kindern hatte, suspendiert. Außerdem gab es eine Stellungnahme des Pressesprechers. Der Tenor: Joseph Ratzinger hätte nicht gewusst, dass es sich bei H. um einen Missbrauchstäter handelte. Die alleinige Verantwortung für den Einsatz von H. in München übernahm der frühere Generalvikar Gerhard Gruber: »Der wiederholte Einsatz des Mannes in der Pfarrseelsorge war ein schwerer Fehler«, sagte er den Medien. »Ich übernehme dafür die volle Verantwortung.« Zudem versprach der Pressesprecher des Bistums, Bernhard Kellner, nun würden »alle Akten auf sogenannte Altfälle untersucht«.[71] Dann meldete sich auch das Pressebüro des Heiligen Stuhles zu Wort. Federico Lombardi sagte, die Berichte seien Teil einer aggressiven Kampagne, und es wäre »offensichtlich, dass in den letzten Tagen einige Leute mit beträchtlicher Hartnäckigkeit nach (…) Elementen gesucht haben, die den Heiligen Vater persönlich in Fragen des Missbrauchs verwickeln könnten«. Dabei wäre »für jeden objektiven Beobachter klar, dass diese Bemühungen gescheitert sind«.[72]

Nicht wenige bezweifelten allerdings die Plausibilität dieser kirchlichen Stellungnahmen. Es schien nicht unbedingt einleuchtend, dass Ratzinger tatsächlich so gar nichts von H.s Vergangenheit in Essen wusste, obwohl er die Sitzung leitete, in der die Entscheidung zu H.s Einsatz in München gefällt wurde. Zudem war Ratzin-

---

[70] Nicholas Kulish und Katrin Bennhold: »Memo to Pope Described Transfer of Pedophile Priest«, a. a. O.

[71] A. Ramelsberger/K. Prummer/D. Stawski: »Pädophiler Pfarrer in Ratzingers Bistum«, a. a. O.

[72] John Thavis und Anna Arco: »Vatican defends Pope against accusations, in: *The Catholic Herald,* 19. 3. 2010«, unter: https://web.archive.org/web/20100324205101/http://www.catholicherald.co.uk/articles/a0000774.shtml (abgerufen am 28. 9. 2020).

ger gut mit Friedrich Fahr befreundet, der die Informationen zu H.s Vergangenheit direkt aus Essen erhalten hatte, und er blieb auch in seiner Zeit in Rom über viele Jahre mit dem Weihbischof Heinrich von Soden-Fraunhofen in freundschaftlichem Austausch, der in die Pfarrei H.s gezogen war, um sich dort um H. zu »kümmern«.[73] So überraschte es manche nicht, als sich in den folgenden Wochen Freunde des ehemaligen Generalvikars zu Wort meldeten. Gerhard Gruber, der öffentlich die volle Verantwortung übernommen hatte, hätte ihnen anvertraut, dass er zu diesem Schritt gedrängt worden wäre. »Er stehe unter großem Druck und solle wohl als Sündenbock für den Papst herhalten. Es sei darum gegangen, den Papst ›aus der Schusslinie zu nehmen‹. Als die Affäre Mitte März aufflog, sei er am Telefon eindringlich ›gebeten‹ worden, die volle Verantwortung zu übernehmen.« Die »fertig formulierte Stellungnahme« hätte er »zugefaxt bekommen«.[74] Darauf folgten wiederum Dementi, auch von Gruber selbst.[75]

Als dann im Winter 2010 der Missbrauchsbericht des Bistums vorgestellt wurde, hieß es zwar, zwischen 1945 und 2009 wären dort 159 Priester »einschlägig auffällig« geworden, und damit wären »sicherlich nicht alle Übergriffe erfasst«, aber in der Amtszeit Ratzingers gäbe es nur einen einzigen Fall, »in den der Kardinal persönlich verwickelt war«. Auch schien es, Ratzinger hätte in jenem Fall alles richtig gemacht, denn der betreffende Täter »durfte nicht mehr Priester sein«. Zwar wurde von Erzbischof Reinhard Marx, Generalvikar Peter Beer und der Gutachterin Marion Westphal eingeräumt, dass es »Hinweise für Schlamperei und Sabotage in erheblichem Umfang« gegeben hätte, von »gelinde gesagt, gravierenden Mängeln (…). Akten verschwanden, landeten in Privatwohnungen, jedermann hatte Zugang und konnte missliebige Einträge entfer-

[73] CORRECTIV: »Ratzinger & der pädophile Priester«, a. a. O.

[74] »Papst sollte ›aus der Schusslinie‹ genommen werden«, in: *Der Spiegel,* 17.4.2010, unter: https://www.spiegel.de/panorama/missbrauchsskandal-in-der-kirche-papst-sollte-aus-der-schusslinie-genommen-werden-a-689580.html (abgerufen am 28.9.2020).

[75] Monika Maier-Albang: »Eine Chance geben«, in: *Süddeutsche Zeitung,* 20.5.2010, online: https://www.sueddeutsche.de/bayern/missbrauch-in-der-katholischen-kirche-eine-chance-geben-1.934114 (abgerufen am 28.9.2020).

nen«.[76] Von dieser »Sabotage im erheblichen Umfang« ließ sich aber natürlich nicht logisch sauber auf eine gezielte Vertuschung möglicher Missbrauchsfälle in Ratzingers Amtszeit schließen. Sie bleibt Spekulation, solange es dafür keine handfesten Beweise gibt.

Im Fall H. kam es übrigens nie zu einer Verurteilung. Auch als es längst Leitlinien der Deutschen Bischofskonferenz zum Umgang mit klerikalem Missbrauch gab und »2006 und 2008« erneut »Mails auftauchten, deren Absender behauptete, von H. missbraucht worden zu sein«, wehrte die Kirche die Anschuldigungen ab, statt gegen den Beschuldigten zu ermitteln. Ein Prälat »leitet die Mails an die Staatsanwaltschaft weiter – wegen versuchter Erpressung«.[77] Erst nach 2010 wurde eine »außergerichtliche« Untersuchung gegen H. durchgeführt, in deren Folge 2016 ein Dekret zu dem Fall verfasst wurde: »Das Dekret kommt zu dem Schluss, dass es spätestens 1986 ein kirchliches Verfahren gegen H. hätte geben müssen.« Und: »Es heißt, der Münchner Kardinal Marx und sein damaliger Generalvikar Peter Beer seien 2016 erzürnt gewesen über das Dekret. Weder Marx noch Beer wollen sich äußern – Beer ist mittlerweile in Rom Professor am vatikanischen Zentrum für Kinderschutz.«[78]

Was tat Benedikt im März 2010, als diese Schlagzeilen zum Fall H. erstmals für Aufregung sorgten? Sowenig er sich zu den Domspatzen geäußert hatte, äußerte er sich zum Fall H. Anderswo brannte die katholische Welt nämlich noch gefährlicher als in Deutschland.

Der Hirtenbrief an die Katholiken in Irland

Im März 2010 schrieb Benedikt einen Hirtenbrief »an die Katholiken in Irland«. Ihn hätte »die ans Licht gekommene Information über den Missbrauch an Kindern und Schutzbefohlenen durch Ver-

---

[76] Rudolf Huber: »Missbrauchsbericht der Kirche: Sumpf aus Sex und Lügen«, in: *Abendzeitung,* 3.12.2010, unter: https://www.abendzeitung-muenchen.de/muenchen/missbrauchsbericht-der-kirche-sumpf-aus-sex-und-luegen-art-130807 (abgerufen am 28.9.2020).

[77] Matthias Drobinski: »Kardinale Fehler«, in: *Süddeutsche Zeitung,* 22.9.2020, unter: https://www.sueddeutsche.de/politik/missbrauch-katholische-kirche-ratzinger-papst-1.5039092 (abgerufen am 28.9.2020).

[78] Ebd.

treter der Kirche Irlands, besonders durch Priester und Ordensleute, sehr getroffen«.[79] Ungefähr ein Jahr zuvor, im Mai 2009, war der »Ryan Report« veröffentlicht worden, der Bericht einer staatlichen Untersuchungskommission, die neun Jahre lang Gewalt gegen Kinder in öffentlichen Einrichtungen untersucht hatte. Die Ergebnisse übertrafen alle Befürchtungen. »Es könnte nicht schlimmer sein«, hieß es im *Guardian*. »Der Ryan Report ist der Stoff, aus dem Albträume sind.« Zeugenaussagen hätten zweifelsfrei gezeigt, dass das gesamte System öffentlicher Einrichtungen in Irland Kinder eher wie Gefängnisinsassen und Sklaven behandelt habe, als wie Menschen mit Rechten und Potenzial, dass einige kirchliche Funktionäre nicht nur rituelle Schläge befürworteten, sondern dass sexualisierte und emotionale Gewalt an der Tagesordnung waren und dass es kirchlichen Vorgesetzten gelang, das alles in einer »Kultur eigennütziger Geheimhaltung« konsequent zu verschleiern. Auch wenn keine Namen veröffentlicht wurden und vereinbart worden war, dass es keine strafrechtlichen Ermittlungen geben würde, können die Konsequenzen dieses Berichts für die Kirche in Irland kaum überschätzt werden. Es war »eine Krise für Irland« und zugleich »eine Krise für den globalen Katholizismus«.[80]

Denn Irland war nicht irgendein Land. Es gab kaum ein anderes Land, in dem die katholische Kirche einen vergleichbaren Einfluss auf Staat und Gesellschaft hatte wie dort: »Die Schulen wurden von der Kirche betrieben, die Krankenhäuser wurden von der Kirche betrieben, unsere Waisenhäuser wurden von der Kirche betrieben, und der Staat hat sich in vielen Fällen wirklich seiner Verantwortung entzogen«, fasst Marie Collins diese Situation zusammen.[81] »Die Leute dachten, das sei in Ordnung. (…) Es herrschte Angst vor dem örtlichen Pfarrer, aber auch Respekt. Es war ein Respekt, der auf der

---

79 »Hirtenbrief des Heiligen Vaters Benedikt XVI. an die Katholiken in Irland«, 19.3.2010, unter: http://www.vatican.va/content/benedict-xvi/de/letters/2010/documents/hf_ben-xvi_let_20100319_church-ireland.html (abgerufen am 28.9.2020).

80 Madeleine Bunting: »An abuse too far by the Catholic Church«, in: *The Guardian*, 21.5.2009, unter: https://www.theguardian.com/commentisfree/belief/2009/may/21/catholic-abuse-ireland-ryan (abgerufen am 28.9.2020).

81 Interview mit Marie Collins am 4.5.2017.

Angst vor der Macht basierte, die sie hatten. Es war keine gesunde Situation. Wenn ein Mädchen schwanger wurde, wurden die Eltern im Grunde genommen vom Pfarrer angewiesen, die Tochter hinauszuwerfen. Und genau das taten sie dann auch. (…) Wenn es in einer Ehe Schwierigkeiten gab, ging die Frau zum Pfarrer, und (…) es stand nicht zur Debatte, den Ehemann zu verlassen. (…) Das, was der Pfarrer sagte, wurde getan. Und man diskutierte nicht darüber (…), das war die Situation in den 1940er-, 50er-, 60er-Jahren. Selbst in den 70er- und 80er-Jahren gab es noch diese vollständige Integration der Gesellschaft und der katholischen Kirche. Es war alles ein und dasselbe.« Die irische Gesellschaft war der Kirche gegenüber loyal. »Als dann die Missbrauchskrise ausbrach, glaubten die Menschen zuerst nicht daran.« Das änderte sich nach und nach. Mit jedem neuen Bericht steigerte sich die Skepsis gegenüber der Kirche, und die Menschen wurden immer wütender, »aber es war eine schwelende Wut«. Zum offenen Ausbruch kam sie erst, »als der Ryan Report herauskam, weil er so schrecklich und so endemisch war. Man konnte lange Zeit alle Fälle als Einzelfälle abtun (…), aber als der Ryan Report herauskam, zeigte sich, dass der Umgang mit jungen, unschuldigen und verletzlichen Kindern auf der ganzen Linie absolut entsetzlich gewesen war. In einer Einrichtung nach der anderen. (…) Und die Menschen waren einfach so angewidert.«[82]

Es folgte ein weiterer Report, der Murphy Report, der im Auftrag der irischen Regierung den sexuellen Missbrauch Minderjähriger speziell in der Erzdiözese Dublin untersuchte (wir sind ihm im Fall Tony Walsh bereits kurz begegnet). Er wurde im November 2009 veröffentlicht und kam zu dem Schluss, dass es der Erzdiözese Dublin »bei der Behandlung von Fällen sexuellen Kindesmissbrauchs, zumindest bis Mitte der 1990er-Jahre«, vor allem um »die Wahrung der Geheimhaltung, die Vermeidung von skandalöser Berichterstattung, den Schutz des Rufs der Kirche und die Bewahrung ihres Vermögens« ging. »Alle anderen Erwägungen, einschließlich des Wohlergehens der Kinder und der Gerechtigkeit für die Opfer, wurden diesen Prioritäten untergeordnet. Die Erzdiözese setzte ihre eigenen kirchenrechtlichen Regeln nicht um und tat ihr Bestes, um

---

[82] Ebd.

jede Anwendung des staatlichen Rechts zu vermeiden.« Zudem könnte »kein Zweifel daran bestehen, dass klerikaler Kindesmissbrauch von Januar 1975 bis Mai 2004 vertuscht wurde«.[83] Hatte der Ryan Report die Erzählung von den »Einzelfällen« ad absurdum geführt, räumte der Murphy Report mit einem anderen Mythos auf: Bischöfe hatten immer wieder behauptet, sie hätten lange zu wenig über Kindesmissbrauch und seine Folgen gewusst und hätten sich »auf einer Lernkurve« befunden. Die Murphy-Kommission stellte aber fest, dass die Erzdiözese Dublin seit 1987, ein Jahr, in dem es 17 beschuldigte Priester in der Diözese gab, jährlich eine Versicherung gegen das Risiko von Gerichtskosten wegen sexuellen Kindesmissbrauchs abgeschlossen hatte. »Der Abschluss einer Versicherung (...) steht im Widerspruch zu der Ansicht, dass sich die Beamten der Erzdiözese zu einem viel späteren Zeitpunkt immer noch ›auf einer Lernkurve‹ befanden.«[84]

Nach der Veröffentlichung gab es spontane Proteste auf den Straßen Dublins. Marie Collins erinnert sich: »Der Murphy Report deckte so viele Pfarreien im Raum Dublin ab, dass viele Menschen die beteiligten Personen und die Priester kannten. Einige der Priester waren sehr beliebt, und doch hatten sie eine ganze Missbrauchslaufbahn hinter sich, und das schockierte alle zutiefst.« – »Es gab natürlich verschiedene Betroffenen-Organisationen, die wütend waren und auf die Straße gingen. Aber auch gewöhnliche Katholiken, gewöhnliche Menschen, die in keiner Weise von der ganzen Angelegenheit betroffen waren, bei denen kein Familienmitglied betroffen war, gingen mit. Ich glaube, nachdem sie die Betroffenen im Fernsehen sahen, sie sprechen hörten und sich bewusst wurden, wie viel Schmerz in all diesen Menschen steckte, (...) wollten sie einfach nur raus und ihre Unterstützung zeigen. (...) Und ich glaube, es gab auch Schuldgefühle in der irischen Gesellschaft. Schuldgefühle, dass das alles so lange so ging und die Gesellschaft es nicht bemerkt oder nichts dagegen unternommen hatte. Es gab also Wut und Schuldgefühle und dieses Gefühl, dass ›wir das nie wieder

[83] Department of Justice and Equality: »Report by Commission of Investigation into Catholic Archdiocese of Dublin«, unter: http://www.justice.ie/en/JELR/Pages/PB09000504 (abgerufen am 28.9.2020).

[84] Ebd.

zulassen werden‹. (…) Dieser ganze Wutausbruch muss diejenigen in der Kirche, die ihn beobachteten, schockiert haben.«[85] Und diese Schockwellen reichten zweifellos bis nach Rom.

Papst Benedikt XVI. bestellte die irischen Bischöfe ein. Am 15. und 16. Februar 2010 trafen sie sich mit ihm und vatikanischen Spitzenbeamten in Rom. In einem anlässlich des Treffens herausgegebenen Statement hieß es, man hätte »gemeinsam das langjährige Versagen der irischen Kirchenbehörden« besprochen.[86] Auf Filmaufnahmen wirkt die Begegnung weniger einmütig. Die irischen Bischöfe sehen verärgert aus. Einige weigern sich, Benedikt XVI. die Hand zu reichen. Bischof Michael Smith bringt die Stimmung im irischen Episkopat rückblickend so auf den Punkt: »Die irischen Bischöfe fühlten sich als die bösen Buben abgestempelt.«[87] Und Éamonn Walsh wird noch deutlicher, am liebsten hätten sie den kurialen Beamten ins Gesicht gesagt: »Ihr Jungs in Rom versucht zu sagen, dass *wir* es nicht richtig gehandhabt haben – aber wir versuchen, euch zu sagen: *Ihr* habt uns mit eurem Legalismus und eurem mangelnden Bewusstsein bei jedem Schritt frustriert.« Ob man sich in Rom über die vatikanische Mitverantwortung für die dramatische Situation im Klaren gewesen wäre? »Nicht, dass ich mir dessen bewusst wäre. Das ist nicht ihre Art, die Dinge zu tun. Sie irren sich nie«, fährt Éamonn Walsh fort.[88]

Er hat recht. Jedenfalls gewinnt man diesen Eindruck, wenn man Benedikts schon erwähnten Brief liest, den er im März 2010 »an die Katholiken in Irland« schrieb: »Die ans Licht gekommene Information« hätte ihn »ebenso wie Euch« getroffen, und »angesichts der Schwere der Vergehen und der oftmals unangemessenen Reaktionen der kirchlichen Autoritäten in Eurem Land« hätte er »entschieden, diesen Hirtenbrief zu schreiben, um meine Nähe zu Euch zum Ausdruck zu bringen und einen Weg der Heilung, der Erneuerung und der Wiedergutmachung vorzuschlagen.« Er schrieb ihnen, »die

---

[85] Interview mit Marie Collins am 4.5.2017.

[86] »Final statement of pope-Irish bishops meeting«, in: *National Catholic Reporter*, 16.2.2010, online: https://www.ncronline.org/news/accountability/final-statement-pope-irish-bishops-meeting (abgerufen am 28.9.2020).

[87] Interview mit Michael Smith am 7.4.2020.

[88] Interview mit Éamonn Walsh am 20.4.2020.

Kirche in Irland« müsste »die schwere Sünde (...) offen zugeben«. Zugleich sollte ihnen »der großherzige und oft heroische Beitrag, den vergangene Generationen irischer Männer und Frauen für die Kirche und die ganze Menschheit geleistet haben (...), Ansporn sein für eine ehrliche Gewissenserforschung« und für »kirchliche und persönliche Erneuerung«. Mit leuchtenden Farben malte er ihnen das Leben irischer Heiliger vor Augen und hielt ausdrücklich fest, dass es bis in die jüngste Vergangenheit »in fast jeder Familie in Irland (...) einen Sohn oder eine Tochter, einen Onkel oder eine Tante« gegeben hätte, die ihr »Leben in den Dienst der Kirche gestellt« hätten. Allerdings hätte der Glaube in Irland »aufgrund der raschen Umgestaltung und Säkularisierung« gelitten, »der schnelle soziale Wandel« hätte »das traditionelle Festhalten der Menschen an der katholischen Lehre und ihren Werten beeinträchtigt«, und »viel zu häufig wurde die Glaubenspraxis vernachlässigt«, insbesondere »die regelmäßige Beichte, das tägliche Gebet und jährliche Exerzitien«. Ausdrücklich beklagte er eine »Tendenz vieler Priester und Ordensleute, Denk- und Urteilsweisen weltlicher Realitäten (...) zu übernehmen«. Sie hätten »das Zweite Vatikanische Konzil (...) zuweilen falsch gelesen«. An die Bischöfe gewandt schrieb er: »Es kann nicht geleugnet werden, dass einige von Euch und von Euren Vorgängern bei der Anwendung der seit Langem bestehenden Vorschriften des Kirchenrechts zu sexuellem Missbrauch von Kindern bisweilen furchtbar versagt haben.« Und am Ende des Briefes formulierte er dann drei »konkrete Initiativen zum Umgang mit dieser Situation«. Erstens forderte er alle auf, »um die Ausgießung der Barmherzigkeit Gottes und der Geistesgaben der Heiligkeit und Stärke« zu beten: »Ich lade Euch alle ein, dass dies für die Dauer eines Jahres, von jetzt bis Ostern 2011, die Intention eurer Freitagsopfer[89] sei.« Außerdem bat er alle darum, zu beichten und eucharistische Anbetung zu halten. Zweitens kündigte er »eine Apostolische Visitation einiger Diözesen Irlands sowie von Seminaren und Ordensgemeinschaften« an. Und drittens schlug er »eine landesweite

[89] Ein Freitagsopfer ist die kirchlich vorgeschriebene Abstinenzpflicht – in aller Regel von Fleischspeisen, die Regelung ist aber den einzelnen Bischofskonferenzen überlassen – an allen Freitagen, die nicht auf ein Hochfest fallen, gemäß der cann. 1250–1253 CIC.

Mission« vor.[90] Bevor er abschließend noch einmal zum Ausdruck brachte, wie sehr er als »Vater« und »Mitchrist erschüttert und verletzt ist durch das, was in unserer geliebten Kirche geschehen ist«, vertraute er alle dem heiligen Pfarrer von Ars an: »Auf die Fürsprache des hl. Johannes Maria Vianney möge das Priestertum in Irland neu lebendig werden und möge die ganze Kirche in Irland in der Wertschätzung für das große Geschenk des priesterlichen Dienstes wachsen.«[91]

Der Brief wurde am 21. März in allen katholischen Messen in Irland verlesen. Wie wurde er aufgenommen? Maeve Lewis, Direktorin der irischen Betroffenenorganisation »One in Four« äußerte sich »zutiefst enttäuscht«, weil der Brief »nur das Versagen der irischen Kirche anspricht und nicht das Versagen, das direkt von der Spitze des Vatikans kommt«. Zudem war sie irritiert darüber, »dass der Papst das Problem mit der Säkularisierung in Verbindung bringt. Das zeigt ein Missverständnis der Dynamik der sexuellen Gewalt, das wenig Anlass zur Hoffnung gibt, dass die Kirche jemals in der Lage sein wird, darauf zu reagieren«.[92] Tony Flannery bringt die damalige Stimmung so auf den Punkt: »Niemand wollte einen Brief von Papst Benedikt hören. (…) Das kam in Irland dermaßen schlecht an. Es fügte dem Image des Vatikans und von Papst Benedikt enor-

---

[90] Mit »landesweiter Mission« meinte Benedikt wohl die Durchführung einer Art »Volksmission«. Volksmissionen sind ein aus der Mode gekommenes Werkzeug kirchlicher Seelsorge. Durch »Gebet, Predigt, Liturgie, Hausbesuche« und »gemeinsame Planung und Anstrengung des Klerus, der Laien und Missionare« sollte dabei in einem bestimmten Gebiet »eine sittlich-religiöse Erneuerung des christlichen Volkes und seiner Lebensbereiche« erreicht werden. »Angesichts des religiösen Niedergangs des Abendlands« zielte die Volksmission »auf die Wiedergewinnung der ›religiös abständigen Christen‹ und die ›Rechristianisierung der entchristlichten Lebensmilieus‹«. Vgl. Viktor Schurr: »Volksmission«, in: *Lexikon für Theologie und Kirche*, Herder 1965, Band 10, Spalte 859; Stefan Knobloch: »Missionarische Seelsorge«, in: *Lexikon für Theologie und Kirche,* Herder 2009, Sonderausgabe, Band 7, Spalte 298.

[91] »Hirtenbrief des Heiligen Vaters Benedikt XVI. an die Katholiken in Irland«, a. a. O.

[92] Tom Kington: »Pope blasts Irish bishops over sex abuse cases and tells victims: ›I am truly sorry‹«, in: *The Guardian,* 21. 3. 2010, unter: https://www.theguardian.com/world/2010/mar/21/pope-ireland-letter-paedophile-priests (abgerufen am 28. 9. 2020).

men Schaden zu. Ich weiß nicht, wer Papst Benedikt beraten hatte, aber die Art und Weise, wie sie mit der ganzen Sache um diese Zeit herum umgingen (...) – Gott steh uns bei – es war alles so hoffnungslos.«[93]

Verteidigungsversuche und Schuldzuweisungen

Innerhalb des führenden katholischen Klerus, in Rom und besonders an der Römischen Kurie, versuchte man in diesen Wochen so gut wie nur irgend möglich, den Papst in Schutz zu nehmen. Am 28. März 2010 gab der Wiener Kardinal Christoph Schönborn, der als Mitglied der Glaubenskongregation lange Zeit eng mit Ratzinger zusammengearbeitet hatte und ihn sehr schätzte, dem ORF ein Interview, in dem er »lobende Worte« für ihn fand. Er sagte, Ratzinger »habe sich 1995 energisch dafür eingesetzt, dass der Vatikan eine Untersuchung gegen Hans Hermann Groër einleite, die Erfüllung dieser Forderung sei jedoch von der ›anderen Seite‹, also seitens des vatikanischen Regierungschefs, vereitelt worden«.[94] Damit meinte Schönborn Kardinalssekretär Angelo Sodano. Der war über diese Äußerung alles andere als erfreut, wie sich schon bald zeigen sollte. Und auch anderweitig gestaltete sich die öffentliche Verteidigung des Papstes nicht immer glücklich: Am 2. April, dem Karfreitag, zitierte der Päpstliche Hofprediger Raniero Cantalamessa in seiner Predigt im Petersdom in Anwesenheit Benedikts aus einem Brief eines jüdischen Freundes. Der hätte ihm geschrieben, er »verfolge mit Abscheu den gewalttätigen, konzentrierten Angriff gegen die Kirche, den Papst und alle Gläubigen aus der ganzen Welt«. Sie erinnerten ihn »an die verwerflichsten Erscheinungen des Antisemitismus«.[95]

---

93 Interview mit Tony Flannery am 8. 11. 2016.

94 »Schönborn übt scharfe Kritik an Sodano«, in: *Kleine Zeitung*, 9. 5. 2010, unter: https://web.archive.org/web/20100512073448/http://www.kleinezeitung.at/nachrichten/chronik/missbrauch/2350232/schoenborn-uebt-scharfe-kritik-sodano.story (abgerufen am 28. 9. 2020).

95 »Omelia di Padre Raniero Cantalamessa, O. F. M. Cap., Predicatore della Casa Pontificia«, 2. 4. 2010, unter: http://www.vatican.va/liturgical_year/holy-week/2010/documents/holy-week_homily-fr-cantalamessa_20100402_it.html (abgerufen am 28. 9. 2020).

Zwei Tage später, am Ostersonntag, legte Angelo Sodano nach. In der Festmesse, die mitten im strömenden Regen auf dem Petersplatz stattfand, wandte er sich unerwartet an den Papst, der offensichtlich erschöpft und ganz in sich zusammengesunken auf dem Päpstlichen Thron saß: »Mit Ihnen ist das Volk Gottes, das sich nicht beeindrucken lässt vom Klatsch (chiacchiericcio) des Augenblicks«, sagte er. Diese Formulierung empörte viele, unter anderem auch Schönborn, der nun nicht mehr an sich halten wollte. Bei einem informellen Treffen mit österreichischen Medienvertretern am 28. April nannte er die Worte Sodanos während der Osterfeierlichkeiten in Rom »eine schwere Beleidigung der Missbrauchsopfer« und fügte hinzu, es sei namentlich Sodano gewesen, der die Bildung einer Untersuchungskommission zum Fall Groër verhindert hätte.[96] Das war wiederum endgültig zu viel für Sodano. Der Kardinalsdekan sprach mit Benedikt. Schönborn wurde zum Papst zitiert. Und einige Wochen später gab das Pressebüro des Heiligen Stuhles eine Pressemitteilung über die Begegnung heraus. In den trockenen Worten des Textes scheint deutlich die gereizte Stimmung durch, die im Frühjahr 2010 unter kurialen Spitzenbeamten herrschte: Der Papst hätte Schönborn in Audienz empfangen, weil der »insbesondere (…) die genaue Bedeutung (…) einiger seiner Urteile zu den Positionen des Staatssekretariats« hätte klären wollen, hieß es da. Und: »Kardinal Angelo Sodano, Dekan des Kardinalskollegiums, und Kardinalstaatssekretär Tarcisio Bertone S.D.B. wurden anschließend zur Teilnahme an der Unterredung eingeladen«, in deren weiterem Verlauf einige »Missverständnisse« ausgeräumt worden wären. Speziell wurde festgehalten, dass das Wort vom Klatsch (chiacchiericcio) »fälschlicherweise als respektlos gegenüber den Opfern sexuellen Missbrauchs interpretiert« worden wäre und »Kardinal Angelo Sodano die gleichen Gefühle des Mitgefühls und der Verurteilung des Bösen hegt, wie sie der Heilige Vater bei verschiedenen Gelegenheiten zum Ausdruck gebracht« hätte.[97]

---

[96] »Schönborn übt scharfe Kritik an Sodano«, a.a.O.

[97] Dennis Coday: »Benedict, Schonborn meet with Bertone, Sodano«, in: *National Catholic Reporter,* 28.6.2010, unter: https://www.ncronline.org/blogs/ncr-today/benedict-schonborn-meet-bertone-sodano (abgerufen am 28.9.2020).

Wie schon nach dem Sapienza-Eklat machten auch im Frühjahr 2010 die neuen Bewegungen und Gemeinschaften mobil. Der italienische Dachverband der kirchlichen Bewegungen CNAL (Consulta Nazionale delle Aggregazioni Laicali) rief zu einer Solidaritätskundgebung für den Papst auf: Am Mittag des 16. Mai sollten alle zum Gebet des Regina Caeli auf den Petersplatz kommen, um sich »wie Kinder um ihren Vater« zu versammeln.[98] Die Menge, die sich an diesem Sonntag auf dem Petersplatz einfand, sprengte Rekorde. Um die 150 000 waren gekommen. Ein Moderator des italienischen Fernsehsenders Rai 1, des wichtigsten öffentlich-rechtlichen Fernsehkanals Italiens, kommentierte die Kundgebung per Liveübertragung. Noch bevor sie überhaupt begonnen hatte, sagte er angesichts der schieren Menschenmassen, es wäre »ein unvergesslicher Tag, ein historischer Tag«. Die Menschen standen bis auf die Via della Conciliazione, und sie jubelten dem Papst zu, der von seinem Fenster in der Terza Loggia des Apostolischen Palastes mit einer Mischung von Erschöpfung und Erleichterung den Blick über die Mengen schweifen ließ. Viele Gruppen hatten Spruchbänder mitgebracht, auf denen neben ihren Solidaritätsbekundungen auch zu lesen stand, wer sie waren und woher sie kamen. Neben einem enormen Banner mit der Aufschrift »Insieme Con Il Papa« hielt jemand von einem kleinen »Gruppo Gesù è amore« aus der Nähe von Neapel ein selbst gebasteltes Schild hoch, auf einem riesigen Spruchband war »Rinnovamento nello Spirito Santo« zu lesen, auf einem anderen, noch größeren, »Comunione e Liberazione«, und selbst der italienische Landwirtschaftsverband Coldiretti war vertreten, seine Mitglieder schwenkten unzählige gelbe Fahnen mit dem Verbandslogo. Auch Prominenz war gekommen. Neben dem Vorsitzenden der italienischen Bischofskonferenz, Angelo Bagnasco, und zahlreichen anderen Kurien- und Ortsbischöfen, waren auch etliche Abgeordnete und Politiker erschienen, unter anderem der Präsident des italienischen Senats, Renato Schifani, der Bürgermeister der Stadt Rom, Gianni Alemanno, und die rechtsgerichtete

[98] CNAL: »L'invito al Regina Caeli del 16 maggio«, Pellegrinaggio Macerata-Loreto, 22. 4. 2010, unter: https://www.pellegrinaggio.org/pellegrinaggio/862-linvito-al-regina-caeli-del-16-maggio (abgerufen am 28. 9. 2020).

Abgeordnete Renata Polverini mit einer ganzen Delegation aus Lazio.[99]

»Ich danke euch von Herzen für eure so herzliche und zahlreiche Anwesenheit!«, rief Benedikt ihnen zu, er nannte es eine »schöne und spontane Demonstration des Glaubens und der Solidarität«, für die er seine »aufrichtige Dankbarkeit zum Ausdruck bringen« wollte. »Der wahre Feind, den es zu fürchten und zu bekämpfen gilt, ist die Sünde, das geistliche Übel, das bisweilen leider auch die Mitglieder der Kirche ansteckt. (…) Wir Christen haben keine Angst vor der Welt, auch wenn wir uns vor ihren Verführungen hüten müssen. Wir müssen die Sünde fürchten und dabei stark in Gott verwurzelt sein.«[100] Das war seine Botschaft. So verstand er die Krise, in der sich die Kirche befand. Es war eine Krise der Sünde. Und deshalb galt es, der Versuchung der Weltlichkeit zu widerstehen. Denn die Weltlichkeit brachte die Sünde mit sich. Aus der Logik Benedikts heraus konnte es keine andere Analyse der Situation geben. Er wiederholte sie in den folgenden Wochen und Jahren immer wieder.

Nicht nur Klaus Mertes fand diese Art der Analyse problematisch: Unter anderem hätte Benedikt damals »eine sehr interessante Formulierung gebracht (…) sinngemäß: Der Teufel hat uns im Priesterjahr Dreck ins Gesicht geschmissen. Da habe ich mich gefragt: Wen meint er denn jetzt? (…) Meint er die Opfer? Meint er die Presse, die darüber berichtet hat? Wer hat denn hier Dreck geschmissen? Wer ist denn der Teufel? Und da war ein Punkt, wo ich mir gedacht habe (…) Ratzinger spielt virtuos einen großartigen Notentext. Das Problem ist nur, der Notenschlüssel davor ist falsch. Deswegen ist das Ganze irgendwie falsch.« Denn: »Natürlich hat nicht der Teufel der Kirche Dreck ins Gesicht geschmissen, sondern die priesterlichen Täter haben den Opfern Dreck ins Gesicht geschmissen.«[101] Mertes sieht auch die Solidaritätsbekundungen der

---

99 »Pedofilia, in piazza con il Papa per le vittime degli abusi«, Sky tg24, 16.5.2010, unter: https://tg24.sky.it/cronaca/2010/05/16/pedofilia_manifestazione_cei_piazza_san_pietro (abgerufen am 28.9.2020).

100 Benedikt XVI.: »Regina Cæli«, Hochfest der Himmelfahrt Christi, 16.5.2010, unter: http://www.vatican.va/content/benedict-xvi/de/angelus/2010/documents/hf_ben-xvi_reg_20100516.html (abgerufen am 28.9.2020).

101 Interview mit Klaus Mertes am 23.5.2016 und am 25.2.2017.

Bewegungen kritisch. Dahinter stünde nicht nur das Selbstverständnis der neuen geistlichen Gemeinschaften, »nämlich: Sie sind eine Elitetruppe, die den Papst und die Kirche vor den Angriffen der Welt schützt«. Sondern hinter beidem – den Solidaritätsbekundungen und diesem Selbstverständnis – stünde das eigentliche Problem: »Denn der Schutz, zu dem aufgerufen wird, und der Schutz, der da gegeben wird, schadet der Kirche. Er schützt sie nicht, sondern er schadet ihr, und zwar deswegen, weil er die Kirche wegführt von der Anerkennung der Wahrheit. Und nur die Wahrheit – der mutige Blick in die Wirklichkeit – hilft weiter.«[102] Aber was war Wahrheit? Für Benedikt war Wahrheit nicht einfach die Anerkennung der Wirklichkeit, sondern die Deutung der Realität im Lichte der göttlichen Wahrheit – und göttliche Wahrheit war das, was von der katholischen Kirche verkündet und den Menschen zum Glauben vorgelegt wurde. Die Kirche konnte also gar nicht so auf die Krise reagieren, wie die »Welt« das gerne gehabt hätte. Sie folgte, unter Führung Benedikts XVI., konsequent ihrer eigenen Logik.

Neue Normen und wachsende Entfremdung

Am 15. Juli 2010 wurden der Öffentlichkeit in einer Pressekonferenz im Vatikan die neuen Normen über die der Glaubenskongregation vorbehaltenen schwerwiegenderen Delikte vorgestellt. Schon zuvor hatte der Präfekt der Glaubenskongregation William Levada einen Brief an alle Bischöfe geschrieben, in dem er ihnen mitteilte, dass der Text der Normen des Päpstlichen Dokuments mit dem Titel »Sacramentorum sanctitatis tutela« »in einigen Abschnitten verändert« worden wäre, »um seine konkrete Anwendbarkeit zu verbessern«. Der Papst hätte die neuen Normen »approbiert und deren Veröffentlichung angeordnet«.[103] Zu den Änderungen in den Normen gehörte unter anderem die Verlängerung der Verjährungsfrist, die nun zwanzig Jahre betrug, und die mögliche Dispens von der Vor-

---

102 Ebd.

103 »Schreiben an die Bischöfe der katholischen Kirche und die anderen Ordinarien und Hierarchen über die Veränderungen in den Normae de Gravioribus Delictis«, 21.5.2010, unter: http://www.vatican.va/resources/resources_lettera-modifiche_ge.html (abgerufen am 28.9.2020).

aussetzung der Priesterweihe und der Promotion im Kirchenrecht für das Gerichtspersonal, die Anwälte und Prokuratoren. Es wurden auch neue Delikte hinzugefügt. Unter anderem »der Straftatbestand der versuchten heiligen Weihe einer Frau« und »der Tatbestand des Erwerbes, der Aufbewahrung und der Verbreitung pornografischer Bilder von Minderjährigen unter 14 Jahren in jedweder Form und mit jedwedem Mittel«, allerdings mit dem Einschub: »a clerico turpe patrata (durch einen Kleriker in übler Absicht)«.[104] Am Päpstlichen Geheimnis wurde nach wie vor festgehalten. Dass von einer Anzeigepflicht gegenüber weltlichen Strafverfolgungsbehörden, einem Nebenklägerstatus für Betroffene oder einer Öffnung der Verfahren, die Einsichtsmöglichkeiten für die Öffentlichkeit mit sich gebracht hätte, keine Rede war, versteht sich quasi von selbst. Derlei Änderungen würden der Logik des weltlichen Strafrechts entsprechen, waren aber inkompatibel mit den Prämissen, auf denen das kirchliche Recht beruhte. Diese Gesetzesänderung – die im Übrigen im Gegensatz zu den Missbrauchsschlagzeilen an der überwältigenden Mehrheit des Kirchenvolkes vollkommen vorbeiging – vermochte kaum jemanden davon zu überzeugen, dass die Kirche den Ernst der Lage verstanden hatte und angemessen darauf reagierte. Die Krise eskalierte also weiter, weltweit, in jedem Land mit einer eigenen Geschwindigkeit.

In Deutschland erschien Anfang 2011 ein offener Appell für tiefgreifende kirchliche Reformen, unterschrieben von 143 katholischen Theologinnen und Theologen aus dem ganzen Land. »Dem Sturm des letzten Jahres darf keine Ruhe folgen! In der gegenwärtigen Lage könnte das nur Grabesruhe sein«, hieß es darin, und die katholische Kirche in Deutschland wäre »in eine beispiellose Krise gestürzt.« Durch das Bekanntwerden der Missbrauchsfälle wäre »bei vielen verantwortlichen Christinnen und Christen mit und ohne Amt (…) nach anfänglichem Entsetzen die Einsicht gewachsen, dass tiefgreifende Reformen notwendig sind«. Daher forderten sie unter anderem eine andere kirchliche Rechtskultur, Mitsprache-

[104] Kongregation für die Glaubenslehre: »Kurze Zusammenfassung der Veränderungen in den *Normae de gravioribus delictis,* die der Kongregation für die Glaubenslehre vorbehalten sind«, ohne Datum, unter: http://www.vatican.va/resources/resources_rel-modifiche_ge.html (abgerufen am 28.9.2020).

rechte für Laien und Gewissensfreiheit.[105] Als der Papst im Herbst desselben Jahres nach Deutschland reiste, war ihm bang. »In den Tagen vor der Abreise (…) fand er keinen Schlaf«, schreibt Peter Seewald. »Die Aufgabe lag ihm schwer auf der Seele.« Und Georg Gänswein erinnert sich: »Er setzte sich psychisch so stark unter Druck, dass er sagte, er schafft es nicht.«[106]

Es gab natürlich auch in Deutschland Menschen, die ihn begeistert willkommen hießen. Aber zugleich wurden Demonstrationen und Proteste gegen den Besuch angekündigt. Und nicht nur führende Politiker zeigten Verständnis für diese Proteste, sondern auch der Erfurter Bischof Joachim Wanke und der Freiburger Erzbischof Robert Zollitsch. Letzterer sagte der Presse: »Natürlich gibt es auch hier Menschen, denen der Besuch des Papstes ein Stein des Anstoßes ist und die demonstrieren möchten. Wir leben schließlich in einer pluralen Gesellschaft.«[107] Benedikts Rede im Deutschen Bundestag wurde von einer parteiübergreifenden Gruppe Abgeordneter boykottiert, und auch die, die blieben, zeigten sich im Schnitt wenig begeistert. In Erfurt blieben die Vertreter und Vertreterinnen der protestantischen Kirchen nach ihrer Begegnung mit dem Papst enttäuscht zurück, und als er im Freiburger Konzerthaus die Kirche in Deutschland kritisierte und zur Entweltlichung aufrief, hinterließ er bei vielen Rätselraten und bei einigen Empörung. Benedikt seinerseits fühlte sich falsch verstanden und war tief enttäuscht. »Es sei ihm natürlich klar gewesen (…), dass die Anregungen seines Deutschland-Besuchs ›vom etablierten Katholizismus nicht wirklich mitgetragen‹ würden. Aber er habe doch gehofft, dass sein Pastoralbesuch ›im Innern auf seine Weise still wirkt‹«, zitiert ihn Seewald.[108] Die Entfremdung zwischen der krisengeschüttelten Kirche

---

105 Siehe z. B.: »Kirche 2011: Ein notwendiger Aufbruch«, in: *Süddeutsche Zeitung,* 3. 2. 2011, unter: https://www.sueddeutsche.de/politik/memorandum-der-theologen-kirche-2011-ein-notwendiger-aufbruch-1.1055197 (abgerufen am 28. 9. 2020).

106 Peter Seewald: *Benedikt XVI. Ein Leben,* Droemer 2020, S. 980.

107 »Wowereit hat Verständnis für Proteste«, in: *Der Tagesspiegel,* 27. 8. 2011, unter: https://www.tagesspiegel.de/berlin/papst-besuch-in-deutschland-wowereit-hat-verstaendnis-fuer-proteste/4546308.html (abgerufen am 28. 9. 2020).

108 Peter Seewald: *Benedikt XVI. Ein Leben*, a. a. O., S. 990.

in Deutschland und dem römischen Wahrheitslehrer hatte sich durch den Pastoralbesuch noch vergrößert.

Die Festung bricht

Im Laufe der Krise war nicht nur die Anzahl der Betroffenen und Unterstützer in Medien, Justiz, Wissenschaft und Politik sowie der Grad der Vernetzung untereinander gewachsen, sondern auch die Anzahl der Beweise, die sie in Händen hatten. Durch Untersuchungskommissionen und das öffentliche Sprechen von Betroffenen, durch Gerichtsverfahren, Durchsuchungen und Beschlagnahmung waren mehr und mehr Originalunterlagen aus kirchlichen Archiven der Öffentlichkeit zugänglich geworden und wurden von Non-Profit-Organisationen wie BishopAccountability.org gesammelt und ins Netz gestellt. Die gesammelte Evidenz war überwältigend, nicht nur quantitativ – sie umfasste Hunderttausende Seiten –, sondern auch durch das weitgehend einheitliche Bild, das sie vom Vorgehen kirchlicher Spitzenbeamter über Generationen- und Ländergrenzen hinweg abgab. Eine echte Bereitschaft der Bischöfe und kirchlichen Behörden, Fälle aufzuklären und Täter zu stoppen, schien nach wie vor kaum vorhanden, im Gegenteil.

Den Leuten des Missbrauchsopferrings SNAP (Survivors Network of those Abused by Priests) schien es immer offensichtlicher, dass Schlagzeilen, öffentliche Empörung und Forderungen von Betroffenenorganisationen allein den Vatikan nicht wirklich beeindrucken konnten, sondern dass es einen dritten Akteur bräuchte, eine Institution, die die Macht hätte, die Kirchenregierung in Rom zur Verantwortung zu ziehen, und zwar notfalls auch gegen den Willen des Papstes und seiner Verwaltung. Schon zuvor hatte es immer wieder Versuche gegeben, die katholische Kirche an völkerrechtlichen Standards zu messen, denn schließlich war der Heilige Stuhl ein Völkerrechtssubjekt. So hatte beispielsweise der irische Rechtsanwalt Simon McGarr nach der Veröffentlichung des Murphy Reports eine Kampagne zur Ausweisung des Apostolischen Nuntius gestartet (»Expel the Irish Papal Nuncio«). Denn »die Reaktion des päpstlichen Nuntius auf den Murphy und den Cloyne Report war beleidigend, brachial und offensichtlich unehrlich«.[109] Zugleich aber »beansprucht der Vatikan Staatlichkeit und verlangt, dass die Feinheiten des diplomatischen Handelns beachtet werden, wenn es ihm passt. Das Ziel der Nuntius-Kampagne« wäre es daher, »sicherzustellen, dass die gleichen Verhaltensnormen der Staaten auch für den Vatikan gelten«.[110] SNAP ging nun noch einen Schritt weiter.

Am 13. September 2011 reichten ihre Anwälte vom Center for Constitutional Rights (CCR) eine Klageschrift beim Internationalen Strafgerichtshof (IGH) ein. Zur Übergabe waren Mitglieder aus den USA, Deutschland, Belgien und den Niederlanden nach Den Haag gereist. Sie forderten die strafrechtliche Verfolgung hochrangiger vatikanischer Beamter wegen Vergewaltigung und anderer Formen sexueller Gewalt und Folter, die sie als Verbrechen gegen die Menschlichkeit werteten. Ihrem Ansuchen[111] legten sie eine 22 000 Seiten umfassende Dokumentation bei. Darin fanden sich Expertenberichte, unter anderem von Tom Doyle, kirchliche Dokumente wie »Crimen Sollicitationis« und »Sacramentorum sanctitatis tutela« sowie Berichte von staatlichen und kirchlichen Untersuchungskommissionen: die Ferns, Ryan, Murphy und Cloyne Reports aus Irland, der Bericht der Winter Commission (1990) und der Hughes Report aus Kanada (1989), der Bericht aus der Erzdiözese München und Freising (2010), ganze 15 Berichte aus verschiedenen Bundesstaaten der USA, darunter vor allem der John Jay Report I und II und der Philadelphia Grand Jury Report I-III, und andere, manche so aktuell wie der Bericht vom 20. September 2010, den die Bundestagsabgeordnete Marlene Rupprecht im Auftrag des Europarates erstellt hatte. Sie fügten eine lange Liste von Originalunterlagen bei, unter

---

109 Simon McGarr: »Why we should expel the Vatican's Ambassador, the Papal Nuncio«, Tuppenceworth.ie blog, 21.7.2011, unter: https://www.tuppenceworth.ie/blog/2011/07/21/why-we-should-expel-the-vaticans-ambassador-the-papal-nuncio/ (abgerufen am 28.9.2020).

110 Jason Walsh: »Why the ICC likely won't charge pope over Catholic Church sex abuses«, in: *The Christian Science Monitor,* 15.9.2011, unter: https://www.csmonitor.com/World/Europe/2011/0915/Why-the-ICC-likely-won-t-charge-pope-over-Catholic-Church-sex-abuses (abgerufen am 28.9.2020).

111 »SNAP v. the Pope, et al.«, Center for Constitutional Rights, unter: https://ccrjustice.org/home/what-we-do/our-cases/snap-v-pope-et-al (abgerufen am 28.9.2020).

anderem vom Fall Marcial Maciel, vom Fall Lawrence Murphy und vom Fall Stephen Kiesle – Unterlagen, in denen sich Ratzingers Unterschrift fand. Außerdem dokumentierten sie neuere Fälle, die erst nach SST an der CDF verhandelt worden waren, wie jenen der jungen betroffenen US-Amerikanerin Megan Peterson oder jenen des betroffenen Kongolesen Benjamin Kitobo, deren Täter zum Teil auch nach Verfahren an der CDF weiter im kirchlichen Dienst blieben. Der von Kitobo beschuldigte belgische Priester beispielsweise hatte weiter Kontakt zu Kindern. Zuletzt leitete er ein Waisenhaus in Ruanda.

Diese gesammelte Dokumentation belegte, so die Anwälte von SNAP, »dass das Problem nicht in isolierten, willkürlichen sexuellen Übergriffen durch untreue Priester besteht, sondern in der gesamten Kirche weitverbreitet ist und systematisch auftritt«. So hätten »Experten und Ermittler, die das Thema und die Beweise sorgfältig untersucht haben, Politiken und Praktiken ermittelt, die das Auftreten und Fortbestehen sexueller Gewalt ermöglichten und den Schaden für die unmittelbar Betroffenen förderten. Nacheinander haben die Ermittlungen vorsätzliche Vertuschungen und aktive Maßnahmen festgestellt, die dazu dienen, die Gewalt zu perpetuieren und den Schaden zu verschlimmern. Praktisch überall, wo Fälle sexueller Gewalt aufgedeckt wurden – unter anderem in Australien, Österreich, Belgien, Frankreich, Deutschland, Italien, den Niederlanden und Mexiko –, wurden die gleichen oder ähnliche Praktiken und Politiken festgestellt«. Sie unterstrichen, dass die Kirche nicht mit staatlichen Strafverfolgungsbehörden kooperiert, sondern im Gegenteil Beweise vernichtet und straffällig gewordene Kleriker wiederholt der staatlichen Strafverfolgung entzogen habe, beispielsweise indem sie sie in Entwicklungsländer versetzte – und dabei billigend in Kauf nahm, dass weitere Menschen zu Opfern sexualisierter Gewalt wurden. Sie verwiesen auf Einschüchterungstaktiken und Sanktionen, mit denen kirchliche Behörden Betroffene und deren Unterstützer zum Schweigen zu bringen versuchten, während sie Funktionäre, die Vertuschungspraktiken mittrugen, dafür belohnten. Nicht zuletzt wiesen sie auf andere Formen von Gewalt hin, die im Zusammenhang mit klerikalem Kindesmissbrauch auftraten, darunter erzwungene Schwangerschaften und Zwangsabtreibungen. Vor allem aber legten sie die systematische Vertuschung und Straflosigkeit solcher Handlungen innerhalb der katholischen Kirche dar, die durch die Verfassung der römisch-katholischen Kirche und den partikulären Status des Heiligen Stuhles ermöglicht würde. In diesem Zusammenhang zitierten sie auch den jüngsten Bericht von Amnesty International, in dem der Heilige Stuhl erstmals Erwähnung fand. Und schließlich benannten sie namentlich vier Männer an der Spitze der katholischen Kirche, gegen die ermittelt werden sollte: Tarcisio Bertone, William Levada, Angelo Sodano und Benedikt XVI. Jedem Einzelnen warfen sie Mitwisserschaft und Vertuschung vor. Über Benedikt hieß es unter anderem:

> Durch die Ämter, die er bekleidet hat und weiterhin bekleidet, hat Papst Benedikt *XVI.* diese Politik und Praxis im Zusammenhang mit der Vertuschung glaubwürdiger Anschuldigungen wegen sexueller Gewalt, der Strafvereitelung und der Zerstörung von Beweisen angeordnet, gefördert, erleichtert, gelenkt oder anderweitig unterstützt und begünstigt, die Praxis der »Priesterversetzung«, die Bestrafung von Informanten, die Schuldzuweisung an die Opfer und die Atmosphäre fast absoluter Verschwiegenheit bezüglich solcher Behauptungen, die zu sexuellen Übergriffen von Mitgliedern des katholischen Klerus auf Kinder und gefährdete Erwachsene geführt haben und weiterhin führen werden. Er hat es ferner versäumt, sexuelle Gewalttaten seiner Untergebenen an Kindern und gefährdeten Erwachsenen zu verhindern oder zu bestrafen.[112]

Die größte Herausforderung für die Anwälte bestand darin, die Zuständigkeit des IGH zu begründen. Sie zitierten aus dem Statut des IGH und argumentierten, dass Vergewaltigung und sexuelle Gewalt im internationalen Menschenrechtssystem allgemein als For-

---

112 »Victims' Communication Pursuant to Article 15 of the Rome Statute Requesting Investigation and Prosecution of High-level Vatican Officials for Rape and Other Forms of Sexual Violence as Crimes Against Humanity and Torture as a Crime Against Humanity«, Center for Constitutional Rights, 13. 9. 2011, unter: http://s3.documentcloud.org/documents/243877/victims-communication.pdf (abgerufen am 28. 9. 2020).

men der Folter anerkannt wurden. Über mehrere Seiten argumentierten sie, dass »in diesem Fall jedes Element von Verbrechen gegen die Menschlichkeit erfüllt« wäre und das Verhalten des Heiligen Stuhles im Umgang mit der von Klerikern verübten sexualisierten Gewalt gegen Kinder und gefährdete Erwachsene »einen ›weitverbreiteten oder systematischen Angriff gegen eine Zivilbevölkerung‹« darstellte.

Im April 2012 reichten die Anwälte von SNAP weitere Unterlagen nach, um den IGH über »verschiedene Entwicklungen sowie über zusätzliche Beweise zu informieren, die in den sieben Monaten seit der Einreichung ans Licht gekommen sind«. Denn »in den Tagen und Wochen nach dem Einreichen des Antrags vom September« hätte SNAP »495 Nachrichten von Personen aus 65 verschiedenen Ländern« erhalten.[113] Unter anderem verwiesen sie auf den Amnesty-International-Bericht »In Plain Sight« vom 27. September 2011, der für die von Kindern in kirchlichen Einrichtungen erlittene Gewalt mit Nachdruck den Begriff der Folter verwendete. Außerdem verwiesen sie auf weitere Fälle und reichten Unterlagen mit Hinweisen auf Verbrechen ein, die im Ansuchen vom September 2011 noch nicht eigens genannt worden waren. In den Niederlanden beispielsweise wären Betroffene mit Zwangssterilisation dafür bestraft worden, dass sie den von ihnen erlittenen Missbrauch gemeldet hatten: »Das erste bekannte Opfer dieses Vergehens war ein 18-jähriger Schüler in einem katholischen Internat (…). Er wurde in eine römisch-katholische Psychiatrie gebracht, für homosexuell erklärt und kastriert. Es wird berichtet, dass dieses Verfahren mindestens zehn anderen Schülern der Schule aufgezwungen wurde, die versuchten, sexuelle Übergriffe anzuzeigen.« Abschließend machten sie den IGH »auf eine Vergeltungs- und Schikanierungskampagne gegen SNAP aufmerksam«, »die die Bischöfe in den USA seit der Einreichung der Eingabe (…) unternommen haben«. Sie zitierten aus der *New York Times:* »Es gibt einen wachsenden Konsens aufsei-

113 »Letter to Mr. Luis Moreno Ocampo, Prosecutor, Re: Information Supplementing ICC Communication ICC File No. OTP-CR-159/11«, Center for Constitutional Rights, 11.4.2012, unter: https://www.parliament.vic.gov.au/images/stories/committees/fcdc/inquiries/57th/Child_Abuse_Inquiry/Submissions/SNAP_Appendix_2.pdf (abgerufen am 30.6.2021).

ten der Bischöfe, dass sie mehr Härte zeigen und einige gute Anwälte engagieren, um scharf zu reagieren.«[114]

In der Tat war man im höheren Klerus, im Vatikan und unter deren loyalen Anhängerschaft alles andere als glücklich. Der Pressesprecher des Heiligen Stuhles, Federico Lombardi, war im September 2011 nicht für ein Statement zur Sache zu haben. Auch der Papst sagte nichts dazu. Dafür äußerte sich der US-Anwalt des Heiligen Stuhles, Jeffrey Lena. Er nannte die Beschwerde von SNAP in Den Haag einen »lächerlichen Publicity-Gag und einen Missbrauch internationaler Gerichtsverfahren«.[115] Auch Völkerrechtsfachleute waren sich weitgehend einig darin, dass das Ansuchen keine großen Chancen hätte. Zum einen wäre der IGH nun einmal für Kriegsverbrechen geschaffen worden, zum anderen fielen die Verbrechen von katholischen Klerikern allesamt in die Jurisdiktion einzelner Nationalstaaten, nicht in die des IGH. So sah es auch der IGH selbst. In einem Brief vom 31. Mai 2012 teilte er SNAP mit, dass einige der mutmaßlichen Vergehen »nicht in die Zuständigkeit des (Gerichts) zu fallen scheinen«. Außerdem wurde SNAP vorgeschlagen, sich an Gerichte in einzelnen Ländern zu wenden.

Nun meldete sich auch Lombardi zu Wort: Er hätte »nie daran gezweifelt, dass dies die Antwort [des IGH] sein würde angesichts der völligen Haltlosigkeit der Anschuldigung«.[116] Barbara Blaine, die anderen Leute von SNAP und die Anwältin Pamela Spees blieben dagegen zuversichtlich. »Wir wussten natürlich, dass der IGH ein Gericht der letzten Instanz sein sollte«, sagte sie dem *National Catholic Reporter* in einem Interview, »aber wir haben uns gesagt,

---

114 Laurie Goodstein: »Church Puts Legal Pressure on Abuse Victims' Group«, in: *The New York Times,* 12. 3. 2012, unter: https://www.nytimes.com/2012/03/13/us/catholic-church-pressures-victims-network-with-subpoenas.html (abgerufen am 28. 9. 2020).

115 Mike Corder und Rachel Zoll: »Vatican: Sex abuse case at Hague ›ludicrous‹ stunt«, Associated Press 2011, siehe z. B. NBC News: http://www.nbcnews.com/id/44505724/ns/world_news-europe/t/vatican-sex-abuse-case-hague-ludicrous-stunt/#.X2YsHy35xTY (abgerufen am 28. 9. 2020).

116 Brian Roewe: »International Criminal Court declines to pursue ›crimes against humanity‹ case against Vatican«, in: *National Catholic Reporter,* 18. 6. 2012, unter: https://www.ncronline.org/news/accountability/international-criminal-court-declines-pursue-crimes-against-humanity-case (abgerufen am 28. 9. 2020).

dass er die einzige Institution ist, die wirklich in der Lage ist, mit der weltweiten Dimension dieser Verbrechen umzugehen, und dass es realistischerweise keine nationale Instanz gibt, die in der Lage ist, mit der tatsächlichen Breite und dem Ausmaß dieses Systems umzugehen«. Und sie fügte hinzu: »Wir werden so lange weitermachen, bis es irgendeine Form von Gerechtigkeit und Rechenschaftspflicht gibt und sich das System ändert.«[117] Bis heute werden auf der Seite des Center for Constitutional Rights unter der Überschrift »SNAP v. the Pope, et al.« 18 Einträge zu Klagen gegen den Heiligen Stuhl aufgelistet, die SNAP seit April 2012 bei verschiedenen nationalen und internationalen Institutionen eingereicht hat, unter anderem beim UN-Ausschuss für Kinderrechte und beim UN-Ausschuss gegen Folter. Wiederholt mussten vatikanische Topdiplomaten vor UN-Ausschüssen Rede und Antwort stehen und wurden für den Umgang des Heiligen Stuhles mit klerikaler Gewalt gegen Kinder gerügt. Die gelassene Antwort Lombardis vom Juni 2012 verdeckte also möglicherweise eine anhaltende vatikanische Nervosität im Angesicht des schärferen Windes, der dem Heiligen Stuhl seit 2011 aus den multilateralen Institutionen der Völkerrechtsgemeinschaft entgegenwehte, die er als Völkerrechtssubjekt so gerne für seine eigenen Interessen genutzt hatte.

[117] Ebd.

Nils Melzer
Der Fall Julian Assange. Geschichte einer Verfolgung

> »Wer in der Demokratie schläft, wacht in der Diktatur wieder auf.«
>
> *Otto Gritschneder*

Ein Buch zu schreiben gehört für gewöhnlich nicht zu den Aufgaben eines UNO-Sonderberichterstatters. Schon gar nicht eines über einen einzelnen, ganz bestimmten Fall. Eine Erklärung ist daher am Platz. Für mich ist dieser Text ein dringender Appell. Ein Mahnruf an die Staatenwelt, weil das von ihr erstellte System zum Menschenrechtsschutz auf ganz fundamentale Weise versagt. Ein Weckruf an die Öffentlichkeit, weil dieses Systemversagen jede Bürgerin und jeden Bürger unserer demokratischen Rechtsstaaten in Alarmbereitschaft versetzen sollte. Ein Aufruf, der daher auch als persönliche Aufforderung zum Aufwachen, zum Hinsehen und zur Übernahme von persönlicher und politischer Verantwortung verstanden werden will.

Als UNO-Sonderberichterstatter bin ich vom Menschenrechtsrat der Vereinten Nationen beauftragt, die Einhaltung des Folter- und Misshandlungsverbotes weltweit zu überwachen, Hinweise auf Verletzungen zu untersuchen und den betroffenen Staaten im Hinblick auf die Aufklärung von Einzelfällen Fragen zu stellen und Empfehlungen zu unterbreiten. Ich wurde mit dieser wichtigen Aufgabe betraut, weil ich mich als sicherheitspolitischer Berater meiner Regierung, als Völkerrechtsprofessor und Fachbuchautor, aber auch als Rotkreuzdelegierter und Rechtsberater in Kriegs- und Krisengebieten seit mehr als zwanzig Jahren mit Verletzungen der Menschenrechte und des Kriegsvölkerrechts befasse. Ich habe auf vier Kontinenten Tausende von Gefangenen, Flüchtlingen und Angehörigen besucht, viele davon Opfer von Folter und Gewalt. Ich habe in Palästen, Ministerien und Kommandozentren genauso verhandelt wie mit Soldaten und Rebellen im Niemandsland zwischen den Fronten.

Wenn ich daher Hinweise auf Folter- und Misshandlungen untersuche, dann weiß ich, wovon ich spreche. Ich lasse mich nicht schnell aus der Ruhe bringen und neige weder zu Übertreibungen, noch suche ich das Rampenlicht. Meine Welt ist die des diplomatischen Dialoges und des gegenseitigen Respekts, aber immer auch der Wahrheit und der Integrität. Denn Diplomatie darf nie zum Selbstzweck werden, sondern muss immer Mittel bleiben zu einem höheren Zweck. In meinem Fall ist dieser Zweck die Einhaltung des Folter- und Misshandlungsverbotes sowie die Untersuchung, Bestrafung und Wiedergutmachung von Verletzungen. Wenn dies auf diplomatischem Wege nicht mehr zu erreichen ist, dann darf ich diesen Zweck nicht opfern, sondern muss ein anderes Mittel wählen, um die Ziele meines Mandates zu erreichen. Eines dieser Mittel, liebe Leserin, lieber Leser, ist dieser Text. Er ist, um eine ursprünglich martialische Redewendung für meine friedlichen Zwecke umzuformulieren, gewissermaßen die Fortsetzung der Diplomatie mit anderen Mitteln.

Ich schreibe diesen Text, weil ich bei meiner Untersuchung des Falles »Julian Assange« auf konkrete Hinweise von politischer Verfolgung, schwerer Justizwillkür und vorsätzlicher Folter und Misshandlung gestoßen bin. Die betroffenen Staaten weigern sich aber, bei der Aufklärung dieser Hinweise mit mir zu kooperieren und die völkerrechtlich verlangten Untersuchungsmaßnahmen einzuleiten. Ich habe Julian Assange mit einem Ärzteteam im Gefängnis besucht und habe mit den verantwortlichen Behörden ebenso gesprochen wie mit Anwälten, Zeugen und Experten. Ich habe allen vier direkt involvierten Staaten – Großbritannien, Schweden, Ecuador und den USA – über die mir zur Verfügung stehenden offiziellen Kanäle mehrfach meine Bedenken kundgetan, Klarstellungen verlangt und konkrete Maßnahmen empfohlen. Keine der vier Regierungen war bereit, sich auf einen konstruktiven Dialog einzulassen. Stattdessen wurde ich mit diplomatischen Plattitüden oder rhetorischen Rundumschlägen abgefertigt. Als ich dennoch auf einer Aufklärung des Falles bestand, wurde der Dialog von den Regierungen abgebrochen. Gleichzeitig wurden die Verfolgung und die Misshandlung von Julian Assange noch intensiviert, wurden die Verletzungen seiner Verfahrensrechte immer offensichtlicher und wurden selbst meine öffentlichen Aufrufe an die Behörden zur Einhaltung der Menschenrechte ignoriert. Auch innerhalb des UNO-Systems erhielt ich – abgesehen von einigen mutigen und tatkräftigen Einzelpersonen – kaum Unterstützung. Ich berichtete sowohl dem Menschenrechtsrat in Genf als auch der Generalversammlung in New York über die Verweigerungshaltung der betroffenen Staaten. Keine Reaktion. Ich bat die Hochkommissarin für Menschenrechte wiederholt um eine persönliche Besprechung in dieser Angelegenheit und wurde abgewimmelt. Ich forderte andere Staaten zur Einflussnahme auf, stieß aber fast durchweg auf eine Wand betretenen Schweigens. Ich erlebte, wie die rechtsstaatlichen Institutionen, an deren Funktionstüchtigkeit ich immer geglaubt hatte, vor meinen eigenen Augen versagten.

Sie werden sich vielleicht fragen, warum ich mich gerade in diesem Fall so vehement einsetze. Denn Julian Assange ist ja beileibe nicht das einzige Folteropfer, das keine Gerechtigkeit erfährt, und seine Misshandlung ist auch bei Weitem nicht die schwerste Form der Folter, mit der ich in meiner Arbeit konfrontiert bin. Das ist alles richtig. Doch ich setze mich in diesem Fall ganz besonders ein, weil seine Bedeutung weit über Julian Assange als Person hinausreicht und auch weit über die direkt betroffenen Staaten hinaus. Weil er ein generelles Systemversagen sichtbar macht, das die Integrität unserer demokratisch-rechtsstaatlichen Institutionen in schwerer Weise untergräbt. Ein Systemversagen, das mir aus meiner täglichen Arbeit zwar sattsam bekannt ist, das sich normalerweise aber weitgehend hinter den Kulissen abspielt und daher nur selten schlüssig nachzuweisen ist.

Der Fall Assange ist die Geschichte eines Mannes, der dafür verfolgt und misshandelt wird, dass er die schmutzigen Geheimnisse der Mächtigen an die Öffentlichkeit gebracht und damit Kriegsverbrechen, Folter und Korruption enthüllt hat. Es ist die Geschichte schwerster Justizwillkür in westlichen Demokratien, die sich im Bereich des Menschenrechtsschutzes sonst gerne als Vorzeigestaaten darstellen. Es ist die Geschichte vorsätzlicher Geheimdienst- und Behördenkollusion hinter dem Rücken der Öffentlichkeit und der nationalen Parlamente. Es ist die Geschichte manipulierter und manipulativer Berichterstattung in etablierten Medien zum Zweck der gezielten Dämonisierung, Entwürdigung und Zerstörung einer Einzelperson. Es ist die Geschichte eines Mannes, der von uns allen zum Sündenbock gemacht wurde für das Versagen unserer Gesellschaft im Umgang mit Behördenkorruption und staatlich sanktionierten Verbrechen. Es ist somit auch eine Geschichte über jede und jeden Einzelnen von uns, unsere eigene Bequemlichkeit, Selbsttäuschung und Mitverantwortung an den politischen, wirtschaftlichen und menschlichen Tragödien unserer Zeit.

Ich habe den Fall Assange zwei Jahre lang intensiv untersucht, habe zwei Jahre lang erfolglos versucht, die verantwortlichen Staaten zur Zusammenarbeit zu bewegen und habe meine Einschätzungen und Bedenken zwei Jahre lang öffentlich kommuniziert – in offiziellen Berichten und Presseinterviews, bei Veranstaltungen und auf verschiedenen Podiumsdiskussionen. Nun ist die Zeit gekommen, der Öffentlichkeit diesen Text vorzulegen, der meine Untersuchung und meine Schlussfolgerungen in gut zugänglicher Form zusammenfasst und jeweils die relevanten Beweismittel zitiert. Ich habe mich zu diesem Schritt entschlossen, weil ich innerhalb des Systems nicht weiterkomme, weil ich mich durch Schweigen oder Nichtstun aber selbst zum Komplizen machen würde: zum Komplizen bei der Vertuschung schwerer Verbrechen, sowohl derjenigen, die Assange enthüllt hat, als auch derjenigen, die gegen ihn – und damit auch gegen uns alle – verübt wurden und immer noch werden. In der Ausübung meines Mandates fühle ich mich nicht in erster Linie den amtierenden Regierungen verantwortlich, sondern den UNO-Mitgliedstaaten selbst und ihren Bevölkerungen. Sie haben sich zur Einhaltung des Völkerrechts verpflichtet. Sie haben daher auch ein Recht darauf, darüber informiert zu werden, was ihre Regierungen mit der ihnen übertragenen Macht tun. Vor allem, wenn es dabei um Folter und Misshandlung geht, wenn unsere Presse-, Meinungs- und Informationsfreiheit unterdrückt wird und wenn die Mächtigen für sich Straffreiheit beanspruchen für Korruption und schwerste Verbrechen. In gewissem Sinne werde ich jetzt also selbst zum Whistleblower.

Ich habe meine Untersuchungen stets nach bestem Wissen und Gewissen objektiv und unparteiisch durchgeführt und alle Beweismittel berücksichtigt, welche mir zur Verfügung gestellt wurden. Dies wurde durch die fehlende Gesprächsbereitschaft der Regierungen sehr erschwert, denn keine meiner Aufforderungen, Stellung zu beziehen, Korrekturen vorzunehmen und Gegenbeweise zu erbringen, erhielt eine konstruktive Antwort. Angesichts dieser Verweigerungshaltung war es nicht leicht, zu verlässlichen Schlüssen zu gelangen. Dennoch konnte ich mit der Zeit aus einer Vielzahl von Quellen rund 10000 Seiten verlässlicher Verfahrensakten, Korrespondenz und anderer Beweismittel zusammenstellen. Auch wenn ich mich aus Gründen des Quellen- und Persönlichkeitsschutzes dazu entschieden habe, mit Namensnennungen sehr sparsam umzugehen, bin ich unzähligen Einzelpersonen für wertvolle Hinweise und Unterstützung aller Art zu tiefem Dank verpflichtet. Die Betroffenen wissen, dass sie gemeint sind.

Immer wieder werde ich meine Untersuchung des Falles Assange mit dem Zusammensetzen eines riesigen Puzzles vergleichen. Wie bei einer Detektivarbeit geht es um die Aufklärung eines Verbrechens, um die Auflösung einer Gleichung mit vielen Unbekannten. Auch wenn viele wichtige Puzzleteile heute noch fehlen, so ergibt sich inzwischen doch ein in sich schlüssiges und kohärentes Gesamtbild. Solange die Staaten ihrer Pflicht zur Transparenz nicht nachkommen, können meine Schlussfolgerungen jedoch zugegebenermaßen nicht als absolut, vollständig und abschließend betrachtet werden. Sie sind das Resultat einer zweijährigen sorgfältigen und unter widrigen Umständen durchgeführten Untersuchung. Sollten die betroffenen Regierungen ihre Verweigerungshaltung aufgeben und Gegenbeweise oder Klarstellungen vorbringen wollen, so werde ich diese selbstverständlich dankbar entgegennehmen und in meinen zukünftigen Stellungnahmen gebührend berücksichtigen. Ein wichtiger Zweck meiner Arbeit – die Feststellung der Wahrheit – wäre damit erreicht.

Im Grunde geht es im Fall Assange jedoch gar nicht um Assange. Es geht um die Integrität unserer rechtsstaatlichen Institutionen und damit um den Kerngehalt der »Republik« im ursprünglichen Wortsinn. Auf dem Spiel steht nicht weniger als die Zukunft unserer Demokratie. Ich möchte unseren Kindern nicht eine Welt hinterlassen, in der sich Regierungen ungestraft über Recht und Gerechtigkeit hinwegsetzen können, in der es aber zum Verbrechen geworden ist, die Wahrheit zu sagen. Ich habe mein Mandat als UNO-Sonderberichterstatter immer als Verpflichtung begriffen, meine privilegierte Stellung für den Schutz der Menschenrechte einzusetzen, auf Verstöße und Systemmängel hinzuweisen und für die Integrität unserer Institutionen zu kämpfen – *speaking truth to power,* wie man auf Englisch so treffend sagt. Das habe ich seit meiner Ernennung durch den UNO-Menschenrechtsrat getan. Ich habe über Polizeigewalt genauso gesprochen wie über die Unmenschlichkeit der vorherrschenden Migrationspolitik, über psychische Foltermethoden ebenso wie über die Grausamkeit häuslicher Gewalt, habe die weltweiten Zusammenhänge zwischen Korruption und Folter ebenso aufgezeigt wie kollektive Muster der Selbsttäuschung, ohne die Folter und Misshandlung nicht weltweit ungestraft praktiziert werden könnten.

Ich habe mir damit nicht nur Freunde gemacht, denn ich habe die Privilegien und Unantastbarkeit der Mächtigen infrage gestellt. Gerade im Fall Julian Assange wurde mir immer wieder vorgeworfen, meine Neutralität aufgegeben und einseitig für ihn Partei ergriffen zu haben. Dem ist nicht so. Wenn überhaupt, dann war ich negativ voreingenommen gegenüber Assange und wollte mich auf seinen Fall zunächst gar nicht einlassen. Während meiner Untersuchung habe ich stets großen Wert auf Objektivität, Sachlichkeit und Unparteilichkeit gelegt. Doch sobald meine Untersuchung eines Falles zu der Feststellung führt, dass tatsächlich schwere Menschenrechtsverletzungen begangen wurden, darf ich nicht neutral bleiben zwischen Täter und Opfer. Dann muss ich zwar nach wie vor sachlich und objektiv bleiben, doch gleichzeitig auch Partei ergreifen für das Folteropfer, für die Menschenrechte und für die Gerechtigkeit. Ich schreibe hier also nicht als Anwalt für Julian Assange, sondern als Anwalt der Menschlichkeit, der Wahrheit und der rechtsstaatlichen Integrität.

Wie man einen Elefanten übersieht

Kurz vor Weihnachten 2018. Ich saß am Schreibtisch und arbeitete an meinem jährlichen Bericht für den UNO-Menschenrechtsrat in Genf. Von diesem Gremium war ich ernannt worden, ihm musste ich als unabhängiger Experte Bericht erstatten über die weltweite Einhaltung des Folter- und Misshandlungsverbots. Zweimal im Jahr hatte ich die Gelegenheit, vor den UNO-Mitgliedstaaten aufzutreten: im Frühjahr im Menschenrechtsrat in Genf und im Herbst in der Generalversammlung in New York. Dies waren meine Gelegenheiten, ein für das Folter- und Misshandlungsverbot relevantes Thema frei zu wählen und auf die internationale Agenda zu setzen. Die Mandate der UNO-Sonderberichterstatter sind unbezahlte Ehrenämter. Wie die meisten Kolleginnen und Kollegen verdiene ich meinen Lebensunterhalt daher als Professor für Völkerrecht an der Universität Glasgow sowie an der Genfer Akademie für Humanitäres Völkerrecht und Menschenrechte. Die entscheidende Stärke eines UNO-Sonderberichterstatters ist seine Unabhängigkeit. Einmal gewählt, sind die Mandatsinhaber ausschließlich den Menschenrechten verpflichtet und dürfen sich bei der Ausübung ihres Amtes von niemandem beeinflussen lassen. Sie genießen diplomatische Immunität und agieren außerhalb der von politischen Interessen dominierten Hierarchien, Strukturen und Entscheidungsprozesse der Organisation. Wären die Mandate auch noch mit einem ausreichenden Budget und genügend Personal ausgestattet – engagierte Sonderberichterstatter könnten dann einiges erreichen. So wäre es in einer idealen Welt. In der realen Welt fehlen den Staaten jedoch nicht nur die finanziellen Mittel, sondern vor allem auch der politische Wille zur tatsächlichen und umfassenden Umsetzung der Menschenrechte, denn das würde vielerorts das Ende überkommener Machtstrukturen, Privilegien und Ausbeutereien verlangen, welche oft bis tief in die Politik hineinreichen. Ein probates Mittel der Staaten, den Einfluss von Sonderberichterstattern zu begrenzen, ist die fortlaufende Schaffung zusätzlicher Mandate zu neuen menschenrechtlichen Themen, ohne das hierfür zur Verfügung gestellte Globalbudget zu erhöhen. Der daraus resultierende chronische Mangel an finanziellen und personellen Ressourcen der Sonderberichterstatter ist daher kaum ein Zufall.

In jenem Dezember 2018 schrieb ich also an meinem Bericht, diesmal über die Zusammenhänge zwischen Korruption und Folter, als auf dem Bildschirm vor mir plötzlich ein kleines Fenster aufging und das Eintreffen einer neuen Mail anzeigte. *Julian Assange is seeking your protection,* stand in der Betreffzeile. Julian Assange? War das nicht der Gründer von WikiLeaks, dieser zwielichtige Hacker mit Lederjacke und weißen Haaren, der sich wegen Vergewaltigungsvorwürfen irgendwo in einer Botschaft versteckte? Wie aus dem Nichts erfüllte mich ein Strom abschätziger Gedanken und erzeugte eine beinahe reflexartige Ablehnung. Assange? Nein, von dem würde ich mich sicher nicht manipulieren lassen, denn ich hatte Wichtigeres zu tun – ich musste mich um *wirkliche* Folteropfer kümmern! Ich klickte das Fenster weg – aus den Augen, aus dem Sinn! Dann widmete ich meine Aufmerksamkeit wieder ganz meinem Bericht und der Überwindung von Vorurteilen und Selbsttäuschung der breiten Öffentlichkeit im Bereich der Behördenkorruption. Die frappante Ironie dieser Situation sollte mir erst einige Monate später bewusst werden.

Gefangen in meinen eigenen Vorurteilen

Irgendwann im Laufe der nächsten Stunden überflog ich die eingegangene Mail schließlich doch. Man versuchte offenbar zu argumentieren, dass die Lebensbedingungen von Assange in der ecuadorianischen Botschaft in London, wo er sich seit Juni 2012 aufhielt, das Verbot unmenschlicher Behandlung verletzten und damit in den Bereich meines Mandats fielen. Ich las das, aber ich war von vornherein nicht überzeugt und nahm die Mail einfach nicht ernst. Die Möglichkeit, Assange könne tatsächlich misshandelt werden, kam mir gar nicht in den Sinn. Ich konnte mir schon vorstellen, dass es ihm in der Botschaft nicht mehr gefiel und dass es ihm vielleicht auch gesundheitlich nicht sehr gut ging. Sechs Jahre sind eine lange Zeit, wenn man ein Haus nicht verlassen kann. Aber gleichzeitig wirkten wohl auch die Überschriften der großen Zeitungen in mir nach, die ich in den letzten Jahren beinahe unbewusst absorbiert hatte: Assange, der feige Vergewaltiger, der sich weigert, sich den schwedischen Behörden zu stellen. Assange, der Hacker und Spion, der sich in der ecuadorianischen Botschaft Recht und Gesetz entzieht. Assange, der rücksichtslose Narzisst, Verräter und Schmierfink. Und immer so fort.

Erst später wurde mir klar, wie sehr meine Wahrnehmung von

Vorurteilen verzerrt gewesen war. Durch die jahrelange, bewusst kaum wahrgenommene Berieselung durch reißerische Schlagzeilen und tendenziöse Berichterstattung hatte sich in mir eine emotional tief verankerte Meinung gebildet, von der ich überzeugt war, sie beruhe auf gesicherten Fakten. So sah ich auch nach der Lektüre der Mail keinen Grund, mich mit Julian Assange ernsthaft zu befassen. *Manufacturing consent* haben Edward Herman und Noam Chomsky bereits Ende der 1980er-Jahre das Kommunikationsmodell der amerikanischen Massenmedien genannt, das seither längst globalisiert worden ist. Sie haben gezeigt, wie Selbstzensur, vorauseilender Gehorsam und wirtschaftliche Sachzwänge viele Medienhäuser zu einer geglätteten Berichterstattung im Sinne eines allgemein akzeptierten Konsenses veranlassen. So war es auch im Fall Assange. Das offizielle Narrativ funktionierte. Auch bei mir.

Die Ironie war schlagend – da saß ich also und schrieb an meinem Bericht über den Zusammenhang zwischen Korruption und Folter und bemerkte nicht einmal, dass das Interventionsgesuch von Assanges Anwälten mir geradezu ein Paradebeispiel für mein Thema vor Augen führte. Denn im Fall von Julian Assange geht es in erster Linie um politische Korruption; hier wurden und werden rechtsstaatliche Institutionen und Verfahren für politische Zwecke missbraucht – für die Unterdrückung der Presse- und Informationsfreiheit; für die Straflosigkeit von Folter und Kriegsverbrechen; für die politische Verfolgung von Dissidenten und für die Geheimhaltung von Machenschaften der Behörden, die in jedem demokratischen Rechtsstaat ans Licht der Öffentlichkeit gehören.

Ich war nicht der Einzige bei der UNO, den Assanges Anwälte Ende 2018 kontaktierten. Auch der Sonderberichterstatter zur Lage von Menschenrechtsverteidigern und die UNO-Arbeitsgruppe für willkürliche Inhaftierungen (Working Group on Arbitrary Detention, WGAD) wurden angeschrieben. Zusammen veröffentlichten sie am 21. Dezember 2018 eine Pressemitteilung mit der Überschrift: »UNO-Experten fordern Großbritannien dazu auf, seine Rechtsverpflichtungen einzuhalten und Julian Assange zu erlauben, die ecuadorianische Botschaft in London unbehelligt zu verlassen«.

Ich gehörte nicht zu den unterzeichnenden Experten. Ich hatte das Schreiben von Assanges Anwälten mehr oder weniger achtlos ad acta gelegt und auch die Pressemitteilung kaum wahrgenommen. Wie für die meisten Menschen auf dieser Welt war Assange auch für mich einfach ein Vergewaltiger, Hacker, Spion und Narzisst. Wie die meisten Menschen auf dieser Welt hatte ich das sichere Gefühl, die Wahrheit über ihn zu kennen, auch wenn ich nicht wirklich wusste, woher. Es sollten noch drei Monate vergehen, bis sich meine Meinung grundlegend änderte.

Der Nebel beginnt sich aufzulösen

Als die Anwälte von Julian Assange mich im März 2019 erneut kontaktierten, war ihr Tonfall um einiges dringlicher geworden. Die Anzeichen verdichteten sich, dass eine Ausweisung Assanges aus der ecuadorianischen Botschaft und damit seine Verhaftung durch die britische Polizei möglicherweise unmittelbar bevorstanden. In den letzten Wochen hatte sich der ecuadorianische Präsident Lenín Moreno des Öfteren mit Äußerungen zitieren lassen, die keinen Zweifel daran ließen, dass der Präsident seinen Botschaftsgast lieber heute als morgen loswerden wollte. Die britische Klatschpresse hatte das Thema dankbar aufgegriffen. Immer wieder waren Geschichten über das angeblich zunehmend angespannte Verhältnis zwischen Botschaftsmitarbeitern und Assange erschienen sowie über dessen angeblich erratisches und unappetitliches Gebaren. Ein flüchtiger Blick auf die Überschriften reichte aus, um eins und eins zusammenzuzählen. Es schien, als würde sich der Machtwechsel in Ecuador – der amerikafreundliche Moreno hatte im Mai 2017 den amerikaskeptischen Rafael Correa im Präsidentenamt abgelöst – spätestens jetzt auch konkret auf das weitere Schicksal von Assange auswirken. Durch eine Ausweisung aus der Botschaft würde für Assange die Gefahr einer Auslieferung in die USA schlagartig massiv steigen und damit auch das Risiko schwerer Verletzungen seiner Menschenrechte.

Vielleicht sollte ich mich ja doch etwas näher mit dem Thema befassen? Ich öffnete die Dokumente, die man mir mitgeschickt hatte. Darunter fand ich auch eine Zusammenfassung der Ereignisse seit den großen WikiLeaks-Veröffentlichungen im Jahr 2010. Der

Fall war in der Tat komplexer, als ich gedacht hatte. Allein die Hintergründe des inzwischen eingestellten schwedischen Verfahrens warfen schon viele Fragen auf. Als Nächstes las ich ein medizinisches Gutachten, das die Bostoner Ärztin und Professorin Sondra Crosby im Februar 2019, also erst vor einem Monat, an das Hochkommissariat für Menschenrechte geschickt hatte, nachdem sie Assange in der ecuadorianischen Botschaft besucht hatte. Sondra Crosby war nicht irgendwer. Als Spezialistin für die Untersuchung von Flüchtlingen und Folteropfern genoss sie einen ausgezeichneten Ruf. Beispielsweise hatte sie als eine der ersten Medizinerinnen weltweit Häftlinge in Guantanamo untersucht. Ihre Stimme hatte Gewicht. Vor allem war sie nicht verdächtig, zum Lager der Assange-Aktivisten zu gehören und einseitig Position zu beziehen.

Crosbys Schilderung von Assanges Alltag in der Botschaft zeichnete das Bild eines in die Enge getriebenen Mannes, dessen Kräfte nach sieben Jahren mehr und mehr schwanden. Die Auswirkungen eines ohnehin nicht auf einen längeren Aufenthalt eingerichteten, nun aber auch noch zunehmend feindlicher werdenden Umfelds auf Assanges Gesundheit waren nach Crosbys Einschätzung gravierend. Die beengten Räumlichkeiten und die daraus resultierenden fehlenden Bewegungsmöglichkeiten; der Mangel an Tageslicht; die soziale Isolation, zeitweilig noch verstärkt durch die Unterbrechung von Assanges Internetverbindung und die Einschränkung von Besuchsrechten – all das hatte, so Crosby, zu einem Zustand chronischen Stresses geführt. Der fehlende Zugang zu adäquater medizinischer Behandlung sowie die insgesamt sehr ungewissen Zukunftsaussichten verschärften diese Situation noch und machten weitere, noch schwerwiegendere physische und psychische Beeinträchtigungen wahrscheinlich.

Dazu kamen zahlreiche, wie Crosby es nannte, »Angriffe auf Assanges Menschenwürde«, nicht zuletzt durch die immer intensiveren Überwachungsmaßnahmen in der Botschaft. Sogar die von Crosby durchgeführte Untersuchung sei von Kameras aufgezeichnet worden, und nur ein von Assange auf große Lautstärke eingestelltes Radio habe dabei das Abgehörtwerden verhindert. Während einer kurzzeitigen Abwesenheit Crosbys aus dem Besprechungszimmer seien zudem ihre ärztlichen Aufzeichnungen entwendet worden und hätten sich, ganz offensichtlich durchgeblättert und gelesen, später im Raum des Sicherheitspersonals der Botschaft wiedergefunden – eine klare Verletzung der Vertraulichkeit zwischen Ärztin und Patient. Crosbys Fazit war unmissverständlich: Aus medizinischer Sicht verstieß Assanges Behandlung gegen das Folter- und Misshandlungsverbot der internationalen Antifolterkonvention.

Ebenfalls beigefügt hatte man mir die bereits Anfang 2016 veröffentlichten Schlussfolgerungen der UNO-Arbeitsgruppe für willkürliche Inhaftierungen (WGAD). Jener Arbeitsgruppe also, deren Pressemitteilung vor drei Monaten ohne mein Mittun erschienen war, weil ich mich nicht auf den Assange-Fall einlassen wollte. Erst jetzt machte ich mich daran, Seite um Seite des recht umfangreichen Gutachtens Nr. 54/2015 vom 4. Dezember 2015 zu lesen. Verfasst worden war es zu einer Zeit, in der das schwedische Verfahren noch offen gewesen war, sich jedoch seit über fünf Jahren noch immer im Status der Voruntersuchung befunden hatte. Offenbar war in all der Zeit nicht einmal Anklage gegen Assange erhoben worden. Die UNO-Experten sprachen deshalb zu Recht von einem mit der Unschuldsvermutung unvereinbaren Schwebezustand, dessen Dauer jedes akzeptable Maß längst überschritten hatte. Gerade diese ungeklärte Situation war es offenbar auch, die Assange in der Botschaft festhielt. Die standhafte Weigerung der Schweden und der Engländer, Assange die Garantie auszusprechen, bei einer Verhaftung nicht in die USA ausgeliefert zu werden, zementierte den Status quo ins Unabsehbare.

War daher der Aufenthalt in der Botschaft als Freiheitsentzug zu werten? Das Gutachten bejahte dies. Assanges einzige Möglichkeit, sich vor einer Auslieferung in die USA zu schützen, wo ihn ein unfairer Prozess und unmenschliche Haftbedingungen erwarteten, bestehe in seinem fortgesetzten Ausharren innerhalb des Gebäudes. Nur so könne er das ihm gewährte Asyl weiterhin in Anspruch nehmen. Wie jeder andere Mensch dürfe aber auch er nicht gezwungen werden, die Sicherheit und Unversehrtheit seiner Person aufzugeben und sich selbst dem Risiko schwerer Menschenrechtsverletzungen auszusetzen. Aus diesem Grund könne Assanges weiterer Verbleib in der Botschaft gerade nicht als freiwillig bezeichnet werden. Das Risiko einer Auslieferung an die USA hätten Schweden und Großbritannien problemlos durch entsprechende Garantien beseitigen und Assange dadurch die Beteiligung am schwedischen Verfahren ermöglichen können. Mit Blick auf die Verweigerung dieser Garantien sprach die Arbeitsgruppe daher folgerichtig von einem willkürlichen Entzug seiner Freiheit durch Schweden und Großbritannien.

Die Regierungen der beiden Länder sahen das natürlich anders. Erst verlangten sie die Wiedererwägung des Gutachtens. Als die Arbeitsgruppe bei ihren Schlussfolgerungen blieb, kündigten Schweden und Großbritannien kurzerhand an, diese zu ignorieren, weil sie mit dem Fazit nicht einverstanden seien. Dass es für einen Rechtsstaat geradezu absurd ist, sich zuerst auf ein Verfahren vor einem UNO-Gremium einzulassen, dessen Schlussfolgerungen jedoch nur dann zu akzeptieren, wenn sie zu seinen Gunsten ausfallen, schien keine der beiden Regierungen zu stören. Ironischerweise warfen sie aber gleichzeitig Assange vor, sich der Justiz zu entziehen. Sie blieben bei ihrer Argumentation, die sich in einem einzigen Satz zusammenfassen lässt: »Mr Assange steht es frei, die Botschaft jederzeit zu verlassen, und die schwedischen [bzw. britischen] Behörden haben keinerlei Kontrolle über seine Entscheidung, in der Botschaft zu verbleiben.«

Mir erschien die Einschätzung der Arbeitsgruppe jedoch durchaus plausibel. Ich konnte der Logik, mit der argumentiert wurde, nur zustimmen. Dabei half mir, dass ich mich ein Jahr zuvor, im März 2018, für meinen damaligen Bericht an den Menschenrechtsrat in Genf ausführlich mit migrationsbedingter Folter beschäftigt hatte. Immer wieder gelangen Asyl suchende Migranten zwar bis an die Grenze ihres Ziellandes, werden dort jedoch gestoppt und in umzäunten Auffanglagern festgehalten. Auch diese Zielländer sagen jeweils: Nein, diese Migranten sind ihrer Freiheit nicht beraubt, sie werden nicht willkürlich festgehalten, denn es steht ihnen ja völlig frei, das Lager zu verlassen. Allerdings nur in eine Richtung: nämlich in die, aus der sie geflohen sind. Wenn man jemandem keine andere Wahl mehr lässt, als entweder eingesperrt zu bleiben oder sich in ernsthafte Gefahr zu begeben, dann beraubt man ihn seiner Freiheit. Alles andere ist Augenwischerei.

Willkürlicher Freiheitsentzug also. Die Klarheit, mit der die Arbeitsgruppe Assanges Situation analysierte und bewertete, war bemerkenswert. Ein einzelner Sonderberichterstatter tut sich im Normalfall leichter damit, zu einer handfesten Position zu gelangen, als ein aus fünf unabhängigen UNO-Experten bestehendes kollektives Gremium, das sich stets nur auf den kleinsten gemeinsamen Nenner einigen kann. Im Fall Assange gab es innerhalb der Arbeitsgruppe nur eine einzige abweichende Stimme, sodass die Eindeutigkeit des Gutachtens umso höher zu bewerten war.

Noch ein weiteres Dokument sah ich mir an, ein Interview mit James Goodale, dem ehemaligen Leiter der Rechtsabteilung der *New York Times*. Welche Auswirkungen würde eine strafrechtliche Verfolgung von Assange durch die US-Behörden auf die Pressefreiheit haben, die vom Ersten Zusatzartikel der amerikanischen Verfassung garantiert wird? Goodale wusste, wovon er sprach. Er war schon 1971, als seine Zeitung mit den sogenannten »Pentagon Papers« geheime Dokumente über den Vietnamkrieg publiziert hatte, ein engagierter und erfolgreicher Streiter gegen die damals versuchte Kriminalisierung journalistischer Tätigkeit durch den US-amerikanischen Espionage Act gewesen. Goodale stellte klar: Was auch immer Assange via WikiLeaks publiziert hatte und aus welchen Quellen das Material auch stammte – er war der Veröffentlicher, nicht die Quelle dieses Materials und hatte dieses auch nicht gestohlen, sondern von willigen Quellen erhalten. Sein Vorgehen sei daher von der Verfassung geschützt. Werde er dennoch strafrechtlich verfolgt, würde das unabsehbare Konsequenzen für die journalistische Arbeit zur Folge haben. Dann könnte jede Enthüllungsstory, die auf geleaktem Material basiere, künftig ein Fall für den Strafrichter sein. Die daraus resultierende Gefahr für Journalisten könne man gar nicht hoch genug einschätzen.

Ich hatte lange gelesen. Für einen Moment blickte ich zum Fenster hinaus auf die von der Frühjahrssonne beschienene Alpenkette. Crosbys ärztliches Gutachten, die Schlussfolgerungen der WGAD und Goodales Einschätzungen hatten mich zum Nachdenken gebracht. Ich begann mir meiner eigenen Vorurteile bewusst zu werden, die mich im Dezember dazu gebracht hatten, Assanges erstes Interventionsgesuch mehr oder weniger achselzuckend vom Tisch zu wischen. Nach all dem, was ich nun erfahren hatte, ging das nicht mehr. Plötzlich wurde mir die politische Dimension dieses Falles klar und dass ich es meiner persönlichen und beruflichen Integrität schuldig war, genauer hinzusehen und mir meine eigene Meinung zu bilden.

Britische Folter durch Zermürbung

Am 11. April 2019 wurde Julian Assange innerhalb der Botschaft auf Anforderung des ecuadorianischen Botschafters von der Londoner Polizei festgenommen, nachdem ihm der Präsident Ecuadors das Asylrecht entzogen hatte. Er wurde ins Hochsicherheitsgefängnis HMP Belmarsh gebracht – das berüchtigte »Guantanamo von Großbritannien«. Britische Politiker begrüßten die Verhaftung lautstark, und Premierministerin May gab ihrer Befriedigung darüber Ausdruck, dass in Großbritannien eben »niemand über dem Recht stehe«. Niemand außer den britischen Behörden selbst, müsste man allerdings präzisieren. Tatsächlich zeichnet das Verhalten der britischen Behörden im Fall Assange ein sehr bedenkliches Bild von der Zuverlässigkeit der rechtsstaatlichen Institutionen des Landes. Doch der Fall Assange ist kein Einzelfall. Die britische Regierung befindet sich seit geraumer Zeit auf einem besorgniserregenden Pfad, der die internationale Glaubwürdigkeit des Landes bereits stark erodiert hat. Das vielleicht offensichtlichste Beispiel der letzten zwanzig Jahre ist die britische Beteiligung am völkerrechtswidrigen Angriffskrieg gegen den Irak, welcher ein ganzes Land zerstört und Millionen von Menschen getötet, vertrieben und traumatisiert hat. Trotz Tausender Anzeigen gegen britische Soldaten wegen Mord, Folter und Vergewaltigung, welche von der Chefanklägerin des Internationalen Strafgerichtshofs ausdrücklich als glaubwürdig eingeschätzt werden, wurde von den britischen Behörden in den letzten zwanzig Jahren aber nur ein einziger Soldat wegen Kriegsverbrechen zur Verantwortung gezogen, und zwar weil er selbst geständig war. Alle anderen Verfahren wurden von der britischen Justiz ausnahmslos eingestellt, und auch die politische Führung wurde nie zur Verantwortung gezogen.

Das Gleiche gilt für die britische Beteiligung an der völkerrechtswidrigen Folter- und Auslieferungspraxis der CIA im Rahmen des sogenannten »Kriegs gegen den Terror«. Obwohl ein Untersuchungsausschuss des britischen Parlaments im Sommer 2018 zu dem Schluss kam, dass britische Behörden substanziell an dieser Praxis beteiligt waren, und eine gerichtliche Untersuchung verlangte und obwohl zwingendes Völkerrecht diesbezüglich keinerlei Flexibilität erlaubt, weigert sich die britische Regierung bis heute standhaft, die Verantwortlichen strafrechtlich verfolgen zu lassen. Die politische Führung macht sich dadurch auch hier der Komplizenschaft mit Kriegsverbrechen schuldig, bei denen Menschen unrechtmäßig verschleppt und auf grausamste Weise gequält wurden.

Doch nun soll die Straflosigkeit britischer Behördenvertreter offenbar auch noch gesetzlich verankert werden. So hat das Kabinett von Premierminister Boris Johnson im Jahr 2020 gleich zwei Gesetzesvorlagen ins Parlament eingebracht, mit denen die Bestrafung von britischen Soldaten, Agenten und Behördenvertretern für Verbrechen wie Folter, Mord und Geiselnahme sowohl im Ausland als auch in Großbritannien extrem erschwert, wenn nicht gar unmöglich gemacht werden soll, nämlich die »Overseas Operations Bill« und die »Covert Human Intelligence Sources (Criminal Conduct) Bill«. Um das Bild abzurunden, wurde im gleichen Jahr auch noch eine Kommission damit beauftragt, den britischen »Human Rights Act« auf notwendige »Reformen« hin zu überprüfen, was zahlreiche Menschenrechtsorganisationen in Alarmbereitschaft versetzt hat.

Als Völkerrechtsprofessor an einer britischen Universität beobachte ich diesen Trend mit wachsender Sorge, und als UNO-Sonderberichterstatter für Folter muss ich gegenüber Großbritannien immer öfter zu immer schwerwiegenderen Verstößen und Problemen Stellung nehmen, die nur noch wenig mit dem Bild eines krisenfesten Rechtsstaates zu tun haben, das man sich gemeinhin vom Land der Magna Charta macht. Insofern ist das Versagen der britischen Justiz und Behörden im Umgang mit Assange symptomatisch für eine breitere und andauernde Entwicklung des sozialen Zerfalls und der Erosion rechtsstaatlicher Werte, und jede Ermahnung durch internationale Organisationen und andere Beobachter wird entweder ignoriert oder zurückgewiesen. Man kann daher nur noch hoffen, dass die britische Öffentlichkeit selbst die enormen Risiken dieses Trends noch rechtzeitig erkennt und ihm auf demokratischem Weg ein Ende bereitet, solange dies noch möglich ist.

Assange wusste natürlich, dass ihn Ecuador nicht einem neutralen und unparteiischen Richter ausgeliefert hatte, sondern einer Regierung, die ihn ein Jahrzehnt lang als Staatsfeind überwacht, gedemütigt und dämonisiert hatte und die nur darauf wartete, an ihm ein abschreckendes Exempel zu statuieren. Dieses Wissen hatte eine gefährliche, für Opfer psychischer Folter typische Abwärtsspirale ausgelöst, ein sich immer schneller drehendes Karussell von permanenten Angst- und Stresszuständen, Schlaf- und Hilflosigkeit, Verwirrung und Depression, das dringend mit Medikamenten stabilisiert werden musste. Bereits am 30. Mai war Assange nicht einmal mehr in der Lage, per Videokonferenz an einer gerichtlichen Anhörung teilzunehmen.

Willkürliche Isolation und Überwachung

Nach seiner Verlegung in die Krankenabteilung verbrachte Assange eine kurze Zeit in einer Gemeinschaftszelle mit drei anderen Insassen, wurde dann aber bald in eine Einzelzelle gesperrt und fast vollständig isoliert. Gemäß übereinstimmenden Berichten durfte er seine Zelle nur noch einmal am Tag verlassen, um fünfundvierzig Minuten im Innenhof an der frischen Luft zu verbringen – alleine. Kontakte zu anderen Gefangenen waren nicht mehr erlaubt. Wann auch immer Assange von den Wärtern durch die Gänge geführt wurde, wurden zuerst alle anderen Insassen weggesperrt. Innerhalb seiner Zelle wurde er rund um die Uhr überwacht. Alle diese Maßnahmen wurden angeblich aus »Sicherheitsgründen« verordnet, um Assange vor sich selbst und vor seinen Mithäftlingen zu schützen. Allerdings waren es gerade diese Mithäftlinge, die mit einer solidarischen Petition an den Gefängnisdirektor die Rückverlegung Assanges in die allgemeine Abteilung verlangten. Denn Isolationshaft ist grausam, unmenschlich und entwürdigend. Die nicht zufällig nach Nelson Mandela benannten UNO-Mindeststandards für die Behandlung von Häftlingen stellen klar, dass Isolationshaft – also Einzelhaft mit weniger als zwei Stunden Sozialkontakt pro Tag – nur in Ausnahmefällen und für kurze Zeit zulässig ist. Isolationshaft von mehr als fünfzehn Tagen fällt grundsätzlich unter das Folter- und Misshandlungsverbot. Auch die ständige Überwachung ist ein schwerer Eingriff in die Persönlichkeitsrechte, welcher nur für kurze Zeit gerechtfertigt werden kann, etwa um einen akut drohenden Selbstmord zu verhindern. Leider wird dieses sogenannte *Suicide-watch*-Regime weltweit nicht nur im guten Glauben eingesetzt, sondern zunehmend auch zum verdeckten »Weichkochen« von Häftlingen. Mit der gleichen Begründung hatte man ja schon Chelsea Manning neun Monate lang mit ständiger Überwachung terrorisiert, eine Behandlung, die später nicht nur von meinem Amtsvorgänger Juan Mendez, sondern auch vom zuständigen US-Gericht als willkürlich und missbräuchlich verurteilt worden war.

Doch die britischen Behörden hatten stets eine Erklärung parat: Ging es Assange gerade schlecht, mussten seine Isolation und Überwachung zu seinem Schutz aufrechterhalten werden. Stabilisierte sich hingegen sein Gesundheitszustand, so war das der Beweis, dass ihm die Isolation guttat und fortgesetzt werden musste. Dass Assange, wenn überhaupt, nur ein Bagatellstraftäter war, der gar nicht in ein Hochsicherheitsgefängnis gehörte, wurde von den Behörden ebenso unter den Teppich gekehrt wie der Umstand, dass seine Gesundheitsverschlechterung ja gerade durch jene Isolation, Überwachung und Willkür verursacht worden war, welche nun angeblich zu seinem Schutz eingesetzt werden mussten. Ein Teufelskreis, der sich wiederum nur dadurch erklären lässt, dass die Behörden damit ganz andere Zwecke verfolgten als den Schutz von Assange.

Bezeichnenderweise änderte sich das auch nach dem 25. September 2019 nicht, als Assange die für seine Kautionsverletzung festgesetzte Strafe von fünfzig Wochen zur Hälfte abgesessen hatte und ihm der Rest der Strafe wegen guter Führung von Gesetzes wegen erlassen werden musste. Assange befand sich nun nicht mehr im Strafvollzug, sondern war theoretisch ein freier Mann, der ohne Einschränkungen seinem Berufs- und Familienleben nachgehen durfte, solange er sich für das amerikanische Auslieferungsverfahren zur Verfügung hielt. Wegen seiner Vorgeschichte der Flucht in die ecuadorianische Botschaft könne er jedoch nicht entlassen werden, sondern müsse sicherheitshalber für die gesamte Dauer des Auslieferungsverfahrens in Haft bleiben, entschied die Richterin. Spätestens jetzt hätte Assange jedoch in eine offenere Anstalt oder einen bewachten Hausarrest mit weitestgehend normalisiertem Zugang zu Familie, Anwälten und Außenwelt verlegt werden müssen, denn die harschen Bedingungen in Gefängnis Belmarsh waren für eine reine Präventivhaft offensichtlich weder notwendig noch verhältnismäßig – zwei zwingende Grundvoraussetzungen für jeden rechtmäßigen Eingriff in die Grundrechte. Doch das hätte natürlich den einzigen wahren Zweck der fortgesetzten Isolationshaft untergraben: Assange zum Schweigen zu bringen und die freie Presse einzuschüchtern.

Aushöhlung der Verteidigungsrechte

Neben der Knebelung, Einschüchterung und Terrorisierung Assanges hatte seine Isolation in einem Hochsicherheitsgefängnis noch einen zweiten, wohl ebenso gezielt herbeigeführten Effekt. Aufgrund der Gefahren, welche von Schwerverbrechern ausgehen, sind die Sicherheitsvorkehrungen in Belmarsh besonders streng. Das zeigt sich sowohl im extrem aufwendigen Sicherheitsprozedere für externe Besucher, es verlangsamt und verkompliziert aber auch alle anderen alltäglichen Vorgänge innerhalb des Gefängnisses: Sozialkontakte, Telefonanrufe, Postverteilung, Bibliotheksbesuche, Sport und Bewegung, Arbeit, Hygiene und Arztbesuche. Alles ist streng reglementiert, wird mit Bedacht und unter strikter Überwachung durchgeführt. Die in der Zelle zugelassenen Gegenstände sind beschränkt, die Besucherzahlen ebenso.

Externe Besucher müssen vorangemeldet werden, und ständig kommt es zu Verspätungen. Die Anwälte von Assange beklagten sich, die zugelassene Frequenz ihrer Besuche sei unzureichend. Zudem werde entweder Assange oder die Anwältin aus Mangel an Wachpersonal regelmäßig mit einer halben Stunde oder mehr Verspätung zum Besprechungszimmer gebracht oder zu früh wieder abgeholt, was die Besprechungszeit zusätzlich verkürze. So flog etwa Per Samuelson, Assanges schwedischer Anwalt, nach der Wiedereröffnung des dortigen Verfahrens nach London für ein zweistündiges Treffen mit Assange, um ihm Gerichtsakten erklären zu können, welche nur in schwedischer Sprache zur Verfügung standen. Doch Assange wurde mit einer Stunde und fünfundvierzig Minuten Verspätung zur Besprechung gebracht, sodass von den geplanten zwei Stunden nur noch fünfzehn Minuten übrig blieben. Die Dokumente selbst durften Assange auch nicht ausgehändigt werden, sodass Samuelson unverrichteter Dinge wieder abreisen musste. Laut der Gefängnisleitung ein bedauerliches Missverständnis. Ein Missverständnis, das sich jedoch routinemäßig wiederholte. Nicht nur Samuelson beschwerte sich darüber, sondern auch Assanges Londoner Anwaltsteam, allen voran Gareth Peirce und Jennifer Robinson, sowie die Ärztin Sondra Crosby und seine privaten Besucher. Selbst während meines eigenen Besuches habe ich dieselbe Erfahrung gemacht. Ebenfalls ein »bedauerliches Missverständnis«.

Dazu kommt, dass externe Besucher Assange rein gar nichts aushändigen dürfen, auch keine medizinischen oder anwaltlichen Dokumente. Alles muss auf dem ordentlichen Korrespondenzweg zugestellt werden, was regelmäßig zu Verspätungen von bis zu zwei Monaten führt und offenbar sogar zur unerlaubten Öffnung vertraulicher Anwaltspost. Alles sicherlich ebenfalls nur bedauerliche Missverständnisse. Sofort nach seiner Inhaftierung hatte Assange die Zuteilung eines Laptops beantragt, damit er die Gerichtsakten in elektronischer Form lesen und Stellungnahmen zuhanden seiner Anwälte verfassen konnte. Auch hier gab es eine Reihe solcher bedauerlichen Missverständnisse, sodass dem Gesuch erst nach Beginn der Auslieferungsverhandlung im Februar 2020 entsprochen wurde. Doch als Assange der Laptop endlich ausgehändigt wurde, war die Tastatur mit Leim verklebt worden, damit er sie nicht zum Schreiben benutzen konnte. Bedauerlich? Ja. Ein Missverständnis? Kaum.

Nun war Assange ja von Anfang an kein Durchschnittshäftling, der in Belmarsh seine Strafe abzusitzen und allenfalls noch ein Berufungsverfahren zu durchlaufen hatte. In seinem Fall waren mehrere hochkomplexe Verfahren in verschiedenen Staaten im Gange. Einerseits musste er sich auf das amerikanische Auslieferungsverfahren vorbereiten, in welchem ihm der mächtigste Staat der Welt mit einem Heer von Anwälten und unbegrenzten finanziellen, politischen und militärischen Druckmitteln gegenüberstand. Andererseits ging es auch um die britische Kautionsverletzung, um das wieder eröffnete schwedische Verfahren, um den spanischen Prozess gegen UC Global wegen illegaler Überwachung in der Botschaft und um ein mögliches Verfahren gegen die ecuadorianischen Behörden, die Assanges Habseligkeiten nach seiner Ausweisung widerrechtlich einbehalten und direkt den Amerikanern übergeben hatten. Fünf Verfahren in drei verschiedenen Sprachen wären bereits unter idealen Umständen ein kaum zu bewältigendes Mammutprogramm. Unter den ihm in Belmarsh aufgezwungenen Isolationsbedingungen hatte Assange jedoch keine Chance, seine legitimen Interessen in den verschiedenen Verfahren wahrzunehmen, die umfangreichen Beweismittel zu studieren und seine Verteidigung vorzubereiten. Seine Verteidigung gegen eine Auslieferung, welche mit an Sicherheit grenzender Wahrscheinlichkeit in lebenslanger Isolationshaft unter menschenunwürdigen Bedingungen münden würde. Seine Verteidigung – das fundamentalste Menschenrecht jedes Angeklagten. Auch auf dieses Versagen hatte ich die britischen Behörden nach meinem Gefängnisbesuch bei Assange ausdrücklich hingewiesen und sofortige Maßnahmen verlangt. Ohne Erfolg.

Verantwortung für diese Verfahrensverletzungen wollte niemand übernehmen. Auch hier handelte es sich angeblich nicht um böse Absichten, sondern um reine Zuständigkeitsprobleme. Bei Beschwerden seitens der Anwälte fand sich die Gefängnisleitung nicht für die Verfahrensrechte zuständig und die Richterin nicht für die Haftbedingungen – denn Großbritannien ist ja bekanntlich ein Rechtsstaat, in dem die Gewaltenteilung herrscht und die Justiz und die Exekutive stets darauf bedacht sein müssen, sich nicht in die gegenseitigen Zuständigkeitsbereiche einzumischen. Außer natürlich dann, wenn es der Staatsräson gerade dienlich ist. Dass das gesamte Auslieferungsverfahren gegen Assange angesichts derart gravierender Verletzungen der Verteidigungsrechte aus rechtlicher Sicht als unheilbar willkürlich zu betrachten ist und damit für nicht durchführbar erklärt werden müsste, spielte offenbar keine Rolle.

Vor dem Gesetz sind alle gleich. In einem Rechtsstaat müssen vergleichbare Fälle also gleich behandelt werden. So wie heute Julian Assange befand sich der chilenische Ex-Diktator Augusto Pinochet vom 16. Oktober 1998 bis 2. März 2000 ebenfalls in britischer Auslieferungshaft. Spanien, die Schweiz, Frankreich und Belgien wollten ihn wegen Folter und anderer schwerer Menschenrechtsverletzungen strafrechtlich zur Verantwortung ziehen. Und wie heute Assange so bezeichnete sich damals auch Pinochet als »Englands einzigen politischen Gefangenen«. Allerdings wurde ein britischer Gerichtsentscheid, der Pinochets diplomatische Immunität aufhob, wegen möglicher Befangenheit eines Richters sofort wieder für ungültig erklärt. Der Richter war offenbar freiwilliger Helfer für die lokale Spendensammlung der Organisation Amnesty International, welche in dem Verfahren als Nebenklägerin auftrat. Nicht so im Fall Julian Assange. Hier durfte Richterin Arbuthnot, deren Ehemann mehrfach von WikiLeaks exponiert worden war, nicht nur Assanges Haftbefehl aufrechterhalten, sondern wurde auch noch gleich als verfahrensleitende Richterin für das amerikanische Auslieferungsverfahren eingesetzt.

Pinochet, der Zerstörung Zehntausender von Menschenleben verdächtigt, wurde von den britischen Behörden weder beschimpft noch in ein Hochsicherheitsgefängnis gesteckt oder in Isolationshaft gehalten. Es gab kein Frohlocken von Premierminister Blair, dass in Großbritannien »niemand über dem Recht stehe«, und keine offenen Briefe von Abgeordneten an die Regierung, die seine Überstellung an andere Länder forderten. Pinochet verbrachte seine Auslieferungshaft im Hausarrest in einer Londoner Villa, wo er unbegrenzt Besucher empfangen durfte, vom chilenischen Privatpriester zu Weihnachten bis zu der mit ihm befreundeten früheren Premierministerin Margaret Thatcher. Nicht so im Fall von Julian Assange. Der gewaltlose Überbringer unbequemer Wahrheiten wurde in Isolationshaft gesperrt und seiner Verteidigungsrechte beraubt, selbst nachdem er seine Strafe für die Kautionsverletzung abgesessen hatte und für den Rest des Auslieferungsverfahrens in einen Hausarrest hätte entlassen werden können.

Auch Pinochets Gesundheitszustand war beeinträchtigt. Zwar wies der General selbst die Idee einer Entlassung aus humanitären Gründen weit von sich. Doch dann schritt Innenminister Jack Straw persönlich ein und ordnete eine ärztliche Untersuchung an, welche dem früheren Militärputschisten und Diktator immerhin »Gedächtnisverlust« und »Konzentrationsschwierigkeiten« attestierte. Ein unabhängiges Zweitgutachten, das von mehreren Regierungen verlangt worden war, wurde von Großbritannien verweigert. Stattdessen entschied Straw gleich selbst, ohne richterliche Überprüfung der ärztlichen Befunde und ohne Berufungsmöglichkeit der Gegenparteien, dass Pinochet nicht verhandlungsfähig sei, und ordnete seine unverzügliche Freilassung an. Ganz anders im Fall von Julian Assange. Hier wurden mehrere unabhängige ärztliche Gutachten sowie mein eigener Befund als UNO-Sonderberichterstatter für Folter ignoriert, und das Verfahren wurde selbst dann noch ohne Rücksicht auf Assanges Gesundheit und Verhandlungsunfähigkeit weitergeführt, als er vor Gericht offensichtlich kaum mehr seinen eigenen Namen wiederholen konnte. Zwar wurde Assanges Auslieferung in die USA am 4. Januar 2021 ebenfalls aus medizinischen Gründen abgelehnt. Doch die britische Regierung ordnete keineswegs seine sofortige Freilassung an. Stattdessen durften die USA gegen dieses Urteil Berufung einlegen und wurde Assanges Entlassung auf Kaution weiterhin wegen Fluchtgefahr abgelehnt.

Der Vergleich der beiden Verfahren zeigt in aller Deutlichkeit das ungleiche Maß, mit dem hier gemessen wird. In Pinochets Fall ging es ganz offensichtlich darum, einem alliierten Diktator aus der Zeit des Kalten Krieges und – vor allem – des Falklandkrieges Straflosigkeit für die ihm vorgeworfenen Völkerrechtsverbrechen zu sichern. In Assanges Fall hingegen geht es darum, ein abschreckendes Exempel zu statuieren an einem unbequemen Dissidenten, der genau diese Straflosigkeit gefährdet. Mit Recht und Gerechtigkeit hat beides nichts zu tun.

Im Tonfall großer persönlicher Betroffenheit schildert der ehemalige britische Botschafter Craig Murray, ein persönlicher Freund von Assange, im Oktober 2019 seine Eindrücke als Zuschauer eines »Case Management Hearing« im Westminster Magistrates' Court. Diese Form der Anhörung soll im Vorfeld der eigentlichen Auslieferungsverhandlung allen Parteien Gelegenheit zur Klärung organisatorischer Fragen geben. Nachdem Assange bei früheren Case Management Hearings krankheitsbedingt gefehlt oder nur über Videoübertragung teilgenommen hatte, ist er am 21. Oktober 2019 wieder persönlich anwesend.

Murray ist geschockt, als sein Freund in den Gerichtssaal geführt wird. Assange hinkt, er hat extrem abgenommen, sein Haar ist dünn geworden. Er wirkt wie vor der Zeit gealtert. Erschreckender noch ist die Verschlechterung seines geistigen Zustandes. Assange hat sichtlich Mühe, der Anhörung zu folgen. Das Sprechen fällt ihm schwer, sogar als er nach seinem Namen und seinem Geburtsdatum gefragt wird, kommt die Antwort nur stockend.

Der Termin für den Beginn der eigentlichen Auslieferungsverhandlung wird bestätigt, es bleibt trotz der Einwände von Assanges Anwälten, die mehr Vorbereitungszeit verlangen, beim 24. Februar 2020. Schauplatz wird dann nicht mehr Westminster sein, sondern Woolwich Crown Court, ein ganz besonders restriktiv abgesichertes Gericht in unmittelbarer Nähe von Assanges Gefängnis Belmarsh. Dort werden normalerweise Prozesse gegen Terroristen verhandelt.

Am Ende der Anhörung wird Assange von der Richterin gefragt, ob er das Verfahren verstanden habe. Wieder wirkt Assange desorientiert, seine Ausführungen sind sprunghaft, erscheinen wirr. Doch einige Sätze bleiben Murray im Gedächtnis: »Ich verstehe nicht, wie dieser Prozess gerecht sein kann. Die Supermacht hatte zehn Jahre Zeit, sich auf den Fall vorzubereiten, während ich nicht einmal auf meine Aufzeichnungen zugreifen kann. Da, wo ich bin, ist es extrem schwierig, auch nur irgendetwas zu tun. Diese Leute dagegen haben unbegrenzte Möglichkeiten.« Die Richterin Vanessa Baraitser geht auf Assanges ganz offensichtlich bedenklichen Gesundheitszustand genauso wenig ein wie auf seine Einwände gegen die mangelnde

Fairness des Verfahrens. Falls er etwas nicht verstanden habe, sagt sie, könne er es sich ja von seinen Anwälten erklären lassen. Damit ist die Anhörung beendet.

Assange in Lebensgefahr!

Tatsächlich verdichteten sich im Herbst 2019 die Zeichen, dass sich Assanges Gesundheitszustand weiter verschlechtert hatte. Es war nicht einfach, sich ein objektives Bild zu machen, doch die besorgniserregenden Informationen, die ich aus verschiedenen verlässlichen Quellen erhielt, bestätigten die Prognose, welche wir für den Fall ausbleibender Maßnahmen zu Assanges Schutz gemacht hatten. Wie Murray eindrücklich geschildert hatte, begannen die schonungslose Isolation, Überwachung und Willkür Assanges nun auch für den medizinischen Laien nach außen sichtbar Wirkung zu zeigen. Hatte Assange während meines Besuches im Mai noch einigermaßen resilient gewirkt, so fürchtete ich nun erstmals ernsthaft um sein Leben. Denn mit zunehmender Dauer beschleunigt sich die durch psychische Folter verursachte Destabilisierung der Persönlichkeit in einer regressiven Abwärtsspirale, an deren Ende irgendwann der totale psychische und physische Zusammenbruch erfolgt. Entweder gibt das Opfer dann jeden Widerstand auf und versinkt in totaler Verwirrung, Verwahrlosung und Apathie. Oder es kommt zu einem oft lebensgefährlichen Krisenereignis, einem Kreislaufkollaps, Schlaganfall oder Suizidversuch. Im Herbst 2019 häuften sich die Hinweise, dass Julian Assange immer schneller auf diesen Punkt zuschlitterte, an dem sein Leben akut gefährdet war. Für mich war klar, dass ich intervenieren musste, und zwar sofort.

Am 29. Oktober 2019 wandte ich mich mit einem dringlichen Appell an die britische Regierung, listete Verfahrensverletzungen auf, prangerte Assanges Haftbedingungen an und forderte seine unverzügliche Freilassung oder zumindest seine Verlegung in ein Umfeld, das den Schutz seiner Gesundheit und Menschenrechte ermöglichen würde. Das offizielle Schreiben wurde durch eine Pressemitteilung flankiert, welche ich dem britischen Botschafter gleichzeitig zukommen ließ, wie protokollarisch vorgesehen 48 Stunden vor der geplanten Veröffentlichung am 1. November. Der Zweck dieser Karenzfrist ist, der betroffenen Regierung genügend Zeit zu lassen, um mein Büro für Ergänzungen oder Korrekturen zu kontaktieren.

Das taten die Briten allerdings nicht. Stattdessen beschwerte sich der britische Botschafter in Genf persönlich bei der Hochkommissarin für Menschenrechte, Michelle Bachelet. Der Botschafter habe beim Gespräch mit der Hochkommissarin seiner Sorge über die Wortwahl der geplanten Pressemitteilung Ausdruck verliehen, wurde mir mitgeteilt. Insbesondere mein Vorwurf »offensichtlicher und anhaltender Willkür seitens der Justiz und der Regierung« lasse die erforderliche Unparteilichkeit vermissen. In Wahrheit erhalte Assange ärztliche Pflege und habe Zugang zu seinen Anwälten. Darüber hinaus sei auch der »Verhaltenskodex der UNO-Sonderberichterstatter erörtert« worden, ließ man mich wohlweislich wissen. Eine nur sparsam geschminkte Warnung an meine Adresse, dass die Geduld Großbritanniens nicht endlos sein werde.

Natürlich wusste der Botschafter, dass er mit seinem Vorstelligwerden bei der Hochkommissarin nichts erreichen würde. Zwar stellt ihr Büro mein Sekretariat, die Hochkommissarin ist mir jedoch nicht vorgesetzt und damit auch nicht weisungsbefugt. Aber darauf kam es dem Botschafter ohnehin nicht an. Für ihn zählte die Geste – nicht *mit mir,* sondern *über mich* zu sprechen. So wurde die Sachfrage der Einhaltung des Folterverbotes durch Großbritannien plötzlich zur Personalfrage meiner Einhaltung des Verhaltenskodexes. Eine leicht durchschaubare, aber nicht ungefährliche Strategie, wie sie ja sehr wirkungsvoll auch gegen Assange eingesetzt worden war: Plötzlich diskutierte die ganze Welt nicht mehr über die von WikiLeaks enthüllten Kriegsverbrechen, sondern nur noch über die Person Assanges. Doch ich würde mich nicht einschüchtern lassen. Wie jeder Fachexperte oder Schiedsrichter muss ich meine Untersuchung zwar objektiv und unparteiisch durchführen. Doch wenn ich einmal zum Schluss gekommen bin, dass Folter stattgefunden hat, dann kann meine Aufgabe nicht Unparteilichkeit zwischen Folterer und Folteropfer sein. Dann muss ich »Foul« rufen und auf Recht, Gerechtigkeit und Wiedergutmachung bestehen. Wenn der betroffene Staat kooperiert, kann man das diskret und diplomatisch tun.

Doch wenn eine Regierung den Dialog verweigert und ihre Verpflichtungen wiederholt in schwerer Weise verletzt, dann muss ich mich auch einmal unbeliebt machen und die Öffentlichkeit mobilisieren. Alles andere wäre ein Verrat an meiner Berufung.

Die Ärzte der Welt machen mobil

Meine Pressemitteilung vom 1. November 2019 verfehlte ihre Wirkung nicht. Insbesondere nachdem sich die schwedische Staatsanwaltschaft gezwungen sah, ihre Vergewaltigungsvorwürfe aus Beweismangel vollständig zurückzuziehen, war der Weg frei, aus dem dämonisierten Monster wieder einen Menschen werden zu lassen, für dessen Schicksal man sich interessieren durfte. Es war, wie wenn ein Fluch aufgehoben worden wäre. Das Medieninteresse stieg kontinuierlich an, und immer breitere Kreise begannen das offizielle Narrativ zu durchschauen. Ein wichtiger Durchbruch gelang bereits am 22. November, als eine Gruppe von 60 Ärzten in einem offenen Brief an das britische Innenministerium appellierte, Assange von Belmarsh in eine Universitätsklinik verlegen zu lassen, wo man ihm die erforderliche Pflege zukommen lassen könne. Die britische Innenministerin Priti Patel antwortete zwar nicht direkt, veröffentlichte drei Tage später aber folgende Pressemitteilung: »Die Anschuldigungen, dass Herr Assange gefoltert wurde, sind unbegründet und völlig falsch. Großbritannien setzt sich für die Wahrung der Rechtsstaatlichkeit ein und stellt sicher, dass niemand jemals darübersteht.« Doch die öffentliche Wahrnehmung der britischen Glaubwürdigkeit hatte sich geändert, und die Ärzte ließen sich nicht mehr mit solchen Allgemeinplätzen abspeisen. Sie hakten am 4. Dezember mit einem zweiten Schreiben nach, und als dieses ohne Antwort blieb, publizierte die bereits auf 117 Ärzte aus 18 Ländern angewachsene Gruppe im Februar 2020 einen öffentlichen Aufruf in *The Lancet,* einer der renommiertesten medizinischen Fachzeitschriften weltweit:

»Sollte Assange in einem britischen Gefängnis sterben, wovor der UNO-Sonderberichterstatter für Folter gewarnt hat, hätte man ihn tatsächlich zu Tode gefoltert. Geschehen wäre dies zum größten

Teil auf der Krankenstation eines Gefängnisses und damit unter ärztlicher Beobachtung. Die Ärzteschaft kann es sich nicht erlauben, schweigend auf der Seite der Folterer und damit auf der falschen Seite der Geschichte zu verharren, während sich eine derartige Farce ereignet.«

In einem parallelen offenen Briefwechsel mit der australischen Regierung zwischen Dezember und März 2020 stellte die Ärztegruppe die formalistischen Ausflüchte der dortigen Behörden mit harten Fakten bloß und forderte sie unmissverständlich auf, sich endlich mit dem ganzen politischen Gewicht Australiens für den Schutz ihres Staatsbürgers einzusetzen. Auch die besondere Gefahr der damals gerade ausbrechenden Corona-Pandemie für Gefängnisinsassen wurde thematisiert. Doch sobald klar wurde, dass sich die Ärzte nicht mit halbherzigen Plattitüden aus Canberra abspeisen lassen würden, sondern Taten forderten, konnte sich auch die australische Regierung plötzlich nicht mehr zu einer Antwort durchringen.

Dennoch hatte die Ärztegruppe bereits sehr viel erreicht. Sie hatte die medizinische Fachwelt wachgerüttelt und dafür gesorgt, dass der Fall von Julian Assange nicht nur als Einzelschicksal wahrgenommen wurde, sondern als Symptom eines veritablen Systemversagens, in dem die Grundsätze der medizinischen Ethik genauso mit Füßen getreten wurden wie diejenigen der Rechtsstaatlichkeit. Ein zweiter Aufruf in *The Lancet,* zum Internationalen Tag der Folteropfer am 26. Juni 2020, zählte bereits über 250 Unterschriften von Medizinern aus 35 Ländern. Es war klar, dass nun eine kritische Masse erreicht war: Assanges Unterstützer ließen sich nicht mehr den Mund verbieten und beeinflussten auch zunehmend die Wahrnehmung in Politik und Medien.

Autorinnen und Autoren

Christoph Röhl ist ein preisgekrönter britisch-deutscher Filmregisseur, der u. a. durch »Die Auserwählten« (2014), seinen Spielfilm über den Missbrauchsskandal an der Odenwaldschule, bekannt wurde. Sein Dokumentarfilm »Verteidiger des Glaubens« (2019) setzt sich kritisch mit Joseph Ratzingers Wirkung auf die katholische Kirche auseinander und löste eine große mediale Debatte aus. 2014 wurde ihm der World Childhood Foundation Award für hervorragende Leistungen im Kampf gegen sexuellen Missbrauch in Deutschland verliehen.

Doris Reisinger ist Theologin, promovierte Philosophin sowie Autorin mehrerer Bestseller (darunter »Nicht mehr ich. Die wahre Geschichte einer jungen Ordensfrau und Spiritueller Missbrauch in der katholischen Kirche«) und hat unter anderem zu sexuellem und spirituellem Missbrauch in der katholischen Kirche geforscht und geschrieben.

Fabian Scheidler studierte Philosophie und Geschichte. Als Publizist schreibt er seit vielen Jahren über globale Gerechtigkeit und wurde mit dem Otto-Brenner-Medienpreis für kritischen Journalismus ausgezeichnet. Zu seinen Buchveröffentlichungen zählen »Chaos. Das neue Zeitalter der Revolutionen« (2017) und »Das Ende der Megamaschine. Geschichte einer scheiternden Zivilisation« (2015), das in mehrere Sprachen übersetzt wurde.

Georg Mascolo begann 1988 seine Tätigkeit für den »Spiegel«, wo er zunächst für die Fernsehsparte über das Ende der DDR berichtete. 1992 wechselte er zur Printausgabe, leitete das Ressort »Deutschland«, das Berliner Hauptstadtbüro und war Korrespondent in den USA. Von 2008 bis 2013 war er Chefredakteur des Nachrichtenmagazins. Ebenfalls ausgezeichnet als politischer »Journalist des Jahres«, leitet er seit 2014 die Recherchekooperation von NDR, WDR und »Süddeutscher Zeitung«.

Julian Nida-Rümelin studierte Philosophie und Physik. Er lehrt Philosophie und politische Theorie an der LMU München und der Humboldt Universität Berlin. Er ist Direktor am Bayerischen Institut für digitale Transformation.

Katja Gloger volontierte beim WDR und ging Anfang der Neunzigerjahre als Korrespondentin für den »Stern« nach Moskau. Dort erlebte sie das Ende der Sowjetunion und den Aufbruch in eine neue Zeit. Sie war Korrespondentin in den USA und arbeitete als Autorin beim »Stern« mit den Schwerpunkten Russland, internationale Politik und Sicherheitspolitik. 2010 erhielt sie den Henri-Nannen-Preis, 2014 wurde sie als politische »Journalistin des Jahres« ausgezeichnet.

Mohamed Amjahid, 1988 in Frankfurt am Main geboren, ist politischer Journalist, Buchautor und Moderator. Er war Redakteur beim »ZEITmagazin« und wurde unter anderem mit dem Alexander-Rhomberg-Preis und dem Nannen-Preis ausgezeichnet. Amjahid ist Fellow im Thomas-Mann-House in Los Angeles. Für sein Sachbuchdebüt »Unter Weißen. Was es heißt, privilegiert zu sein« (2017) hat Amjahid viel Aufmerksamkeit bekommen.

Nathalie Weidenfeld studierte Kultur- und Literaturwissenschaft und promovierte an der FU Berlin. Sie war Dozentin für Filmwissenschaft und Kreatives Schreiben. Sie veröffentlicht belletristische Texte und Sachbücher.

Nils Melzer, Jahrgang 1970, ist Professor für internationales Recht und lehrt in Glasgow und Genf. 2016 wurde er vom Menschenrechtsrat der Vereinten Nationen zum Sonderberichterstatter für Folter ernannt. Seit 2019 ist er überdies Vizepräsident des Internationalen Instituts für humanitäres Völkerrecht in Sanremo. Vorher war er als sicherheitspolitischer Berater der Schweizer Regierung tätig sowie als Rechtsberater und Abgesandter in Kriegs- und Krisengebieten für das Internationale Komitee vom Roten Kreuz.

Stefan Aust, geboren 1946, ist einer der bekanntesten Journalisten Deutschlands. Er begann bei der Zeitschrift »konkret« und arbeitete dann viele Jahre bei »Panorama«, wo sein Bericht über ein verschwiegenes Todesurteil, das der Marinerichter Filbinger im Zweiten Weltkrieg gefällt hatte, zu dessen Rücktritt als Ministerpräsident führte. Er gründete »Spiegel TV« und war 12 Jahre lang Chefredakteur des »Spiegel«, später Mitinhaber des Fernsehsenders N24 und Herausgeber der »Welt«. Er ist Autor zahlreicher Dokumentationen und Bücher.

Ursula Nuber ist Diplompsychologin und war bis 2018 Chefredakteurin der Zeitschrift »Psychologie Heute«. Sie arbeitet als Psychologin und Paartherapeutin in der Nähe von Heidelberg und ist Autorin zahlreicher psychologischer Ratgeber. Seit Juli 2020 beantwortet Ursula Nuber im Podcast »Beziehungsrat« die drängendsten Fragen zum Thema Beziehung.

Quellen

ERKENNTNISSE

Aus Wissenschaft und Philosophie

Julian Nida-Rümelin, Nathalie Weidenfeld: Die Realität des Risikos. Über den vernünftigen Umgang mit Gefahren. Piper Verlag, München 2021, S. 15–17, 115–149

Fabian Scheidler: Der Stoff, aus dem wir sind. Warum wir Natur und Gesellschaft neu denken müssen. © Fabian Scheidler 2021, Piper Verlag, München 2021, S. 9–21, 205–221

ERFAHRUNGEN

Aus Politik und Zeitgeschichte

Mohamed Amjahid: Der weiße Fleck. Eine Anleitung zu antirassistischem Denken. Piper Verlag, München 2021, S. 7–28, 173–181

Katja Gloger, Georg Mascolo: Ausbruch. Innenansichten einer Pandemie – Die Corona-Protokolle. Piper Verlag 2021, S. 76–97.

Stefan Aust: Zeitreise. Die Autobiografie. © Stefan Aust 2021, Piper Verlag, München 2021, S. 45–69

EINSICHTEN

Aus Psychologie und Gesellschaft

Ursula Nuber: Der Bindungseffekt. Wie frühe Erfahrungen unser Beziehungsglück beeinflussen und wie wir damit umgehen können. © Ursula Nuber 2020, Piper Verlag 2021, S. 29–52

Doris Reisinger, Christoph Röhl: Nur die Wahrheit rettet. Der Missbrauch in der katholischen Kirche und das System Ratzinger. Piper Verlag 2021, S. 7–8, 256–278 und 280–286

Nils Melzer: Der Fall Julian Assange. Geschichte einer Verfolgung. Piper Verlag 2021, S. 13–19, 23–24, 28–30, 48–53 und 280–294